鈴木健一〈著〉
SUZUKI Kenichi

日本人にとって教養とはなにか

〈和〉〈漢〉〈洋〉の文化史

勉誠社

序章

百科事典のある家

私は昭和三十五年(一九六〇)、東京に生まれた。父は銀行員で母は専業主婦、中学一年までは都内の社宅に住んでいた。小中高と、高度成長の真っただ中で、生活が豊かになっていくのが実感できた。

中学二年の時、郊外の一軒家に移り住んだのだが、そこには、百科事典(平凡社)、美術全集(集英社)、文学全集(筑摩書房)があった。これは我が家に限ったことではなく、こういうものを揃えておこうという社会的な気運があったのである。〈生活が豊かになって、余裕も出てきた。さあ次は教養を身に付けるのだ〉という考え方をする日本人が多くいたということなのだろう。

ちなみに、小学館の社史『小学館の80年』(小学館、二〇〇四年)によると、昭和三十七年に完結した平凡社の『国民百科事典』全八巻は百四十万セットを売り上げ、同三十九年に完結した小学館の『日本百科大事典』全十三巻は百三十万セットを販売し、両百科がともに好成績を収めたことによって、各社が参入し、百科事典の出版を競い合う現象が起きたという。

教養とは何か?

本書の題目になっている「教養」とは何か。

まずは、人としてどう生きるかということが、主たる内容ではないか。

そういう意味では、他者に礼儀正しく接し、なるべく穏便にふるまい、客観的な状況も正確に認識して均衡の取れた判断を下し、克己的に身を処すことのできる人が、教養のある人だと、個人的には思う。

そして、知識があることもその裏付けとなる。

現代では教養とは、人文・社会・自然科学にわたる、誰もが知っておくべき基本的な知識とまとめられようか。AI技術や英語がより重要なものとして認識されているようにも思う。

古典の時代に限って言うと、和歌・漢詩文を中心とした、歴史・思想・文学・宗教・医学に関わる基礎知識なのであろう。この場合の和歌・漢詩文とは、『古今和歌集』などの和歌的教養や、白居易《はくきょい》の『白氏文集《はくしぶんしゅう》』などの漢詩文的教養などの文学を主に言う。もちろんこれは便宜上の分類に過ぎず、教養の頂点に位置するものの一つである『論語』は漢文であり思想でもある。

教養の効用とは？

では、教養を身に付けておくと、どのような点でよいのだろうか。

さまざまに指摘できるだろうが、古典文学の世界に寄り添いつつ、次の三点にまとめてみた。

第一に、共同性を獲得できるということである。

たとえば、和歌や漢詩文に関する表現や故実を知っている者同士によって、高度な人間関係が可能になる。教養を持っていることによって、知の連帯に参与する資格を得られるのである。何気ない会話の中で、百人一首の歌にこういうのがありますねと言われて、すぐわかる人とわからない人とでは、交友関係の広がりに差が生じてしまうのではないだろうか。

このことは、社会性があるとも言いうる。教養のある人ということで、社会的な信用を得、活躍の機会が多く与えられるだろう。

第二に、思想性である。教養を身に付けていることで、普遍的な真理に触れ、物事を深く考えられるようになる。人間として成長していく上で必要なものなのであった。

たとえば、日本や中国の名句名言や宗教の教養を知り得たことで、世界の認識が深まることなどが指摘できる。すべての思想は、過去の何かにさらに積み重ねていくことで創造されるのであり、そのためにも教養は必備なのである。

第三に、実用性である。実際の日常・社会生活に役立つ知識を得ることができる。具体的には、医学書がその最たるものと言える。

担い手と受け手

教養については、それを創り出す人（担い手）とその価値を理解し享受する人（受け手）が存在することも重要であろう。どんなにすばらしい担い手がいても、受け手が数多く存在していなければ、その価値は社会的に認知されない。

芭蕉《ばしょう》一人がいてもだめなのだ。蕉門と称される無数の俳人たちがその価値をわかって周囲に集ってこそ芭蕉自身の価値も流布・浸透していく。

担い手と受け手が双方に刺激を与え合ってこそ、豊かな教養に満ちた社会なのだとも言える。そういう意味では、担い手も受け手も「教養のある人」なのだ。

そして、ある分野では担い手と受け手だった関係が別の分野では逆になる場合もあるだろう。芭蕉も俳諧の弟子許六《きょりく》に絵を学んだ。両者の関係は流動的なのである。

歴史的に見た時、受け手の裾野が広がる最初は、江戸時代であろう。つづいて、大正教養主義の台頭があり、さらに冒頭に述べたような昭和四十年代の高度成長期が挙げられるのではないだろうか。

（それに対して、令和の今日では、文化の受け手が減っているように感じる。）

本書の構成と目的

本書では、日本人にとっての教養とは何かという視点のもと、最も基本的な分類標目である〈和〉〈漢〉〈洋〉を基軸として、奈良時代以前から始めて現在まで叙述することで、教養的な展開を歴史的に跡付け、今日の日本人にとって教養とは何かについて考えるというところまでつなげていきたい。大まかに言って、〈和〉とは日本由来の文化であり、〈漢〉とは中国由来の文化であり、〈洋〉とは欧米由来の文化である。

奈良時代以前には〈漢〉を摂取していたものが、平安時代に和風化が進み〈和〉が確立し、鎌倉・室町時代には〈和〉〈漢〉が併立する。応仁の乱などによる文化的断絶を経て、安土桃山時代、江戸時代初期には〈和〉〈漢〉が復興する。このあたりから〈洋〉も姿を見せ始める。そして、先ほど触れたように江戸時代には文化が大衆に流布・浸透していく。〈和〉〈漢〉の浸透である。〈洋〉も徐々に注目されるようになっていく。幕末、明治時代初期には、〈和〉〈漢〉に対して〈洋〉が大きく台頭し、〈和〉〈漢〉〈洋〉のありかたが変容する。明治・大正時代、昭和時代前期は〈和〉〈漢〉〈洋〉の折衷である。そうして、太平洋戦争の後、すなわち昭和時代の後期には〈洋〉が圧倒していく。

そういった大きな流れの中で、本書では、江戸時代に多くの頁を割きたい。私の専門だからということもあるが、それだけではなく、さきほど述べたようにこの時代から受け手の裾野が広がり、教養の大衆化が進むからだ。そのことは、日本の文化史においてとても重要なことである。また、もう一つのこだわりとして、古典文学の研究者である私としては、〈和〉〈漢〉の価値を再評価し、これからの日本人の教養のありかたを確かめてみたいとも考えている。

では、いよいよ本論に入ることにしよう。

目次

凡例　引用本文には、特別の場合を除き、送り仮名を付し、踊り字は用いないなどの加工を施した。引用本文における振り仮名は、訓読みするものは歴史的仮名遣い、音読みするものは現代仮名遣いとした。

第一章　奈良時代以前

――〈漢〉の摂取

三世紀の前半、倭国では女王卑弥呼《ひみこ》の邪馬台国《やまたいこく》が生まれた。西暦二三九年、卑弥呼は魏《ぎ》の皇帝に使いを遣わしている。邪馬台国は、近畿地方の大和にあったという説と、九州北部にあったという説とがある。

四世紀半ば頃になると、ヤマト政権が東日本の広い地域まで支配した。

七世紀半ば頃に、唐が朝鮮半島に進出して、軍事的な緊張が高まったことによって、日本でも、権力を集中させ国内の基盤を整える必要に迫られた。そこで大化元年（六四五）、中大兄皇子《なかのおおえのみこ》は中臣鎌足《なかとみのかまたり》らと謀って、蘇我蝦夷《そがのえみし》・入鹿《いるか》を討滅し（乙巳《いつし》の変）、政治改革を推進した。大化の改新である。その後、天智天皇（中大兄皇子）の長子大友皇子との戦い（壬申の乱・六七二年）に勝った、天智天皇の弟大海人皇子《おおあまのみこ》が、天武天皇として即位すると、中央集権的な国家が形成され、律令国家への道筋が整えられる。

奈良時代、都が平城京に置かれ、長屋王《ながやおう》の変（七二九年）以降、藤原氏が台頭した。文学的には、『古事記』『日本書紀』『風土記』が撰進され、『万葉集』が編纂された。

日本の律令制度が唐のそれを参考にしていることをはじめとして、先進国である中国から〈漢〉の知識をいかに摂取して、社会の骨格を形成していくか、これが当時の日本における課題であったと言ってよい(1)。

文字文化の伝来

外来思想とも密接な関係がある文字の到来はいつ頃なのだろうか(2)。

二三九年に卑弥呼が魏に使いを送った時には、明帝から金印紫綬《しじゅ》——紫の紐の付いた金印——など多くの物品が下賜されており、その中に「銅鏡百枚」もあった（『三国志』魏書東夷伝、いわゆる「魏志倭人伝」）。そこには銘文を持つものも含まれていた可能性がある。

魏からは邪馬台国に「詔書《しょうしょ》」——天子のことばを記した文書——も送られているので、邪馬台国側にそれを読解できた人物がいたのではないか。もっとも、それは魏から派遣された者だったのかもしれないが。

二世紀から四世紀以前の遺物には文字の書かれているものもあるが、個々の文字が何を意味するのかは、よくわかっていない。

五世紀後半には、支配者である大王や豪族が文筆技術者――おそらく渡来系の人物――を召し抱えていたろう。この頃の文章としてよく知られている、稲荷山古墳（埼玉県行田市）から出土した金錯銘《きんさくめい》鉄剣、江田船山《えたふなやま》古墳（熊本県和水町《なごみ》）から出土した銀錯銘大刀に記された銘文には、いずれも「獲加多支鹵大王」（ワカタケル大王・大泊瀬幼武天皇《おおはつせのわかたけるのすめらみこと》・雄略天皇）の名が登場することからもそれは知られよう。

ちなみに、この時代には、ワカタケルを「獲加多支鹵」というように、漢字を仮名的にも用いることで日本語を表記した。

そのようなありかたは『万葉集』に多く見られるため、万葉仮名と称される。言うまでもなく平仮名の発達は平安時代を待たねばならない。

儒教

〈漢〉の摂取のありかたを具体的に見て行くと切りがない。

ここでは、儒教・仏教・道教などの外来思想の摂取という視点に即して、簡単に指摘しておこう(3)。

儒教はどうだろうか。

『古事記』では、五世紀前後とされる応神天皇の時、百済から日本へやって来た和邇《わに》（王仁）が『論語』や『千字文《せんじもん》』をもたらしたとするが、『千字文』は六世紀前半の成立とされるので、時代を遡らせているのであろう(4)。

六世紀には、百済から派遣されて来た五経博士らによって、儒教は日本の支配層に浸透していった。『日本書紀』によると、継体天皇七年（五一三）六月に段楊爾《だんように》が来朝したのが始まりで、同十年九月には段楊爾と交替して高安茂《こうあんも》が来朝した。欽明天皇十五年（五五四）二月には王柳貴《おうりゅうき》が馬丁安《めちょうあん》に代わった。この時、易博士、暦博士、医博士、採薬師らも派遣されてきた。

推古天皇十二年（六〇四）、聖徳太子《しょうとくたいし》（五七四～六二二）が制定したとされる――偽作説も根強い――『憲法十七条』では、たとえば第十六条の「民を使ふに時を以てするは、古の良き典《のり》なり」が『論語』学而《がくじ》の「民を使ふに時を以てす」によるなど、儒教の典籍から語句を借用している。

奈良時代には、官吏を養成するための大学が設置され、『論語』『孝経《こうきょう》』などの明経道《みょうぎょうどう》や、律令などの明法道《みょうぼうどう》が学ばれた（大学寮の最盛期は平安時代前期である）。

仏教

仏教の公的な伝来時期については、五三八年と五五二年の二説がある。いずれも、百済の聖明《せいめい》王《おう》から朝廷に仏像や経論がもたらされたというもので、前者は『上宮聖徳法王帝説《じょうぐうしょうとくほうおうていせつ》』『元興寺伽《がんごうじが》藍縁起《らんえんぎ》幷流記資財帳《るきしざいちょう》』により、後者は『日本書紀』による。どちらかというと、前者が有力である。

なお、『日本書紀』にある聖明王の使者が読み上げた上表文とされるものは、唐の長安三年(七〇三)に漢訳された『金光明最勝王経《こんこうみょうさいしょうおうきょう》』の文を用いて構成されており、『日本書紀』の編集過程で修飾されているらしい(日本古典文学大系『日本書紀』下、一〇一頁)。

いずれにしても、百済が高句麗や新羅と戦う際、日本に軍事的な援助を求めた代償として、仏像などが贈られたのであろう。

蘇我馬子《うまこ》が仏教を重要視したのに対して、物部守屋《もののべのもりや》は仏教を排斥した。しかし、物部氏は滅亡し、推古天皇のもとで、蘇我氏や聖徳太子によって仏教はさかんになった。

聖徳太子は、法華《ほっけ》・維摩《ゆいま》・勝鬘《しょうまん》の三経の注釈書として『三経義疏《さんぎょうぎしょ》』を著した。『憲法十七条』の有名な第一条「和《やはら》ぐを以て貴しと為《す》」は、『論語』学而の「礼の用は、和もて貴しと為す」を踏まえるとともに、仏教の和合の精神を表したものとも考えられる。第二条には「篤く三宝を敬《ゐやま》ふ。三宝は仏法僧也」ともある。

以後、舒明・天智・天武・文武という天皇の系譜の中で仏教は積極的に受容され、国家仏教となっていった。

奈良時代、聖武天皇（七〇一～五六）は、光明皇后とともに厚く仏教を信仰し、全国に国分寺・国分尼寺、奈良に東大寺を建立し、大仏を鋳造した。その遺品は正倉院宝物として伝えられている。

道教

では、道教はどうか(5)。

五世紀後半、雄略天皇の時代に、百済から今来才伎《いまきのてひと》という手工業技術者が渡来し、東漢《やまとのあや》氏という渡来系の氏族の支配下にあった。この人々は道教に親しんでいたようで、そのため、倭国にも浸透していった。

『日本書紀』雄略天皇二十二年（四七八）の条には、蓬萊山《とこよのくに》に至った浦島子の伝承が載るが、そのような神仙思想は道教と密接な関係がある。

さきほど五経博士のところで触れたが、欽明天皇十五年に五経博士以外に易博士も派遣されたのは、占術に対する関心の高さを示していよう。このことも道教受容と言える。

推古天皇十年（六〇二）には、百済の僧観勒《かんろく》によって、暦本、天文地理書、遁甲《とんこう》方術の書など、道教と関わりのある知識がもたらされた。

　ここまで見てきて、朝鮮半島を経由して〈漢〉が日本にもたらされていることも明らかである。日本と中国という二項対立で捉えるのではなく、そこに朝鮮半島を加えることの重要性も指摘しておきたい。

『万葉集』――山上憶良

『万葉集』における〈漢〉の摂取という側面からも、例を挙げておきたい。

儒教・仏教を取り込み思想性の高い歌を詠んだ万葉歌人といえば、山上憶良《やまのうえのおくら》（六六〇～七三三?）である。

代表歌「子等《こら》を思ひし歌」（巻五・八〇二、八〇三番）を見よう。

　釈迦如来、金口《こんく》に正《まさ》しく「等しく衆生《しゆじよう》を思ふこと、羅睺羅《らごら》の如し」と説きたまひ、また「愛すること子に過ぐることなし」と説きたまひき。至極の大聖《だいしよう》すら、尚《なほ》し子を愛する心有り。況《いは》むや、世間の蒼生《そうせい》、誰か子を愛せざらめや。

瓜食《は》めば　子ども思ほゆ　栗食めば　まして偲《しぬ》はゆ　いづくより　来たりしものそ　まなか

ひに　もとなかかりて　安眠《やすい》し寝《な》さぬ

反歌

銀《しろかね》も金《くがね》も玉も何せむに優れる宝子《たから》にしかめやも

〔岩波文庫『万葉集』〕

【現代語訳】釈迦如来が金色の口でまさに「等しく人々を思うことは、わが子羅睺羅を思うのと同じようである」とお説きになり、また「わが子を愛する以上の愛はない」とお説きになった。究極の大聖人ですら、やはり子を愛する心がある。ましてや、世間の凡人の誰がわが子を愛さないことがあろうか。

瓜を食べると、子どものことが思われる。栗を食べるとなおいっそう偲ばれる。子どもは、どこからやって来たものであろうか。目の前にやたらとちらついて、安眠させないのである。

銀も、金も、玉も、何の役に立とうか。すぐれた宝も、子に及ぶことなどない。

漢文序では、まず「等しく衆生を思ふこと、羅睺羅の如し」という、『涅槃経《ねはんぎょう》』などの仏典に頻出する〈自分の子のように衆生を愛せ〉ということばを引き、その後〈子への愛こそ最高なのだ〉というふうに論理をねじる。「羅睺羅」は、釈迦が出家する前の実子である。

前者では、わが子への愛は衆生を愛するための比喩に過ぎず、一方後者では、わが子への愛を最高の価値と位置付ける。つまり、仏教的な価値観を個人的・家族的な価値観へと変容させているのである。仏教の信仰中心主義から、人間中心主義へと転換させたとも言える。[6]

仏教では、子への愛は、愛執として退けられる。そこにあえて至上の価値を見出したところに憶良の独自性があるわけだ。ここで〈漢〉は、物事を考える上での規範となりえている。しかし、それをただ鵜呑みにしているわけではなく、憶良としてどう感じたかを盛り込みながら、柔軟に受け入れていくのである。

その背景には、時代が新しくなって、家族や親子の関係の主体、もしくは子を養育する主体が、母親から家長へと移ったことがある。[7]

長歌についても、二点注記しておく。「瓜」「栗」は、当時の庶民にとって貴重な甘い果物であった。「まなかひに　もとなかかりて　安眠し寝さぬ」は、子への愛に捕らわれている状態を具体的に表したものである。

短歌は、訳し方に諸説ある。三句目で切るか（A）、切らないか（B）。「優れる宝」を「子」と取るか（X）、取らないか（Y）。私は、三句で切れて、「銀も金も玉」「優れる宝」と同じ内容をくり返して、「何せむに」「やも」と反語もくり返していると読んだ。そこで、A・Yで訳してみた。

『万葉集』――大伴家持

『万葉集』巻十九の巻頭に置かれる、大伴家持《おおとものやかもち》（七一七?～八五）の二首（四一三九、四一四〇番）も挙げておきたい。天平勝宝二年（七五〇）、家持は越中守として赴任していた。

　天平勝宝二年三月一日の暮に、春苑《しゅんえん》の桃李《とうり》の花を眺矚《ちょうしょく》して作りし二首

春の園紅《くれなゐ》にほふ桃の花下照《したで》る道に出《い》で立つをとめ

わが園の李《すもも》の花か庭に降るはだれのいまだ残りたるかも

【現代語訳】春の庭に紅色に美しく輝く桃の花、その花の色が照り映える道に出て立っている少女よ。

我が家の庭の李の花びらだろうか、それとも庭に降った薄雪が消えずに残っているのだろうか。

　題詞によれば、春の庭園を見下ろしながら桃と李の花を眺めて詠じた作品である。桃も李も、『万葉集』においては、この歌々で初めて登場する。「桃李」は、「桃李言はざれども下自《おのづか》ら蹊《みち》を成す」（『史記』李将軍列伝賛）などで知られる漢語でもある。

一首目（四一三九番）を見よう。「春の園」は漢語「春苑」を訓読したもので、国守の館を言う。

「紅にほふ桃の花」は、漢語「紅桃」による。「紅」は、桃の花の色であると同時に少女の赤裳の色でもあり、両者が映発しているのだという説(8)もある。

「をとめ」は、実在ではなく、幻影であろう。桃と女性の組み合わせは、中国最古の詩集『詩経』周南の「桃夭《とうよう》」――嫁ぐ女性を美しい桃に喩えた――にすでに見られる。正倉院の「樹下美人図」のような図柄からの影響もあるのだろう。

二首目（四一四〇番）は、どうか。「はだれ」――まだらに積もった薄雪――も幻影であろう。白い李の花を雪に喩えたもので、家持の父旅人の、

わが園に梅の花散るひさかたの天《あめ》より雪の流れ来るかも　（巻五・八二二番）

を参考にしていよう。「かも」の「か」は疑問を表す。

再び二首全体について見ていくと、心情語を含まないのに、四一三九番では都への憧れ、四一四〇番ではまだ寒い越中の風土への思いが感じ取れる。景物を描写することで心情を託しているからこそ、このような表現が可能になるのである。そのような方法は、六朝・初唐の詩から家持が学んだものであった(9)。ことばや美意識のみならず、詠歌方法も〈漢〉から学んでいるのである。

以上を要するに、右の歌々は〈漢〉を摂取しつつ、美的な世界を虚構しているとまとめられる

だろう。

なお、右には訓読した本文を掲げたが、もともとは万葉仮名で書かれていたことも忘れてはならない。四一三九・四一四〇番はそれぞれ、

春苑　紅尓保布　桃花　下照道尓　出立𡢳嬬

吾園之　李花可　庭尓落　波太礼能未　遺在可母

となっている。

『万葉集』は、鎌倉時代の仙覚によって、校訂・注釈が施され、かなり読解できるようになった。江戸時代の国学の隆盛に伴い、契沖『万葉代匠記』をはじめいくつもの注釈が成立した。斎藤茂吉の『万葉秀歌』（岩波新書、一九三八年）も名高い。

森鷗外は、明治三十七年（一九〇四）、日露戦争に出征した際、佐佐木信綱が餞別として贈った『日本歌学全書』（信綱校注）の『万葉集』を携えて行った(10)。

『戦時期早稲田大学学生読書調査報告書』（不二出版、二〇一二年）によれば、昭和十七年（一九四二）に調査された「座右に置き屢々《しばしば》繙読する如き愛読書」の「日本及支那古典」の第一位は『万葉集』である（第二位は『論語』、第三位は『古事記』）。

駆け足で、奈良時代以前の〈漢〉摂取のありかたを確認してみた。では、〈和〉はどのようにせり上がり、〈和〉〈漢〉と対になっていくのか、それは次章の平安時代のところで確かめてみたい。

注

（1）大津透『律令国家と隋唐文明』（岩波新書、二〇二〇年）などを参照されたい。
（2）鐘江宏之「文字の定着と古代の社会」（『シリーズ古代史をひらく　文字とことば』岩波書店、二〇二〇年）、日本漢字学会編『漢字系文字の世界』（花鳥社、二〇二二年）などを参考にした。
（3）『日本思想史事典』（東京堂出版、二〇一三年）などを参考にした。
（4）多田一臣『古事記私解』Ⅱ、花鳥社、二〇二〇年、一一〇頁。
（5）神塚淑子『道教思想10講』（岩波新書、二〇二〇年）などを参考にした。
（6）上野誠『万葉集から古代を読みとく』ちくま新書、二〇一七年、一二〇頁。
（7）辰巳正明『コレクション日本歌人選2　山上憶良』笠間書院、二〇一一年、三一頁。
（8）多田一臣『大伴家持』至文堂、一九九四年、一四九～一五〇頁。
（9）鉄野昌弘「『万葉集』第Ⅲ・Ⅳ期」『和歌史を学ぶ人のために』世界思想社、二〇一一年。
（10）拙著『佐佐木信綱――本文の構築』岩波書店、二〇二一年、二七～二八頁。

第二章　平安時代
――〈和〉の確立

延暦十三年（七九四）平安京に遷都され、文治元年（一一八五）平氏が滅亡するまでが平安時代である。

前期は、奈良時代にほぼ完成した律令制度を維持しようとする期間である。寛平六年（八九四）には、菅原道真の提議によって遣唐使発遣が中止され、そのまま廃止された。その掉尾を飾るのが醍醐・村上天皇の「延喜・天暦の治」である。歴史書『日本三代実録』が撰進され、『古今和歌集』『後撰和歌集』などの勅撰集も撰進された。

中期は、藤原氏によって摂関政治が行われた時期である。最盛期は、寛仁元年（一〇一七）に太政大臣になった藤原道長の頃である。『源氏物語』が成立した。

後期は、上皇、法皇による院政の時代である。応徳三年（一〇八六）白河上皇の院政開始からを言う。

仮名文字が発達し、和歌や物語もさかんに創作され、国風文化が生み出され、〈和〉が確立した時代である。

もちろんそこには強固に〈漢〉もあった。まずは、そこから確認しよう。

第一節　〈漢〉の展開

この時代の貴族たちのなすべきは、漢籍を学んで教養を身に付け、宮中の儀式をつつがなく執り行うことだった。

嵯峨天皇

平安時代初め、中国文化に強い憧憬を抱く嵯峨《さが》天皇（七八六〜八四二）が登場する。

嵯峨天皇は桓武天皇の第二皇子で、即位の翌年には、平城上皇に寵愛されていた藤原薬子《くすこ》が上皇を再び位に就けようと謀った薬子の変（八一〇年）が起こるものの、それが鎮圧された後は、盤石な政権が築かれる。

日本最初の勅撰漢詩集である『凌雲集《りょううんしゅう》（凌雲新集）』は、弘仁五年（八一四）に成立している。同九年に成立した『文華秀麗集《ぶんかしゅうれいしゅう》』、天長四年（八二七）に成立した『経国集《けいこくしゅう》』とともに、勅撰三集と称されている。そこでは、「文章は経国の大業、不朽の盛事なり」という魏の文帝のことば（『文選《もんぜん》』「典論」に基づく）に代表されるような、〈すぐれた詩文を作ることが国家を治める上で必要である、治世に携わる者はよい詩人・文章家であらねばならない〉という姿勢があった。

その結果、詩文がさかんに詠まれ、唯美的な性格——美しさに惑溺するようなありかた——も生じてきた。(1)

嵯峨天皇の詩を一首、鑑賞してみよう。

江辺の草

春日江辺何所好　　春日の江辺　何の好《よ》き所かある
青青唯見王孫草　　青青　唯《ただ》　王孫が草を見るのみ
風光就暖芳気新　　風光　暖に就《つ》きて　芳気新し
如此年年観者老　　此《か》くの如く　年年　観る者老ゆ

（文華秀麗集）

〔岩波文庫『王朝漢詩選』〕

【現代語訳】春の日の川べりは、何が見どころなのだろうか。

ただ、貴公子を思わせる青々とした草を見るだけだ。

風や光が暖かくなるにつれて、かぐわしい香りがみずみずしくなり、

このようにして、年ごとにそれを観る者は老いていく。

青々とした草と対比させて、自らの老いを感傷的に歌う。「王孫」は、貴族の子弟、貴公子を言い、『楚辞』にある「隠士を招く」中の「王孫遊びて帰らず／春草生じて萋萋《せいせい》たり」による。結句は、初唐の劉希夷《りゆうきい》の「白頭に代はりて吟ず」中の「年年　歳歳　花相似たり／歳歳　年年　人同じからず」による。典拠を用いつつ、そこに自己を同化させながら、思いを形象化していく、そういう中に創作があった。

白詩渡来

この頃、中唐の詩人白居易《はくきょい》（楽天。七七二～八四六）の詩集『白氏文集《はくしぶんしゅう》』が日本に伝来した（史料的に検証できるのは仁明《にんみょう》天皇の承和年間〈八三四～四八〉である）。

平安時代後期成立の、大江匡房《おおえのまさふさ》の談話を筆録した説話集『江談抄《ごうだんしょう》』第四から、白詩をめぐる逸

話を紹介しよう。原文で読みたい場合は、新日本古典文学大系『江談抄　中外抄　富家語』（岩波書店）を参照されたい。

『白氏文集』が日本に渡来して、まだ御所に秘蔵されており、誰も見たことがなかった時のことだ。嵯峨天皇は、「閣を閉ぢて唯《ただ》聞く　朝暮の鼓／楼に登りて遥かに望む　往来の船」という白居易の詩句を自作であるかのようにして、詩人の小野篁《おののたかむら》（八〇二〜五二）に示したところ、篁は「『遥』という字を『空』にすれば、よりよいでしょう」と答えた。嵯峨天皇はたいそう驚いて、「この詩句は白居易のもので、お前を試したのだ。もとは『空』なのだ。お前の詩心は白居易と同じである」と言った。

じつは一字だけ変えていたのを篁が言い当てるというのが、劇的で興味深い。あくまで匡房から見た印象なのだろうが、それを割り引いても、嵯峨天皇当時の詩人たちが、いかに白居易に憧れたかもよくわかるし、篁を白居易と同列にするところ、〈漢〉への対抗意識――あるいは、自国の優越さを意識すること――もうかがえて、その点でも面白い。〈漢〉が圧倒的だからこそ、それが規範として機能するとも言えるし、それと並ぶと見なすことで自己を高めようとしているとも言える。

なお、白居易の詩風は甘美であり、やや通俗的でわかりやすくもあった。そういったところが、日本人の好む抒情性と合致して、愛好されたのであろう。

都良香《みやこのよしか》（八三四〜七九）の「白楽天讃」（『都氏《とし》文集』巻三）では、『白氏文集』について「集は七十巻、尽く是れ黄金」とする。

菅原道真

九世紀末、平安時代最高の詩人菅原道真《すがわらのみちざね》（八四五〜九〇三）が活躍する。

道真は、代々有名な学者が出た家の出身で、若い時から学問と詩に才能を発揮する。元慶元年（八七七）文章博士《もんじょうはかせ》となり、仁和二年（八八六）には国守として讃岐（現在の香川県）に赴任した。帰京後、宇多天皇に抜擢されて、右大臣にまで昇進した。この時の左大臣は藤原時平《ときひら》である。藤原氏ではない道真が異例の出世を遂げたことは反感を買い、讒言によって、延喜元年（九〇一）五十七歳の時、大宰権帥《だざいのごんのそち》に左遷されてしまった。同三年、失意のうちに大宰府で没した。その死後、たたりとされる異変が次々と起こったため、罪を取り消され、正一位太政大臣を贈られた。天満天神として祀られ、学問の神として尊崇されるようになり、今日に至っている。

道真の詩は、白居易の詩をよく学び、日本人としてよく消化したもの、最初の到達点を示すものだった。そのことは花鳥風月にとどまらない。讃岐守時代に目の当たりにした貧しい庶民の姿を詠んだのも白居易の諷喩《ふうゆ》詩に学んだものである。

　ここでは、左遷される少し前に詠まれた詩を取り上げてみたい。昌泰三年（九〇〇）の宮中の清涼殿で催された宴で詠まれたものである。詩題にある「応制」とは、天皇の命に応じてという意味である。

　九日後朝、同じく「秋の思ひ」といふことを賦す、応制

丞相度年幾楽思　丞相《じようしよう》　年を度《わた》り　幾たびか楽しび思へる
今宵触物自然悲　今宵　物に触れ　自然《じねん》に悲しむ
声寒絡緯風吹処　声は寒し　絡緯《らくい》　風の吹く処
葉落梧桐雨打時　葉は落つ　梧桐《ごとう》　雨の打つ時
君富春秋臣漸老　君は春秋に富み　臣は漸《やうや》くに老いたり
恩無涯岸報猶遅　恩は涯岸《がいがん》なく　報いんこと猶《なほ》し遅し
不知此意何安慰　知らず　此の意　何《いか》にして安慰せん
飲酒聴琴又詠詩　酒を飲み　琴を聴き　又詩を詠ぜん

（菅家後集）

（日本漢詩人選集『菅原道真』研文出版）

【現代語訳】私が右大臣になって一年以上が過ぎたが、その間、どれほど楽しい思いをし

ただろうか。

今夜は晩秋の風物に接すると、自然と悲しさを感じる。

寒々とした声で鳴いている、こおろぎが秋風に吹かれて。

葉を落とす、あおぎりが秋の雨に打たれて。

帝はまだ若くてこれから先も時間がたっぷりおありになるが、私はだんだんと老いてしまった。

帝のご恩は果てしないが、まだそれに報いることができない。

わからない、私のこの思いをどのようにして慰めたらいいのか。

酒を飲み、琴を聞き、詩を詠じることにしよう。


頸聯に「君は春秋に富み　臣は漸くに老いたり／恩は涯岸なく　報いんこと猶し遅し」とあるが、この時、宇多天皇のあとを継いで即位していた醍醐天皇（宇多天皇の第一皇子）は、まだ十六歳であったのに、道真はすでに五十六歳になっていた。

醍醐天皇は、成長するに従い、天皇としての自覚と独立心を持ちはじめ、父宇多天皇への反発の気持ちもいくらかはあって、宇多天皇に愛された道真から距離を取り、左大臣藤原時平に接近するようになっていた。時平も、若い天皇の心を巧みに捉えていたのだろう。(2)だからこそ年を取った私はご恩返しもできず、途方に暮れてしまいますというように道真は嘆くのだ。

なお、四句目は、白居易の「長恨歌」にある「秋雨　梧桐　葉落つる時」によっている。八句目も、酒・琴・詩を三友とするという詩（「北窓三友」）が白居易にある。あの白居易と同様、今の私もそう振る舞いたいと詠むことで、自分の孤独な心を少しでも癒そうとしているわけだ。実際には道真は琴と酒が苦手で、詩のみを友としていたが、今は白居易にならって三つともに友とすることで心を慰めたいと詠むのである。(3)

『枕草子』香炉峰の雪

白居易の詩が平安貴族によっていかに愛誦されていたか。

『枕草子』から、有名な章段を引こう。

雪のいと高う降りたるを、例ならず御格子《みこうし》まゐりて、炭櫃《すびつ》に火おこして、物語などしてあつまりさぶらふに、「少納言よ、香炉峰《こうろほう》の雪いかならむ」と仰せらるれば、御格子上げさせて、御簾《みす》を高く上げたれば、笑はせたまふ。人々も「さる事は知り、歌などにさへうたへど、思ひこそよらざりつれ。なほこの宮の人にはさべきなめり」と言ふ。

〔新編日本古典文学全集『枕草子』小学館〕

【現代語訳】雪がたいそう高く降り積もっているのを、いつになく御格子をお下ろししたままで、炭櫃に火をおこして、私たち女房が話などどして集っておそばにいると、中宮様が「少納言よ、香炉峰の雪はどんなであろうか」と仰せになるので、御格子を上げさせて、御簾を高く捲き上げたところ、お笑いになる。人々も「その詩句は私たちも知っており、歌などにも歌うけれども、思い付きもしなかった。やはり、この宮にお仕えする女房としては、そうあるべき人のようだ」と言う。

中宮定子《ていし》（九七六〜一〇〇〇）が「香炉峰の雪いかならむ」と発した一言によって、清少納言はすばやく白居易の詩句「香炉峰の雪は簾を撥《かか》げて看《み》る」（「香炉峰下に新たに山居をトして草堂初めて成り、偶《たまたま》東の壁に題す」）を思い出し、「御簾を上げるように」とのご下命だと察知し、そのようにしたということだ。

定子が清少納言の教養を試し、見事に応えたということなのだろう。いつものようではなく御格子を下したままにさせておいたのは、清少納言を試すためだったわけだ。おそらく清少納言が宮仕えをしてまもなくのことであろう。

他の人々も述べているように、白居易の詩句自体は皆も学んでいたけれども、咄嗟の機転を利かせたところに清少納言の優秀さが認められるということなのである。

この逸話は現代でもかなり有名だろう。ここでは、江戸時代の受容について触れておきたい。井沢蟠竜《いざわばんりょう》の説話考証随筆『広益俗説弁《こうえきぞくせつべん》』（正編、正徳五年〈一七一五〉刊）の巻十四には「紫式部、楽天が香炉峰の詩の意にてすだれをあぐる説」が載る。紫式部であるのは同書に限らず、『膾余《かいよ》雑録』（承応二年〈一六五三〉刊）、『本朝通紀』（元禄十一年〈一六九八〉刊）でもそうなのである。[4] どうして清少納言が紫式部になってしまったのか。江戸時代、『枕草子』は北村季吟の注釈書『枕草子春曙抄《しゅんしょしょう》』（延宝二年〈一六七四〉成立、刊年未詳）があるにしても、やはり『源氏物語』の方が認知度が高いので、そのようになってしまったのだろうか。

清少納言が簾を捲き上げる図を描いた、土佐光起《とさみつおき》（一六一七～九二）の「清少納言像」を図2・1に掲げた。

図2・1　土佐光起筆「清少納言像」（東京国立博物館蔵、出典：ColBase）

『和漢朗詠集』の白詩

今度は、寛弘九年（一〇一二）頃に成立した、藤原公任《きんとう》（九六六～一〇四一）が編集した『和漢朗詠集《わかんろうえいしゅう》』を見たい。

同書には、白居易・菅原文時《ふみとき》らの漢詩句五八八首と、紀貫之・凡河内躬恒《おおしこうちのみつね》らの和歌二一六首を収め、四季・雑をさらに一〇八項目に分類して、それらを配列している。(5) 朗詠のためだけではなく、詩歌制作の規範として広く読まれ、書道の手本ともなった。

そこに収められた白居易の詩の中でも、特に有名なものをいくつか列挙してみたい。教養の継承・拡がりを確認する上でも、同時代から江戸時代までの受容についても適宜触れておく。

花の下《もと》に帰らむことを忘るるは美景に因《よ》りてなり　樽の前に酔《ゑひ》を勧むるは是れ春の風

花下忘帰因美景　樽前勧酔是春風　（春興・一八番）（角川ソフィア文庫『和漢朗詠集』）

【現代語訳】花の下にいて家に帰るのを忘れるのは、美しい花々の色彩のためである、酒樽の前で酒を勧めて酔わせようとするのは春風である。

江戸時代の受容としては、井原西鶴の『好色五人女』（貞享三年〈一六八六〉刊）のお夏清十郎を扱った巻一―三に「是なる小袖幕の内ゆかしく、覗《のぞ》きをくれて帰らん事を忘れ、樽の口を明けて酔《ゑ》いは人間のたのしみ」とある。木下幸文《たかふみ》（一七七九～一八二一）の『亮々遺稿《さやさやいこう》』にも「花下忘帰」という歌題で「花のかげ入あひの鐘はきこゆれど帰る心は猶《なほ》つかぬかな」（一三九番）という歌が載る。

燭《ともしび》を背けては共に憐れむ深夜の月　花を踏みては同じく惜しむ少年の春　（春夜・二七番）

背燭共憐深夜月　踏花同惜少年春

【現代語訳】燈火を壁の方に向けては、ともに深夜の月を賞美する、落花を踏みしめては、ともに青春の過ぎ行くのを惜しむ。

『和漢朗詠集』より半世紀ほど後に成立した『狭衣物語《さごろも》』冒頭には、「少年の春は惜しめども留まらぬものなりければ、弥生の廿日余《はつかあまり》にもなりぬ」とある。また、重頼《しげより》編の俳書『毛吹草《けふきぐさ》』（正保二年〈一六四五〉刊）には、「詩之詞」の例として「花をふむ人は少年の心かな」という句が載る。

林間《りんかん》に酒を煖《あたた》めて紅葉を焼く　石上《せきじょう》に詩を題して緑苔《りょくたい》を掃《はら》ふ　（秋興・二二一番）

林間煖酒焼紅葉　石上題詩掃緑苔

【現代語訳】林の中で酒を暖めるために紅葉を掻き集めて焚く、石の上に詩を書き付けるために緑の苔を掃い落とす。

『徒然草』五十四段に「ありつる苔のむしろに並みゐて、『いたうこそ困《こう》じにたれ。あはれ紅葉を焼《た》かん人もがな』」とある。重頼編の俳書『犬子集《えのこしゅう》』（寛永十年〈一六三三〉刊）には「紅葉たくりんかんなべの酒もがな　春可」（一二七四番）という句が載る。

三五夜中の新月の色　二千里の外《ほか》の故人の心　（十五夜・二四二番）

三五夜中新月色　二千里外故人心

【現代語訳】十五夜に輝く新月の光を見て、二千里も彼方にいる旧友の心を思いやる。

『和漢朗詠集』とほぼ同時期に成立した『源氏物語』須磨巻には「今宵は十五夜なりけりと思し出でて、殿上の御遊び恋しく、所どころながめたまふらむかしと、思ひやりたまふにつけても、月の顔のみまもられたまふ。『二千里外故人心』と誦《ず》じたまへる、例の涙もとどめられず」とある。貞室《ていしつ》（一六一〇〜七三）には「松にすめ月も三五夜中納言」（『玉海集』）という句がある。「三五夜中」と「中納言」が掛けてある。

琴詩酒《きんししゅ》の友は皆我を抛《なげう》つ　雪月花の時に最も君を憶《おも》ふ
　（交友・七三三番）
琴詩酒友皆抛我　雪月花時最憶君
【現代語訳】琴・詩・酒をともに楽しんだ友は皆私を見捨ててしまったが、雪・月・花の時に、とりわけ君のことを思い起こす。

也有《やゆう》著『鶉衣《うずらごろも》』前編（天明七年〈一七八七〉刊）に収められている俳文「煙草説」の中に「烟草の友となるこそ琴詩酒の三つにもまさるべけれ」とある。

川端康成もノーベル賞受賞講演でこの詩句に触れた（「美しい日本の私」）。

以上ざっと見てきただけでも、白詩がじつに浪漫的で甘美だということがわかるであろう。そして、同時代から後代に至るまで、これらの詩句が受容されているのは、『和漢朗詠集』という詞華集がいつの代にも愛好されたからに他ならない。

一つ付け加えておくと、江戸時代の受容の場合、『和漢朗詠集』から直接的に影響を受けている場合と、『和漢朗詠集』を参考に謡曲の詞章が作られ、それを摂取している場合というように、複数の回路が想定される。この点は、注意すべきであろう。(6)

ちなみに、さきほど『枕草子』のところで触れた「香炉峰の雪は簾を撥げて看る」も、『和漢朗詠集』に収められている。

三舟の才

『和漢朗詠集』の編者藤原公任が和歌・漢詩・管絃にわたってすぐれていたという逸話――いわゆる「三舟《さんしゅう》の才」――を『大鏡』「師尹《もろただ》」から引こう。

ひととせ、入道殿の、大井河に逍遥せさせ給ひしに、作文のふね・管絃の舟・和歌のふねとわかたせ給ひて、そのみちにたへたる人々をのせさせ給ひしに、この大納言殿のまゐりたまへるを、入道殿、「かの大納言、いづれのふねにかのらるべき」とのたまはすれば、「和歌のふねにのりはべらむ」とのたまひて、よみ給へるぞかし、

　をぐらやまあらしのかぜのさむければもみぢのにしききぬ人ぞなき

申しうけ給へるかひありてあそばしたりな。御みづからものたまふなるは、「作文のにぞのるべかりける。さてかばかりの詩をつくりたらましかば、名のあがらむこともまさりなまし。くちおしかりけるわざかな。さても殿の『いづれにかとおもふ』とのたまはせしになん、我ながら心おごりせられし」とのたまふなる。一事《ひとこと》のすぐるるだにあるに、かくいづれのみちもぬけいで給ひけんは、いにしへもはべらぬ事なり。

〔日本古典文学大系『大鏡』岩波書店〕

【現代語訳】ある年、入道殿（藤原道長）が大井河で遊覧なさった時に、作詩の船、管絃の船、和歌の船とお分けなさって、その道に堪能な方々をお乗せになったところ、公任卿

が参上なさって、入道殿が「あの大納言はどの船にお乗りになるのだろうか」とおっしゃったところ、「和歌の船に乗りましょう」とおっしゃって、お詠みになった、

小倉山や嵐山から吹いて来る山風が寒いので、紅葉のような錦織物を着ない人などいない。

お願いして引き受けた甲斐があって、上手にお詠みになったことだ。ご自身でおっしゃったと聞いたのだが、「作詩の船に乗るべきであった。そうしておいて、この程度の詩を作っていたならば、名声の上がることもいっそうであったろうに。残念なことであるよ。それにしても、入道殿が『どの船に乗ろうと思うか』とおっしゃった時、我ながら得意気になったことだ」とおっしゃった。ひとつの事がすぐれているだけでもすばらしいのに、このようにどの道も抜きん出ていられたことは、昔にもないことである。

公任は、和歌の船に乗って名歌を詠み、後で、作詩の船に乗ればよかったと悔やむ。このことによって、この時代、〈漢〉がまだ〈和〉より上位にあることが確認できよう。ただ「作文のにぞのるべかりける」と後で言うのなら、なぜ最初から作詩の船に乗らなかったのだろう。

そういう意味では、この時期にまだ〈漢〉の力が強かったものの、〈和〉もそれなりに勢力を

伸ばしていたのかもしれない。[7]
公任が「心おごり」したのは、道長が公任ならどの船に乗ってもすばらしいのだろうと考えていたことを察知したからである。

大江匡房

院政期に最も活躍した〈漢〉の代表的存在と言えば、大江匡房《おおえのまさふさ》（一〇四一～一一一一）である。[8]学者の家に生まれ、後三条・白河・堀河天皇の侍読をつとめた。有職故実書の『江家次第《ごうけしだい》』、念仏往生者の伝記『続本朝往生伝』、『和漢朗詠集』の注釈『朗詠江注』、説話集『江談抄』など著作も多い。

四歳で初めて書を読み、八歳で「史漢」（『史記』と『漢書』）に通じ、十一歳にして詩を作り、神童と称された（『大日本史』）。

承徳二年（一〇九八）、五十八歳の時、都督《ととく》――大宰府の長官――に任ぜられたので、その地に下向。菅原道真を葬った安楽寺聖廟において、曲水宴の序文を書いて披講したところ、天神も感動して、御殿の戸が鳴ったと、『江談抄』や『古今著聞集』は伝える。「講ぜらるる時、御殿の戸のなりたりけるは、満座の府官僚管、一人ものこらずみなこれをききけり。そのころ雷のごとくになん侍りける」（『古今著聞集』）だった。

　ここでは、その漢文の例として「遊女記」の冒頭を引いておこう。「遊女」を詠むということ自体は、紀長谷雄《きのはせお》・源　順《みなもとのしたごう》・大江以言《もちとき》らによってなされており、この文もそういった作詩文の系譜上にある。

　山城国与渡津《よどのつ》より、巨川に浮かびて西に行くこと一日、これを河陽《かや》と謂ふ。山陽・西海・南海の三道を往返する者は、この路に遵《よ》らざるはなし。江河南し北し、邑《むら》々処々に流れを分かちて、河内国に向かふ。これを江口《えぐち》と謂ふ。蓋《けだ》し典薬寮《くすりのつかさ》の味原《あぢふ》の牧《むまき》、掃部寮《かむもりのつかさ》の大庭の庄なり。

　摂津国に到りて、神崎・蟹島《かしま》等の地あり。門を比《なら》べ戸を連ねて、人家絶ゆることなし。倡女《うため》群を成して、扁舟に棹さして旅船に着き、もて枕席《しんせき》を薦む。声は渓雲を遏《とど》め、韻は水風に飄《ただよ》へり。経廻の人、家を忘れずといふことなし。洲蘆浪花、釣翁商客、舳艫《じくろ》相連なりて、殆《ほとほと》に水なきがごとし。蓋し天下第一の楽しき地なり。（原漢文）

〔日本思想大系『古代政治社会思想』岩波書店〕

「江口」は、平安時代に遊里としてよく知られていた。そして「神崎・蟹島等」は「天下第一の楽しき地」だった。

なお、「枕席を薦む」は『文選』に載る宋玉の「高唐賦」――楚の懐王が夢の中で神女と契りを結んだ故事――にある「願はくは枕席を薦めんと」により、「声は渓雲を遏め」は『列子』湯問にある「声は林木を振るはせ、響きは行雲を遏む」によっているというように、典拠のあることばをちりばめながら、文章を作っているのである。

第二節 〈和〉の確立

仮名文字の発達

平安時代初期、万葉仮名をもとにして、仮名文字ができる。(9) このことは、和風文化、〈和〉の確立に重要な役割を果たすことになる。

万葉仮名からは、それを草体に書き崩した草仮名が生まれた。

そして、漢文を訓読する訓点の記入のために片仮名が生まれ、九世紀半ばには平仮名が用いられるようになる。

藤原良相《よしみ》（八一三～六七）邸宅跡から、平仮名が墨書された土器（八五〇年頃から八七五年頃のものと推定される）が発掘されている。

また、元慶元年（八七七）頃の、平仮名が書き付けられた資料として『教王護国寺《きようおうごこくじ》千手観音像胎内檜扇墨書《ひおうぎぼくしょ》』もある。

平仮名がまとまった形で記される最初は『古今和歌集』である。

その後、平仮名は、十世紀から十一世紀にかけて、和歌・物語の制作に大きく貢献した。

『古今和歌集』小野小町

では、〈和〉の文学を見よう。

まずは、醍醐天皇の命により、延喜五年（九〇五）に紀貫之《きのつらゆき》（?～九四五?）らによって撰進された、最初の勅撰和歌集『古今《こきん》和歌集』について取り上げたい。

その歌風は、掛詞や縁語を駆使した優美なものと言える。平仮名の発達は、日本語の音声への感覚を鋭敏にし、そこから掛詞も積極的に使われるようになる。

作歌年代は、よみ人しらず、六歌仙（在原業平・小野小町ら）、撰者それぞれの時代の三期に分けられる。

いかにも『古今和歌集』らしい一首を鑑賞してみたい。小野小町《おののこまち》の歌である。


みるめなきわが身を浦と知らねばやかれなで海人《あま》の足たゆく来る

（恋三・六二三番）

〔和歌文学大系『古今和歌集』明治書院〕

【現代語訳】逢う機会のない私の身を、海松布《みるめ》の生えていない浦のように「憂きもの」だと気付かないのだろうか。あきらめて遠ざかることもなく、あの人は足がだるくなるほどしきりに通って来る、漁師が海辺を行き来するように。

「みるめ」に「海松布」と「見る目」――逢う機会――、「うら」に「浦」と「憂」が掛かり、収穫もないのに海辺を漁師が行き来する海岸の風景と、夜ごと通って来ては虚しく帰る求愛者という恋の世界が重ね合わされている。自然の光景と人間世界が二重写しになっているとも言える。そのようにして、求愛する男に対して脈がないと言って斥ける歌なのだ。また、「海松布」「浦」「海人」が縁語となる。「みるめ」は、和歌に用いられた場合は、ほぼ例外なく「海松布／見る目」の掛詞となって、それに伴い、海にまつわる縁語が形成されることが多い(10)。

以上のように、繊細にことばと美意識を組み合わせていくところに、〈和〉の達成を見て取ることができよう。

『古今和歌集』は平安貴族にとって最も基礎的な教養の一つであった。たとえば、『枕草子』「清涼殿の丑寅《うしとら》の隅《すみ》の」には、次のような逸話が載る。

宣耀殿女御《せんようでんのにょうご》(藤原芳子。?〜九六七)は、父の教えによって『古今和歌集』をすべて暗記していた(父は、『古今和歌集』以外に書道と琴も習うよう命じた)。そのことをかねて聞いていた村上天皇

（九二六〜六七）が試してみたところ、本当に覚えていたという。

さらに、江戸時代に至るまで、『古今和歌集』は作歌の規範とされ、九五〇年余年にわたって、和歌史を律し続けたと言える。

『伊勢物語』芥川

つづいて、『伊勢《いせ》物語』を見たい。

原型の成立は『古今和歌集』以前だが、そこから増補・改編して、平安時代中期に現在の形になったとされる。

在原業平《ありわらのなりひら》（八二五〜八八〇）とおぼしき男性を主人公として、さまざまな恋愛譚約一二五章段から成る。

ここでは、六段「芥川」を引こう(11)。

むかし、をとこありけり。女のえ得《う》まじかりけるを、年を経《へ》てよばひわたりけるを、からうじて盗み出でて、いと暗きに来《き》けり。芥川といふ河を率《ゐ》ていきければ、草の上におきたりける露を「かれは何ぞ」となんをとこに問ひける。ゆくさき多く夜もふけにければ、鬼ある所とも知らで、神《かみ》さへいといみじう鳴り、雨もいたう降りければ、あばらなる蔵に、女をば奥におし入れて、をとこ、弓、籙《やなぐひ》を負ひて戸口に居り。はや夜も明けなんと思ひつつゐたりけるに、鬼はや一口に食ひてけり。「あなや」といひけれど、神鳴るさわぎに、え聞かざりけり。やうやう夜も明けゆくに、見れば、率て来《こ》し女もなし。足ずりをして泣けども、かひなし。

白玉かなにぞと人の問ひし時露と答へて消えなましものを

これは、二条の后の、いとこの女御の御もとに、仕うまつるやうにてゐ給へりけるを、かたちのいとめでたくおはしければ、盗みて負ひていでたりけるを、御兄人《せうと》堀河の大臣、太郎国経《くにつね》の大納言、まだ下《げ》らふにて内へまゐり給ふに、いみじう泣く人あるをききつけて、とどめてとりかへし給うてけり。それを、かく鬼とはいふなりけり。まだいと若うて、后のただにおはしける時とや。

〔日本古典文学大系『竹取物語　伊勢物語　大和物語』岩波書店〕

【現代語訳】昔、男がいた。女の、手に入れられそうになかったのを、長年もの間求婚しつづけたが、やっとのことで盗み出して、たいそう暗い中を逃げて来た。芥川という川のほとりを、女を連れて行ったところ、草の上に置かれている露を女が見て「あれは何」と男に問いかけた。行く先はまだ遠く、夜も更けてきたので、鬼がいる所だとも知らずに、雷までもがたいそう激しく鳴り、雨もひどく降ったので、戸じまりのない倉に、女を奥の方に押し入れて、男は弓と胡籙――矢を入れる道具――を背負って戸口にいた。

はやく夜が明けてほしいと思いながらすわっているうちに、鬼があっという間に一口で女を食べてしまった。「あれー」と女は言ったけれども、雷が騒がしかったので、男は女の声を聞くことができなかった。次第に夜が明けていき、見ると、連れてきた女がいない。両足を擦り合わせて泣いたけれども、どうしようもない。

「あれは白玉ですか、何ですか」とあの方が尋ねた時に、「あれは露ですよ」と答えて、露のようにはかなく消えてしまえばよかったのに。

この話は、二条の后が、いとこの女御のもとで、お仕えするような形でいらしたのを、容貌がとても美しくていらしたので、盗み出して背負って出たのを、后の兄の堀河の大臣基経、長男の国経大納言が、まだ身分も低くていらして、参内なさる時に、ひどく泣く人がいるのを聞きつけて、引きとどめて、取り返してしまわれた。それを、このように鬼に食われたと言ったのである。二条の后がまだとても若くて、普通の身分でいらした時のことであるとかいうことだ。

「二条の后」とは、『伊勢物語』において昔男の恋の相手としてしばしば登場する藤原高子《たかいこ》（八四二～九一〇）、藤原長良《ながら》の娘である。清和天皇の女御となり、陽成天皇を産んだ。業平より十七歳年下である。

この話は和歌までの前半と、それ以後の後半とに分けられる。すなわち、昔男が奪ってきた女を鬼に食われてしまうという前半と、男（在原業平）が二条の后を兄基経・国経らに奪回されてしまうという後半があるわけだ。物語の内部と外部と言い換えてもよい。前半だけだと鬼が存在することを肯定的に捉えていることになってしまう。文学作品としては、その方がおもしろいと感じる人も多いのではないか。私も最初この話を読んだ時、後半は蛇足と感じた。後半がある理由としては、鬼の存在を否定するような種明かしを添えることで、年少の読者に対して鬼への恐怖を払拭したいという配慮が発揮されたため、またもとになった人物は誰かという下世話な興味を満たそうとする欲望が万人にあるため、などが考えられるだろう。

では、芥川の段の魅力とは何か。

まず、これは『伊勢物語』全体についても言えることだが、昔男の情熱的なありかたである。昔男の恋は、困難なものに敢えて立ち向かうところに、その本質がある。危険を犯してまで、ほとんど不可能に近い恋を成就させようとする昔男の情熱には、恋に対する崇高なまでの真摯さを感じずにはいられない。そして、『伊勢物語』の中でも、困難さの度合いが強いのは、この二条の后の話なのである。「芥川」では、「足ずりをして泣けども、かひなし」というところ、切なくてとてもいい。

他に、芥川の段固有の魅力として三点考えられる。

第一に、恋の逃避行がもたらす緊張感である。逃避行の過程の描写はじつに調子がいい。

第二に、鬼の存在である。怪異性は読者をひきつける重要な要素である。

第三に、抒情性である。その中心となるのが、白露をめぐる二人のやりとりである。慌ただしい逃避行のなかで深窓の令嬢がつぶやく一言は、彼女の育ちのよさ、逆に言えば世間知らずの一面を読者に印象づける。

なお、芥川は、宮中にある大宮川、虚構の川という説もあるが、やはり摂津国北東部を流れる実在の川であろう。というのも、六十六段に「津の国にしる所ありける」とあるように、男は摂津国に領地を持っており、そこを目指して逃走していたのだ。[12]

江戸時代の受容についても触れておく。

川柳には、「やわやわとおもみのかかる芥川」（誹風柳多留・初篇、明和二年〈一七六五〉刊）がある。芥川のほとりを走った時に、昔男は十二単衣を着た姫君を背負っていたので、「やわやわと」重みを感じたろうと想像しておかしがっている。

絵画では、柳が植えられている川のほとりを昔男が姫君を背負って走って行くという、嵯峨本『伊勢物語』（慶長十三年〈一六〇八〉刊）での構図（図2・2）が規範となって、さまざまな作品が作られた。菱川師宣《ひしかわもろのぶ》（?〜一六九四）が『伊勢物語頭書抄《とうしょしょう》』（延宝七年〈一六七九〉刊）の挿絵などにおいてこの構図をほぼ踏襲したことで、より流布したとも言える。物語の場面についての構図が一つの型として確定し、人々の脳裏に刻まれていく。そのようにして教養は流布・浸透していくのだ。

　ここでは、構図の型を受容した例として、享保（一七一六〜三六）頃の絵師奥村源六《おくむらげんろく》の「見立芥川」（図2・3）を挙げておく。型を利用しつつ、昔男を若侍に変えることで当世風に仕立てているのがよくわかるだろう。雅びなものを卑俗化して捉えたとも言える。受容と創造の両方があっ

図2・2　嵯峨本『伊勢物語』（国立公文書館内閣文庫蔵）

図2・3　奥村源六「見立芥川」（『伊勢物語と能』（日本芸術文化復興会、2001年）より転載。平木浮世絵美術館蔵）

てこそ、文化は発展していくのである。

Coffee break「平安文学の思い出など」

王朝の香り漂う優雅な平安文学は、やはり古典文学の王道だ。私も好きな作品は多い。教科書にも、『竹取物語』『伊勢物語』『源氏物語』『枕草子』『大鏡』などが並び、高校古文の中心を占めている。

私は高校生の時、とても古文が好きだったので、自ら「古文千本ノック」と称して、『蜻蛉日記』を全文読むことにした。もちろん、わからないところは現代語訳に頼りながらである。しかし、読了した時には、女流文学の世界がよくわかった気がしたし、古文の生理のようなものも摑めた気がした。古文という科目がより好きになった。『源氏物語』を通読したのは、大学二年生の時。日本古典文学大系（岩波書店）によってであった。ほとんど頭注を読んでいたようなものだったが。

『源氏物語』

十一世紀初頭に、紫式部《むらさきしきぶ》の著した『源氏物語』が成立する。

この作品の魅力は、長編小説ゆえに奥行きが深いこと、文章が情感豊かであること、そして登場人物たちの心情が多彩にかつ微細に描かれることなどにある。

ここでは若菜下巻から、柏木と女三宮の密通を知った光源氏が痛烈な皮肉を言って、柏木に打撃を与えるという、有名な場面を引こう(13)。

主の院、「過ぐる齢《よはひ》にそへては、酔《ゑひ》泣きこそとどめがたきわざなりけれ。衛門督《ゑもんのかみ》心とどめてほほ笑《ゑ》まるる、いと心恥づかしや。さりとも、今しばしならむ。さかさまに行《ゆ》かぬ年月よ。老いは、えのがれぬわざなり」とてうち見やりたまふに、人よりけにまめだち屈《くん》じて、まことに心地もいとなやましければ、いみじきことも目もとまらぬ心地する人をしも、さし分きて空酔《そらゑ》ひをしつつかくのたまふ、戯れのやうなれど、いとど胸つぶれて、盃のめぐり来るも頭《かしら》いたくおぼゆれば、けしきばかりにて紛らはすを御覧じ咎《とが》めて、持たせながらたびたび強ひたまへば、はしたなくてもてわづらふさま、なべての人に似ずをかし。

〔新編日本古典文学全集『源氏物語』小学館〕

【現代語訳】主の院（光源氏）は「過ぎゆく齢とともに、酔って泣くことは止められなくなるものだ。衛門督（柏木）が心をとめて笑っていらっしゃるが、まことに気恥ずかしいことである。そうであっても、今しばらくのことであろう。さかさまに流れては行かない年月なのだ。老いから逃れることなどできないのである」と言って、ちらりと目をお向けになると、柏木は他の人よりも生真面目になり気も滅入っていて、本当に気分もひどく悪いので、すばらしい試楽も目に入らない心地であるその人を、名指して、酔ったふりをしながら、このようにおっしゃるのは、冗談のようにではあるが、柏木はますます胸がどきどきして、盃が回って来ても頭が痛く思われるので、飲んだふりをしてごまかそうとすると、光源氏はそれを見咎めなさって、盃を持たせながら、何度も無理にお勧めなさるので、間が悪くて困っている柏木の様子は、普通の人とは違って魅力的である。

この時、光源氏は四十七歳。老いて見苦しく酔い泣きしている自分を見て笑っていると、柏木に皮肉を言う。他の人には宴席での戯れ言と聞こえても柏木にはそれがどういう意味かわかる。女三宮との密通を知られてしまったのだ！　これによって柏木は立ち直れないほどの痛手を負う。盃が回って来ても、胸が苦しくて酒を飲めないので、柏木は飲むふりをしてなんとか取り繕おうとするが、光源氏は許さない。この後、柏木は病の床に臥し、帰らぬ人となった。

『無《む》名《みょう》草《ぞう》子《し》』が「むげにけしからぬ御心」と非難するほど、光源氏のこの振る舞いはえげつない。しかし、そういう部分をもごまかさずにきちんと描くところ、『源氏物語』がすぐれている所以である。

そして、年を取れば誰しもが持つ老いへの苦しみ、若者への引け目を、普遍的に描いてもいる。そこも、よい。

なお、この「さかさまに行かぬ年月よ。老いはえのがれぬわざなり」は、『古今和歌集』のよみ人しらず歌、

さかさまに年もゆかなむとりもあへず過ぐる齢やともに帰ると　（雑上・八九六番）

【現代語訳】さかさまに年月が流れて行ってほしい。つかまえることができずに過ぎてしまった齢が、年月とともに帰って来るかとも思うので。

によっている。「なむ」は他への願望を表す終助詞である。

このように、有名な古歌を踏まえて文章を作る技法を「引き歌」と言う。古歌の持つ情感を利用して、その箇所にいっそうの趣を付与する機能があるのである。人々が教養として知っている古歌を下敷きにすることで感動を増幅させる装置だとも言えよう。

なお、『源氏物語』における〈漢〉の要素についても触れておく。

三十三歳の光源氏が、十二歳で元服した我が子夕霧（葵上の遺児）に、大学寮に入ってきちんと学問を学ぶべきだと述べる、少女《おとめ》巻の場面である(14)。

光源氏は言う。

名門貴族の子弟は、思いのままに昇進するため、栄華におごる気持ちが出てしまうものだ。世間の人はそれをばかにしながらも、表面的には追従する。しかし、いったん勢力が衰えると、人に軽蔑されて頼るものも無くなってしまうのである。そうであってはならず、「なほ、才《ざえ》をもととしてこそ、大和魂の世に用ゐらるる方《かた》も強うはべらめ」――やはり学問を基礎としてこそ実務的な能力が世間に認められるということも確実でしょう――でなくてはならない。この「才」は漢学であり、「大和魂」とは「実務を処理する能力」（『岩波古語辞典』）である。

夕霧は勉学に勤しみ、寮試（擬文章生試）で出される『史記』『漢書』『後漢書』『文選』を読み終えた。『史記』は四、五ヶ月で読了した。『延喜式』では『史記』は七七〇日かけて読むものなので、これは異例の速さである。

そして、寮試に及第して擬文章生《ぎもんじょうのしょう》となり、朱雀院行幸で勅題を賜って詩文を作り、進士《しんし》（文章生）となった。十三歳の時であった。

以上、平安時代において、〈漢〉が規範とされつつも、〈和〉も確立した様相をあらあら辿ってみた。〈和〉と〈漢〉がどのように併立していくのかを、次章の鎌倉・室町時代で確かめてみたい。

注

（1）後藤昭雄『平安朝漢文学論考　補訂版』勉誠出版、二〇〇五年。

（2）藤原克己『菅原道真』ウェッジ、二〇〇二年、二四八頁。滝川幸司『菅原道真』（中公新書、二〇一九年）も参照されたい。

（3）柳澤良一『菅家後集の研究』汲古書院、二〇二二年、八六頁。

（4）湯浅佳子『近世小説の研究――啓蒙的文芸の展開』汲古書院、二〇一七年、四二七頁。

（5）「三ケ国語対応型ヴィジュアル・テキスト・ライブラリー」であり、「王朝エンカルタ」なのである（松岡正剛『千夜一夜エディション　源氏と漱石』角川ソフィア文庫、二〇二三年）。

（6）拙著『江戸古典学の論』汲古書院、二〇一一年、二九六〜三〇〇頁。

（7）保坂弘司『大鏡全評釈』（上）、學燈社、一九七九年、三三四頁。

（8）川口久雄『大江匡房』（吉川弘文館・人物叢書、一九六八年）、磯水絵『大江匡房』（勉誠出版、二〇一〇年）などを参考にした。

（9）仮名文字の発達については、以下の参考文献を参照した。山口明穂他『日本語の歴史』東京大学出版会、一九九七年。沖森卓也「文字――仮名の発現」『万葉集を読む』吉川弘文館、二〇〇八年。同『日本語全史』ちくま新書、二〇一七年。川尻秋生「新たな文字文化の始まり」『シリーズ古代史をひらく　文字とことば』岩波書店、二〇二〇年。

（10）鈴木宏子『「古今和歌集」の創造力』ＮＨＫブックス、二〇一八年、一九七〜一九八頁。

（11）拙著『伊勢物語の江戸』森話社、二〇〇一年。

（12）鈴木宏子「〈距離〉の文学・伊勢物語」『日本文学』二〇二二年三月。

（13）高田祐彦「光源氏も老いる」（『人生をひもとく日本の古典第一巻　からだ』岩波書店、二〇一三年）を参考にした。

（14）野口元大「夕霧元服と光源氏の教育観」（『講座源氏物語の世界』第五集、有斐閣、一九八一年）、増田繁夫「大学寮」（同上）を参考にした。

付記　平安貴族の読書についても触れておく。初期段階で学ぶ書——幼学書——としては、『千字文』『百二十詠』『蒙求《もうぎゅう》』『和漢朗詠集』などがあり、これらを修得した後は『史記』『漢書』『後漢書』『文選』などを学ぶことが多かった。佐藤道生『日本人の読書　古代・中世の学問を探る』（勉誠社、二〇二三年）五五〜七六頁参照。

第三章　鎌倉・室町時代

――〈和〉〈漢〉の併立

文治元年（一一八五）に平氏が滅亡し、建久三年（一一九二）に源頼朝が征夷大将軍に任ぜられて、武家政権としての鎌倉幕府が誕生した。その後、元弘三年（一三三三）北条高時自殺、鎌倉幕府滅亡までが鎌倉時代である。三代将軍没後、北条氏が代々執権をつとめた。

鎌倉仏教が庶民にまで広がった。

『新古今和歌集』『方丈記』『徒然草』が成立した。

鎌倉幕府の滅亡後、後醍醐天皇によって建武の新政がなされた。しかし、足利尊氏らは武家政権再興を目指し、南北朝の動乱となる。

尊氏が開いた幕府は、三代将軍義満が京の室町の邸宅で政治を行ったので、室町幕府と呼ばれる。明徳三年（一三九二）の南北朝合一から、天正元年（一五七三）に十五代将軍義昭が織田信長に追放されるまでが室町時代である。

応仁元年（一四六七）、応仁の乱が起こり、戦国時代に突入する。応仁の乱の前後に大きな文化的断絶が生じた。

第一節 〈和〉の世界

『新古今和歌集』後鳥羽天皇

後鳥羽《ごとば》天皇（一一八〇～一二三九）の命によって、藤原定家《ていか》（一一六二～一二四一）らが編纂したのが、八番目の勅撰和歌集『新古今《しんこきん》和歌集』である。元久二年（一二〇五）に撰進された。

一言でまとめれば、優雅な調べを持つ、耽美的な歌風と言えるだろう。

ここでは、建仁三年（一二〇三）に催された、藤原俊成《しゅんぜい》（一一一四～一二〇四）の九十歳を寿ぐ歌会で詠まれた、後鳥羽天皇の歌を引こう。(1)「釈阿」は俊成を言う。

釈阿、和歌所にて九十賀し侍りし折、屏風に、山に桜咲きたる所を

桜咲く遠山鳥《とほやまどり》のしだり尾のながながし日もあかぬ色かな

（春下・九九番）

〔角川ソフィア文庫『新古今和歌集』〕

【現代語訳】桜が咲く遠山の景色は、山鳥のしだり尾のように長い春の一日、いくら見ても飽きない美しい色であることだ。

本歌は、

あしひきの山鳥の尾のしだり尾のながながし夜をひとりかも寝む

（万葉集・巻十一・作者未詳・二八〇二番、拾遺和歌集・恋三・柿本人麻呂《かきのもとのひとまろ》・七七八番）

である。「山鳥」は、夜は谷を隔てて雄と雌が別々に寝る。尾は長い。その山鳥の尾のように長い夜を一人わびしく寝るのだろうかと詠む。

本歌は恋の歌であり、その趣も残しつつ、自然詠に移し替えた。そして、夜から昼へと変えている。

後鳥羽天皇は俊成を最も尊敬し、頼りにも思っていた。そこで歌聖人麻呂の歌を本歌取りすることで、俊成を人麻呂に擬えて祝意を表したのである。

桜を一日中眺めていても飽きないと歌いつつ、俊成が九十歳まで長生きしたのを慶賀する気持ちをこめることで、自然と人間の風景を二重写しにするところに表現の厚みが生まれている。歌の構造に着目すると、本歌に基づく比喩表現が入れ子型になっているところが、きれいだと思う。

『方丈記』

和漢混淆《こんこう》文の先駆けと言うべき、建暦二年（一二一二）成立の、鴨長明《かものちょうめい》『方丈記《ほうじょうき》』を読もう。『方丈記』と言えば、「ゆく河の流れは絶えずして、しかも、もとの水にあらず」という冒頭や、火事や地震などの災厄についての記述に注目が行きがちだが、心静かに日々を送る住まいのさまも、とてもよい。日野山の閑居について記した部分を、三段落に分けて鑑賞したい。(2)

　春は藤波を見る。紫雲《しうん》のごとくして、西方《さいほう》に匂ふ。夏は郭公《ほととぎす》を聞く。語らふごとに、死出《しで》の山路《やまぢ》を契る。秋はひぐらしの声、耳に満てり。うつせみの世をかなしむほど聞こゆ。冬は雪をあはれぶ。積もり消ゆるありさま、罪障《ざいしょう》にたとへつべし。

若《も》し、念仏ものうく、読経《どきょう》まめならぬ時は、みづから休み、身づからおこたる。さまたぐる人もなく、また恥づべき人もなし。ことさらに無言をせざれども、独り居《を》れば、口業《くごう》を修めつべし。必ず禁戒を守るとしもなくとも、境界《きょうがい》なければ何につけてか破らん。

若し、あとの白波に、この身を寄する朝《あした》には、岡の屋にゆきかふ船をながめて、満沙弥《まんしゃみ》が風情を盗み、もし、桂の風、葉を鳴らす夕《ゆふべ》には、潯陽《じんよう》の江《え》を思ひやりて、源都督《げんととく》のおこなひをならふ。若し、余興あれば、しばしば松のひびきに秋風楽《しゅうふうらく》をたぐへ、水のおとに流泉《りゅうせん》の曲をあやつる。芸はこれつたなけれども、人の耳をよろこばしめむとにはあらず。ひとりしらべ、ひとり詠じて、みづから情《こころ》をやしなふばかりなり。

〔日本古典文学大系『方丈記　徒然草』岩波書店〕

【現代語訳】春は、藤の花が波打つのを見る。阿弥陀如来の来迎の時の紫雲のように、西方に美しく咲いている。夏は、ほととぎすの鳴くのを聞く。そのたびに、あの世への道案内をしてくれるようにと約束する。秋は、ひぐらしの声が耳一杯に聞こえる。はかないこの世を悲しむように聞こえる。冬は、雪をしみじみと見る。積もったり消えたりするさまは、人間の犯す罪障が積もったり消えたりするのに喩えられよう。

もし念仏するのも億劫で、お経を読むのも身が入らない時は、思うままに休み、思うままに怠ける。それを邪魔する人もいないし、恥じなければならない人もいない。わざわざ無言の行をしなくても、一人で暮らしていれば、口による悪い行いも犯さずにすむはずだ。仏道修行をする者にとっての戒めを強いて守るというわけではないにしても、それを破る環境にはないのだから、何によって破ることがあろうか。

もし、行く船の跡に立つ白波のはかなさに、我が身を思い寄せる朝には、岡の屋に往来する船を眺めて、満誓《まんぜい》沙弥の風情を気取って歌を詠み、もし桂の葉が風に鳴る夕には、白居易が潯陽江で琵琶を聞いたのを思いやって、源経信《つねのぶ》の日常に倣って琵琶を弾く。もし、さらに興趣が尽きないなら、幾度も松風の音に合わせて秋風楽を奏で、流れる水の音に合わせて、流泉の曲を奏でる。私は技能は拙いけれども、人に聞かせて喜ばせようというわけではないのだ。一人で演奏し、一人で歌を詠み、自分自身の心を慰めるだけのことだ。

第一段落。和歌的美意識（藤波・郭公・ひぐらし・雪）を取り上げては、仏教的な思索に結び付けていく。

第二段落。仏教語（念仏・読経・無言・口業・禁戒・境界）をまじえつつ、和文としてもこなれている。「念仏ものうく、読経まめならぬ時は、みづから休み、身づからおこたる」というところが自由で心地よい。

第三段落。さらに和文的な要素が強まる中に、漢語（満沙弥・風情・潯陽・源都督）も用いられ、

世の中を何にたとへむ朝ぼらけ漕ぎ行く船の跡の白波

潯陽江頭　夜客を送れば／楓葉《ふうよう》　荻花《てきか》　秋索索《さくさく》たり
（『白氏文集』巻十二「琵琶行」）
（拾遺和歌集・哀傷・沙弥満誓・一三二七番、和漢朗詠集・無常・七九六番）

などを踏まえ、格調も高い。

全体に、孤独に耐える強さと、物事に捕らわれないのびやかさがある。私は、さびしくて鬱々とした気分の時に、この文章を読むと、とても救われる気持ちになる。

『平家物語』宇治川先陣

『平家《へいけ》物語』の文体も〈和〉と〈漢〉のよさがほどよく合致したものと言える。

巻九「宇治川先陣」の一節を引こう。梶原源太景季《かじわらげんだかげすえ》も熱心に望んだ「いけずき」を頼朝から賜ったのは、佐々木四郎高綱《ささきしろうたかつな》だった。佐々木と梶原の二人は、先陣を期して、宇治川に入っていった。

佐々木四郎「此の河は西国一の大河ぞや。腹帯《はるび》ののびてみえさうぞ。しめ給へ」といはれて、梶原さもあるらんとや思ひけん、左右のあぶみをふみすかし、手綱を馬のゆがみにすて、腹帯をといてぞしめたりける。そのまに佐々木はつとはせぬいて、河へざっとぞうちいれたる。

梶原たばかられぬとやおもひけん、やがてつゞゐてうちいれたり。「いかに佐々木殿、高名《こうみよう》せうどて不覚し給ふな。水の底には大綱あるらん」といひければ、佐々木太刀をぬき、馬の足にかかりける大綱どもをばふつふつとうちきりうちきり、いけずきといふ世一《よいち》の馬にはのったりけり、宇治河はやしといへども、一文字《いちもんじ》にざっとわたいてむかへの岸にうちあがる。梶原がのったりけるする墨は、河なかよりのためがたにおしなされて、はるかのしもよりうちあげたり。佐々木あぶみふんばりたちあがり、大音声《だいおんじよう》をあげて名のりけるは、「宇多天皇より九代の後胤《こういん》、佐々木三郎秀義が四男、佐々木四郎高綱、宇治河の先陣ぞや。われとおもはん人々は高綱にくめや」とて、おめいてかく。

〔日本古典文学大系『平家物語』岩波書店〕

【現代語訳】佐々木四郎に、「この川は西国一の大きな川なのだぞ。腹帯がゆるんで見えますぞ。お締めなされ」と言われて、梶原はそんなこともあるだろうと思ったのか、鐙を左右に踏み開いて、馬の腹から少し離し、手綱を馬のたてがみに投げかけ、腹帯を解いてから締め直した。その間に佐々木はさっと駆け抜いて、川へざっと乗り入れた。梶原はだまされたと思ったか、すぐに続いて乗り入れた。「なんと佐々木殿、手柄を立てようとして思わぬ失敗をなさいますな。川底には大綱が張ってあるでしょう」と言ったので、佐々木は太刀を抜き、馬の足に引っかかった何本もの大綱をぶつぶつと何回も打ち切りながら、いけずきという日本一の名馬に乗ったこともあり、宇治川が急流とはいえ、一直線にざっと渡って、向こう岸に上がる。梶原が乗っていたする墨は、川の途中から矢竹を曲げたような曲線の形に押し流されて、はるか川下から乗り上げた。佐々木は鐙を踏ん張って立ち上がって、大音声をあげて名乗ることには「宇多天皇より九代の後胤、佐々木三郎秀義が四男、佐々木四郎高綱、宇治河の先陣であるぞ。われこそはと思う人々はこの高綱に組めや」と叫んで突入する。

戦いのさまが躍動感をもって描かれており、読んでいて心地よい。小林秀雄が言うように、「荒武者と駻馬《かんば》との躍り上る様な動きを、はっきりと見て、それをそのままはっきりした音楽にしている」（『無常といふ事』「平家物語」）のだ。

「ざっと」とか「ふつふつ」といった擬態語が、文章の調子を生き生きとするのに役立っている。「のったりけり」という促音便もとても印象的だ。このことは、語り物だという特性に加えて、東国方言にはこういった表現が多いということも起因していよう。(3)

「腹帯がゆるんで見えますぞ」などと言って梶原をだます佐々木のやり方は一見卑怯なようだが、むしろ知略を尽くして戦うことがよしとされていた時代なのだ。(4)

正岡子規《まさおかしき》の歌に、「先がけのいさを立てずば生きてあらじと誓へる心馬も知りけん」（歌題「宇治川」。『竹乃里歌』二〇三〇番）がある。

図3・1　「宇治川先陣」明暦二年（1656）版本（内閣文庫蔵）

図3・1に、明暦二年（一六五六）刊の『平家物語』における「宇治川先陣」の挿絵を挙げた。

『徒然草』

元徳二年（一三三〇）頃から元弘元年（一三三一）頃を中心に書かれたかとされる、兼好《けんこう》法師の『徒然草《つれづれぐさ》』は、じつに趣深い。

私は、中学三年生の時に、通して読んだ。現代語訳を参考にすれば、中学生でも十分読解できる古文であり、面白くて一気に読み終えたという記憶がある。そして時を経て、人生の節目に読み返すと、その度ごとに味わいが異なり、全体として読解も深まっていった。四十歳で読んだ時にも、六十歳で読んだ時にも、それぞれの年齢に応じて示唆に富むと感じられ、「なるほど『徒然草』に書いてある通りだ！」と感歎することもしばしばであった。

思索をめぐらす章段ももちろんよいのだが、印象的な逸話の数々も心に残る。

私が中学一年生で出会い、最も好きな逸話である五十二段を掲げよう。

仁和寺《にんなじ》にある法師、年寄るまで、石清水《いはしみづ》を拝まざりければ、心うく覚えて、ある時思ひ立ちて、ただひとり、徒歩《かち》よりまうでけり。極楽寺・高良《こうら》などを拝みて、かばかりと心得て帰りにけり。さて、かたへの人にあひて、「年比《としごろ》思ひつること、果たし侍りぬ。聞きしにも過ぎて、尊《たふと》くこそおはしけれ。そも、参りたる人ごとに山へ登りしは、何事かありけん、ゆかしかりしかど、神へ参るこそ本意《ほい》なれと思ひて、山までは見ず」とぞ言ひける。

すこしのことにも、先達《せんだつ》はあらまほしき事なり。〔日本古典文学大系『方丈記　徒然草』岩波書店〕

【現代語訳】仁和寺にいた、ある法師が、年寄るまで、石清水八幡宮を拝んだことがなかったので、残念に思って、ある時、思い立って、ただ一人、徒歩で参詣した。極楽寺や高良社などを拝んで、これだけだと思って、帰ってしまった。そして、傍輩に向かって、「長年思っていたことを果たしました。評判以上に尊くていらっしゃいました。それにしても、参詣した人たちが皆、山に登ったのは、山の上に何事があったのでしょう。行ってみたいとは思いましたが、神へ参るのが目的なのだと思って、山までは登って見物しませんでした」と言ったのだ。

少しのことにも、案内者はほしいものである。

仁和寺にいた、ある法師は、極楽寺や高良社といった付属の寺社に参詣して、石清水八幡宮総体だと思い込み、当然参るべき山上の社殿を拝まずに帰ってしまう。じつに間の抜けた行為なのに、法師はそのことに気付かず、参詣したと得意気に語る。そこが、とてもおかしい。肝心なことをやらなかったのに、無駄なことをしなかったと自慢していて、勘違いもはなはだしいのである。

それを「すこしのことにも、先達はあらまほしき事なり」と教訓的にまとめることで、おかしさが定位しているところも、じつに機知に富む。

そして、こういうことは、現代を生きる私たちの日常にも起こりうるのではないか。最も大事なことに気付かず、些末な事のみを済ませてよしとする態度、これは決して過去だけの話ではないし、他人事でもない。『徒然草』は今も生き続けているのである。

なお、中野貴文氏は、この法師が自己顕示欲を示そうとすることについては兼好によって揶揄されているのだと説く(5)。

Coffee break「鎌倉時代の文学の思い出など」

私は高校生の時、『徒然草』と『平家物語』がとても好きだった。先ほど述べたように、中学三年の時に『徒然草』は全文読んでいたし、『平家物語』も高校生になってから、有名な場面はすべて読んでいた。小林秀雄の『無常といふ事』に、この二作品が取り上げられていたことも、好きになった大きな要因だと思う。大学生になってから、日本史の義江彰夫先生の『平家物語』の授業を受けたり、石母田正の『平家物語』(岩波新書、一九五七年)を読んだりしたことで、ますますその気持ちは高まった。ただ、鎌倉・室町という時代が持つ宗教的な雰囲気——主に仏教が形作るものだろうが——に、最終的にはなじめなかったので、専門にはしなかった。しかし、今でも好きな作品は多い。

『太平記』

『平家物語』と並ぶ軍記物の名作『太平記《たいへいき》』はどうか。

この作品が後代にまで読み継がれていった要因を、四つに分けて説明しておこう(6)。

第一に、楠木正成《くすのきまさしげ》(一二九四〜一三三六)の奮戦をはじめとして南北朝の動乱を生き生きと描く文芸性。ただ、個人的には、この点では『平家物語』が勝ると感じる。

第二に、天皇が日本の歴史においていかに重要かを先鋭的に提示する思想性。この点では、『平家物語』に勝る。

第三に、『史記』をはじめとして中国史書に載る故事・逸話が多量に引かれていて、百科事典的であり、教養の宝庫とも言うべきものになっていること。『太平記』を読むことで、中国の歴史に起こった主な点をざっと学ぶことができるのである。

第四に、和漢混淆・雅俗折衷の文章の美しさである。馬琴も学んだ。

以上の点を、後醍醐《ごだいご》天皇（一二八八～一三三九）が崩御する巻二十一「先帝崩御の事」の有名な場面を鑑賞しつつ確認しておこう。

「（上略）玉骨《ぎよくこつ》はたとひ南山《なんざん》の苔に埋《うづ》まると雖《いへど》も、魂魄《こんぱく》は常に北闕《ほつけつ》の天を臨まんと思ふ。もし命《めい》を背き、義を軽んぜば、君も継体《けいたい》の君にあらず、臣も忠烈《ちゆうれつ》の臣にあらず」と、委細に綸言《りんげん》を残されて、左の御手《みて》には、法華経の五の巻を持たせ給ひ、右の御手には、御剣《ぎよけん》を按じて、八月十六日の丑刻《うしのこく》に、御年《おんとし》五十二にして、つひに崩御なりにけり。悲しいかな、北辰《ほくしん》の位高くして、百官《ひやつかん》星の如くに列《つら》なると雖も、黄泉《こうせん》の旅の道には、供奉《ぐぶ》仕る臣独《ひと》りもなし。

〔岩波文庫『太平記』〕

「朕の遺骸はたとえこの吉野の山に埋もれるとしても、魂はいつでも北方にある皇居の空を臨んでいたい」という、京都への還幸に見せる恐ろしいほどの執念！　対句仕立てのじつに文芸的な表現である。同時に、天皇の持つ価値を高らかに称揚してもいよう。思想的なのだ。また、「北辰の位高くして、百官星の如くに列なる」――天皇の位は北極星のように高く、群臣がその周りに星のように仕えている――は、『論語』為政の「北辰の其の所に居《を》りて衆星之《これ》と共にする」によっていて、典拠のあることばである。文章のすばらしさは言うまでもない。

そして、『太平記』の世界は、江戸時代においても広く受けとめられていった。太平記読みによる講釈がさかんに行われ、大衆に浸透していったのである(7)。たとえば、大石内蔵助《おおいしくらのすけ》も正成の再来と捉えられたし、吉田松陰《よしだしょういん》の座右の銘「七生滅賊《しちしょうめつぞく》」は、自らを正成の生まれ変わりに擬するところから生じている(8)。忠君の〈型〉としての正成像が『太平記』の流布とともに大衆に認知され、大石内蔵助像の生成や吉田松陰の自己認識の基盤として用いられたのである。

昭和十八年（一九四三）発行の教科書『初等科国史』には、湊川《みなとがわ》の合戦に赴く、死を覚悟した正成が、十一歳の嫡男正行《まさつら》に、生き延びて忠義を尽くせと遺訓し、桜井駅から故郷河内に帰らせた「桜井駅の別れ」が、皇国思想のもとでの忠君愛国のありかたを示す模範的な例として載せられている。唱歌「青葉茂れる桜井の」（落合直文作詞）となったこともよく知られていよう。

> 青葉茂れる桜井の、里のわたりの夕まぐれ、木《こ》の下蔭《したかげ》に駒とめて、世の行く末をつくづくと、忍ぶ鎧《よろい》の袖の上《え》に、散るは涙かはた露か。正成涙を打ち払い、我子正行呼び寄せて、父は兵庫に赴かん、彼方の浦にて討死せん、いましはここ迄来《きつ》れども、とくとく帰れ故郷へ。（中略）いましをここより帰さんは、わが私《わたくし》の為ならず、己《おの》れ討死為《な》さんには、世は尊氏《たかうじ》の儘《まま》ならん、早く生い立ち大君に、仕えまつれよ国の為め（下略）
>
> （岩波文庫『日本唱歌集』）

図3・2　月岡芳年「於楠正成桜井駅ニ一子正行ニ遺訓シテ訣別スルノ図」『新撰東錦絵』（東京都立図書館蔵）

『太平記』では、正成のことばとして「敵寄せ来たらば、命を兵刃《へいじん》に堕《お》として、名を後代に遺《のこ》すべし。これを汝が孝行と思ふべし」（巻十六）とあるのに、唱歌では「早く生い立ち大君に、仕えまつれよ国の為め」となっていて、忠君愛国的な要素が強められている。

なお「いまし」は、汝という意味を表す万葉語である。

図3・2に、月岡芳年『新撰東錦絵』の「於楠正成桜井駅ニ一子正行ニ遺訓シテ訣別スルノ図」を掲げておく。

一条兼良

中世における最高の教養人といえば、やはり一条兼良《いちじょうかねよし》（一四〇二〜八一）ではないか。連歌作者・歌学者として著名な二条良基《にじょうよしもと》の孫で、関白太政大臣となった。博学で、古典・有職故実・神道に通じ、和歌もよくした。

『源氏物語』の注釈『花鳥余情《かちょうよじょう》』について記しておこう。

まず概略を述べる。(9) 文明四年（一四七二）、七十一歳の時の著述である。応仁の乱によって多くの書物を失った後、文化復興への願いをこめて執筆された。四辻善成《よつつじのよしなり》の『河海抄《かかいしょう》』を意識しつつ、有職故実に通じている自らの特性を生かしている。丁寧に文脈を解説しようとする姿勢も、後の三条西実隆《さんじょうにしさねたか》の『細流抄《さいりゅうしょう》』ほどではないが、認められる。

全体として、学者としての兼良の本領がよく発揮されたものと言えよう。

そのありかたを具体的に列挙していこう。(10)

若紫巻における「聖徳太子の百済より得たまへりける金剛子《こんごうじ》の数珠《ずず》の玉」という表現については、

> 百済国より金剛子のわたりたる事は、元興寺資財帳第九云喜多迦子金剛子此等百済国所献也云々。但聖徳太子の数珠の縁はいまだ見出し侍らず。さもありぬべくよりきたれる事をばつくり事にいひなす、つねの事なり。
>
> 〔源氏物語古注集成1『松永本花鳥余情』桜楓社〕

と述べて、『元興寺伽藍縁起幷流記資財帳』を引き、百済国から金剛子がもたらされたことの証左とする（現存するのは完本ではなく、かつそこには該当する記事は見られない）。

末摘花巻の「黒貂《ふるき》の皮衣《かはぎぬ》」については、『江家次第《ごうけしだい》』にある、重明《しげあきら》親王が貂の皮衣を八枚重ね着して渤海《ぼっかい》国使を驚愕させたという記述を引く。

若菜上巻に語られる明石入道の夢の典拠として『過去現在因果経』を指摘していることは、よく知られていよう。

このようにして、さまざまな典籍を引用しつつ、『源氏物語』表現の背後にある知識の体系を解き明かしていこうとしている。

中世の公家たちは、王朝文化というかつての栄光の時代に戻りたいという願望を常に抱いている。そんな彼らにとって、『源氏物語』は宮廷文化を理解するための大切な教科書なのだ。そこから、作品世界は歴史的事実を踏まえていると考えて、その典拠を明らかにしようとする準拠論も生まれてきた。兼良が典拠を提示しようとするのも、そういう理由によっていよう。

三条西実隆

応仁の乱以後、財政が窮乏した後柏原天皇の宮廷歌壇を支えた、三条西実隆《さんじょうにしさねたか》（一四五五〜一五三七）も古典学者・歌人として、きわめてすぐれていた。

まず古典学。連歌師宗祇《そうぎ》（一四二一〜一五〇二）の注釈内容を摂取して、強固な古典学の流れを築き上げた実隆を中心とする三条西家の学問は、後世にも大きな影響を及ぼしていった。『源氏物語』の注釈史を例に取ってみても、実隆の『細流抄』などが鑑賞主義的な傾向を顕わにし、その流れを引き継ぎつつ、九条稙通《くじょうたねみち》・中院通勝《なかのいんみちかつ》らが内容を集成・充実させて、北村季吟の『湖月抄』へとつないでいった。

歌人としては、その時代に活躍しただけでなく、江戸時代の宮廷歌壇においても、たとえば後水尾《ごみずのお》院述・霊元《れいげん》院記『麓木鈔《ろくぼくしょう》』には「逍遙院《しょうよういん》（引用者注・実隆）歌、今の世の手本なり」とあり、同じく後水尾院述・霊元院記『聴賀喜《ききがき》』にも「当代歌の手本とすべきは逍遙院也」とあるといった具合に、詠歌の手本とされるなど、後世に与えた影響は大きい。(11)

一首、読んでみよう。

待花

急ぐより手に取るばかり匂ふかな枝に籠《こ》もれる花の面影

（雪玉集・三七七番）

〔『新編国歌大観』角川書店〕

【現代語訳】桜の花を見たいと心が急くあまり、手に届きそうなほど、その光景が美しく浮かび上がって来る。枝の蕾に籠もっている、花の面影である。

「急ぐより」は、歌ことばとしてこなれていず、あまり優美ではない。しかし、花を希求する心の強さは感じられる。「手に取るばかり匂ふ」という遠景は幻影で、「枝に籠もれる花の面影」という近景は現実である。離れているところから花を幻視して、近付いて細部への気付きを歌うところ、この歌人の繊細さが現われていて、よい。[12]

なお、古今伝受についても、ここで触れておこう。

古今伝受とは、『古今和歌集』の語句の解釈などに関する秘説を、師から弟子へと伝授していくもので、勅撰和歌集が途絶えたのに代わるようにして、歌道の権威を表すものとして登場した。言い換えると、和歌という日本文化の根幹をなす分野を道として権威化するものであり、文化の伝承を推進していく機能を有するものでもあった。

東常縁《とうのつねより》に始まって、宗祇に伝わり、実隆を経て、細川幽斎《ほそかわゆうさい》に伝わり、さらに智仁《としひと》親王、後水尾《ごみずのお》天皇へと伝わって、御所伝受——皇族・公家らによって継承される——となった。江戸時代において、国学者によって批判されたものの、幕末まで存続した。

こうして見ると、〈和〉にも〈漢〉は濃厚に含まれている。日本の中世において（おそらく古代にも）〈漢〉はすでに異文化ではなく、日本人にとって親和性のあるものとなっていた。こうも言える、〈漢〉を取り込みつつ我が物としていくのが、古代・中世の文化のありかただったのだ、と。

第二節 〈漢〉の世界

日宋貿易・日明貿易

『平家物語』巻一「吾身栄花」には、

日本秋津島は纔《わづか》に六十六箇国、平家知行の国卅《さんじゅう》余箇国、既に半国にこえたり。（中略）楊州の金、荊州の珠、呉郡《ごきん》の綾、蜀江の錦、七珍万宝一つとして闕《か》けたる事なし。

とあるように、日宋貿易は平家一族に大きな財力をもたらした。それまでは、博多で交易を行っていたのが、瀬戸内海に外国船が入って、大輪田泊《おおわだのとまり》で交易することができるようにしたため、平家一族が直接それを管理して、大きな財源を得ることができるようになったのである(13)。

そして、宋が滅びるまで、日宋貿易は続く。これによって日本側にもたらされた、最も大きな影響は、宋銭が大量に輸入されて貨幣経済が確立したこと、禅宗が入って来たことであろう。他に主な輸入品としては、絹織物や香料（これらは「唐物」と呼ばれて珍重された）、陶磁器、書籍などがあった。

一方、輸出品としては、金、硫黄、刀剣、漆器、扇などであった。

室町時代における日明貿易はどうであったか。(14) その開始は、応永八年（一四〇一）である。『善《ぜん》隣国宝記《りんこくほうき》』所載の、足利義満《よしみつ》が明に送った修交を求める国書を以下に引こう。

日本准三后《じゅさんごう》某、書を大明皇帝陛下に上《たてまつ》る。日本国開闢《かいびやく》以来、聘問《へいもん》を上邦《じょうほう》に通ぜざること無し。某《それがし》、幸ひにも国鈞《こつきん》を秉《と》り、海内《かいだい》に虞《おそ》れ無し。特に往古の規法に遵《したが》ひて、肥富《こいつみ》をして祖阿《そあ》に相副《そ》へ、好《よしみ》を通じて方物を献ぜしむ。金千両、馬十四、薄様《うすやう》千帖、扇百本、屏風三双、鎧一領、筒丸《どうまる》一領、劔十腰、刀一柄、硯筥《すずりばこ》一合、同文台一箇。海島に漂寄の者の幾許人《いくばくにん》を捜尋《そうじん》し、これを還《かへ》す。某誠惶誠恐頓首《せいこうせいきようとんしゅ》々々謹言。

〔続群書類従第三十巻上〕

【現代語訳】日本で准三后の地位にいる私は、国書を大明皇帝陛下——明の第二代皇帝建文帝——に差し上げる。日本国は成立以来、使者を中国に遣わさなかったことはなかった。私は、幸いにも国家を統治しており、国内では心配なことはない。そこで昔からのしきたりに従って、肥富——博多の商人——をして祖阿——僧侶——に同行させて、好誼を結ぶために日本の物産を献上させる。（下略）

「往古の規法に遵ひて」というのは、朝貢《ちょうこう》の形式を取ったということである。明からの返書には「爾《なんぢ》日本国王源道義」とある。ここでは、明の属国として日本が位置付けられ、建文帝に対して臣下の礼を取っているのである。

それについては日本国内にも批判はあったが、貿易による利益は莫大なものであったため、結果的に義満の国内での権力は大きくなっていった。

輸入品は、銅銭、生糸、絹織物などであり、輸出品は、刀剣、硫黄、銅などであった。

隋、唐、宋、明と国は変わっても、中国すなわち〈漢〉は日本にとって最先端の文化を運んでくる憧れの存在だったと言える。

金沢文庫・足利学校

今度は、いわゆる図書館の歴史をまとめておこう。

奈良時代初め、平城京内に図書の保管や書写などをした図書寮《ずしょりょう》ができた。平安時代には、貴族が蔵書を持っていた。鎌倉時代になると、武士が設立した文庫ができてくる。江戸時代には、藩校に図書館があった。明治五年（一八七二）、書籍館（帝国図書館の前身）設立。昭和二十三年（一九四八）、国立国会図書館設立。

では、鎌倉・室町時代の武士が設立した図書館とはどのようなものだったのか。

金沢文庫《かなざわぶんこ》を称名寺《しょうみょうじ》境内に築いたのは、北条（金沢）実時《さねとき》（一二二四〜七六）である。(15)鎌倉将軍家を支える職務に就いていたため、古典文学や武道の知識が必要であり、京都から儒学者清原教隆《のりたか》を招いて和漢の古典を学んでいた。

実時の嫡男顕時《あきとき》も、漢籍や仏典を熱心に学び、禅への関心が強かった。顕時の末の息子で後に執権になる貞顕《さだあき》（一二七八～一三三三）の時代が全盛期である。貞顕は、六波羅探題としての任務をこなしながら、公家との交流を深め、公家社会に保存されていた古典籍の書写・収集を行った。また、金沢北条氏は全国の主要な港湾を掌握していたため、中国から大量の典籍を輸入してそれを文庫に収めることができた。

西岡芳文氏の説によれば、金沢文庫の蔵書が豊かになっていくことは、蒙古襲来とも関わりがあったという。文永・弘安の役（一二七四・八一年）以後も、蒙古再来の可能性は高かったのである。もし畿内が蒙古の手に落ちた場合、古代より蓄積されてきた貴重な古典籍が失われてしまうかもしれない。そのような危機感から、和漢の書物や仏典の複製を東国に保存しておこうという意図によっても、金沢文庫の充実ははかられたのである。

鎌倉幕府滅亡後、文庫は足利氏の手中に収まったらしい。徳川家康は、江戸幕府を開いた後、称名寺から金沢文庫本を大量に持ち出し、江戸城内の紅葉山文庫に収めている。

室町時代の永享年間（一四二九～四一）、関東管領上杉憲実《のりざね》（一四一〇～六六）によって再興された足利学校《あしかがかつこう》についても触れておきたい。(16)

永享十一年には、憲実が五経（尚書〈書経〉・毛詩〈詩経〉・礼記・春秋左氏伝・周易〈易経〉）の宋刊本を寄進している。

文安三年（一四四六）に憲実によって定められた学校規則によれば、三註（蒙求・千字文・胡曾詩《こそし》）、四書（大学・論語・孟子・中庸）、六経（五経に加えて楽経）、『列子』、『荘子』、『史記』、『文選』以外の学習を禁じている。基礎的な学問に絞っているのである。

なかでも易学が中心に学ばれた。なぜかというと、当時の武将は戦陣において吉凶占いを重んじたためである。軍事的に役立つ人材を養成することが目的であったわけだ。

家康に仕えた天台宗の僧侶天海《てんかい》（一五三六～一六四三）も、永禄三年（一五六〇）に第七世の学頭九華《きゅうか》に『周易』を学んでいる。日本医学中興の祖曲直瀬道三《まなせどうさん》（一五〇七～九四）も、最初足利学校に入って経学を修めた。

五山文化

京都の南禅寺・相国寺《しょうこくじ》・建仁寺・東福寺や鎌倉の建長寺・円覚寺《えんがくじ》などの寺院でさかんに行われた文化活動の総体を、五山文学と言う。中世における〈漢〉の牙城と言え、多くの豊かな業績が『五山文学全集』（思文閣出版）『五山文学新集』（東京大学出版会）にまとめられている。(17)

鎌倉時代には、幕府の招聘に応じて、中国の名僧たちが来日した。建長寺の開祖である蘭渓《らんけい》道隆《どうりゅう》（一二一三～七八）や円覚寺の開祖である無学祖元《むがくそげん》（一二二六～八六）らがその先駆者である。

つづいて来日した一山一寧《いっさんいちねい》（一二四七～一三一七）は、多くの門弟を育て、五山文化の基礎を築く。その門下のうち、学問的には虎関師錬《こかんしれん》（一二七八～一三四六）、文学的には雪村友梅《せっそんゆうばい》（一二九〇～一三四六）が代表的な存在と言える。

さらに、夢窓疎石《むそうそせき》（一二七五～一三五一）は、後醍醐天皇・足利尊氏の帰依を受けた。夢窓の弟子義堂周信《ぎどうしゅうしん》（一三二五～八八）や絶海中津《ぜっかいちゅうしん》（一三三六～一四〇五）の登場によって、五山文学の最盛期を迎えることになる。

江戸時代の詩人江村北海《えむらほっかい》がその著『日本詩史』（明和八年〈一七七一〉刊）の中で、五山の作者には数多くのすぐれた人々がいるが、絶海中津と義堂周信を双璧とすべきだと指摘し、さらに義堂の方が学識が豊かであり、絶海の方が詩才がまさっているとも述べている。

五山僧たちは、江戸時代の初期まで活躍している。また、五山から藤原惺窩や林羅山ら江戸初期の学問の基盤を形成する人々も出た。

ここでは、絶海中津の詩を鑑賞してみたい。

古寺

古寺門何向　古寺の門　何《いづ》くにか向かふ
藤蘿四面深　藤蘿《とうら》　四面深し

簷花経雨落　簷花《えんか》　雨を経《へ》て落ち
野鳥向人吟　野鳥　人に向かつて吟ず
草没世尊座　草は世尊《せそん》の座を没して
基消長者金　基《もとゐ》は長者の金を消す
断碑無歳月　断碑《だんぴ》　歳月無く
唐宋竟難尋　唐宋　竟《つひ》に尋ね難し

〔蔭木英雄『蕉堅藁全注』清文堂出版〕

【現代語訳】古寺の門はどちらに向いているのか、藤やかずらが四面に繁茂している。軒端の花は雨に打たれて落ち、野鳥は人に向かって歌っている。草は釈迦像の台座を覆い隠し、寺の基に敷かれた長者の黄金も消え失せている。割れて欠けた石碑には歳月を記した部分がなく、唐の時代の寺なのか、宋の時代なのか、ついに知ることができない。

静かで、そして悲しみを湛えた詩である。首・頷聯では自然の光景を描き、頸・尾聯では人間の営みを描き、そのような対比構造の中で荒廃した寺を歌う。

「唐宋　竟に尋ね難し」とあるので、中国の寺なのである。明に留学していた時の実体験に基づいているのだろうか。

『大般涅槃経』には「須達《しゅだつ》長者、黄金を以て祇園の地に布く」とあり、杜甫の詩にも「伝灯白日を無し／布地　黄金有り」(「牛頭寺を望む」)とある。六句目は、この須達長者の故事を踏まえていよう。

清原宣賢

室町時代を代表する儒学者として清原宣賢《きよはらのぶかた》(一四七五～一五五〇)にも触れておこう。(18)

儒学者の家ということについて、まとめておくと、大きく分けて紀伝道《きでんどう》と明経道《みようぎようどう》とがある。前者は、『史記』『漢書』『後漢書』などの歴史書や、『文選』『白氏文集』などの文学書を研究し、後者は、『論語』『孝経』などの儒教経典を研究した。前者を担ったのが、大江氏、菅原氏であり、後者を担ったのが清原氏だった。

その宣賢は、吉田神道の創唱者吉田兼倶《かねとも》の三男として生まれ、清原宗賢《むねかた》の養子となって、清原家を嗣いだ。

その学問は新古折衷的であり、数多くの漢籍について抄物《しょうもの》――講釈したものの筆録――を作成した。代表的なものとして、『毛詩聴塵』『大学聴塵』『中庸抄』『孟子抄』『蒙求聴塵』『荘子抄』などがある。国書についても、『日本紀神代巻抄《にほんぎじんだいのまきしょう》』『伊勢物語惟清抄《いせいしょう》』などがある。

晩年には、越前守護朝倉氏に『古文孝経』『中庸章句』を講じるなど、北陸地方をまわって家の学問を伝え、文化の地方伝播に貢献した。

注

（1）吉野朋美『コレクション日本歌人選　後鳥羽院』（笠間書院、二〇一二年）三二～三三頁を参考にした。
（2）三角洋一『中世文学の達成』（若草書房、二〇一七年）三九～四二頁を参考にした。
（3）楳垣実「音韻」『方言学講座』1、東京堂出版、安部清哉「東西方言の諸相と日本語史の課題」『日本語学』一九九九年五月。
（4）梶原正昭「戦争論へのまなざし――『平家物語』巻九「越中前司最期」を糸口として」『古典遺産』一九九九年四月。
（5）中野貴文『徒然草の誕生　中世文学表現史序説』岩波書店、二〇一九年。
（6）岩波文庫『太平記（一）』（二〇一四年）の兵藤裕己氏の解説などを参考にした。
（7）若尾政希『「太平記読み」の時代　近世政治思想史の構想』平凡社選書、一九九九年↓平凡社ライブラリー。
（8）兵藤裕己『太平記〈よみ〉の可能性』講談社選書メチエ、一九九五年。↓講談社学術文庫。
（9）湯浅幸代「一条兼良と『花鳥余情』――有職故実家の『源氏物語』」（『人物で読む『源氏物語』』第十五巻　勉誠出版、二〇〇六年）を参考にした。
（10）河添房江『源氏物語時空論』（東京大学出版会、二〇〇五年）を参考にした。

（11）拙著『近世堂上歌壇の研究』汲古書院、一九九六年、一三六〜一四九頁。
（12）豊田恵子『コレクション日本歌人選　三条西実隆』笠間書院、二〇一二年、八〇〜八三頁。
（13）河添房江『源氏物語越境論』（岩波書店、二〇一八年）一八七〜一九九頁などを参考にした。
（14）臼井信義『足利義満』（人物叢書・吉川弘文館、一九六〇年）一七九〜一八九頁などを参考にした。
（15）西岡芳文「文庫をひらく　金沢文庫」『書物学』二〇一六年八月。
（16）田辺久子『上杉憲実』（人物叢書・吉川弘文館、一九九九年）、五味文彦『学校史に見る日本』（みすず書房、二〇二一年）を参考にした。
（17）堀川貴司『詩のかたち・詩のこころ』（若草書房、二〇〇六年。補訂版、文学通信、二〇二三年）、同『五山文学研究――資料と論考』（笠間書院、二〇一一年）、同『続五山文学研究――資料と論考』（笠間書院、二〇一五年）、同『五山文学探究――資料と論考』（文学通信、二〇二四年）など参照。
（18）佐藤道生・佐々木孝浩・堀川貴司各氏による鼎談「清原家の官・学・遊」（『書物学』、二〇一五年十一月、二〇一六年三月）を参考にした。

付記　中世を中心とする古典学の系譜とその特質については、前田雅之『戦乱で躍動する日本中世の古典学』（文学通信、二〇二四年）を参照されたい。

第四章　安土桃山時代、江戸時代初期
――〈和〉〈漢〉の復興

慶長五年（一六〇〇）に関ヶ原の合戦があって、同八年に江戸幕府が成立する。同十九年から元和《げんな》元年（一六一五）に大坂の役が起こり、同二年に徳川家康が没する。慶長期とは、徳川と豊臣の間で最後の確執が存在していた時期だと言える。寛永元年（一六二四）の前年である元和九年には家光が三代将軍となり、寛永十二年には、「武家諸法度」によって参勤交代が義務化され、寛永十三年には日光東照宮が造替された。同年には、それまで流通していた中国銭に代わって寛永通宝が鋳造される。(1) すなわち、寛永期に至って、幕藩体制が確立したのである。

なお、寛永末年に全国規模で飢饉が発生したことも記しておきたい。

文学的には、後水尾《ごみずのお》天皇や林羅山《はやしらざん》らによる雅文芸がさかんに行われるとともに、仮名草子や俳諧などの俗文芸も台頭した。

もう一つの注目点として、海外との交流を挙げておく。

ここには、長崎という土地の特殊性が関わっている。(2)

長崎にキリシタンの布教が始まるのは、永禄十一年（一五六八）。翌年には、長崎最初の教会トードス・オス・サントス教会が建てられた。元亀二年（一五七一）南蛮船入港以後、寛永十六年まで約七十年にわたって、ポルトガル船がこの地に来航する。南蛮文化がさかんになり、印刷技術としてはキリシタン版が行われる。また、在留唐人によって、唐寺も創建された。元和九年には黄檗宗の興福寺が建てられ、寛永九年には唐僧黙子如定《もくすにょじょう》が渡来し、入寺する。この時期の長崎という地の特殊性が、当時の日本の海外へと開かれたありかたを象徴していよう。

慶長頃には、日本人の海外進出もさかんで、慶長十八年には、支倉常長《はせくらつねなが》がスペインに派遣されている（「慶長遣欧使節」）。

もっとも、慶長元年にサン・フェリペ号事件があって、宣教師・信徒二十六名が処刑され（「二十六聖人の殉教」）、元和八年には、宣教師ら五十五人が処刑される（「元和の大殉教」）など、徐々に弾圧が強まっていく。慶長十七年に禁教令が天領に、翌年には全国に布告される。元和二年には、中国を除く外国船の来航が長崎・平戸のみに限定され、同九年、イギリスが平戸の商館を閉鎖、寛永元年には、スペイン船の来航が禁止される。同十二年には、日本人の海外渡航・帰国が禁止され、同十四〜十五年に島原の乱が勃発した。同十六年になるとポルトガル船の来航が禁止され、同十八年オランダ商館が長崎出島に移された。寛永末には鎖国が完成する。海外との交流という視座に照らしてみると、慶長期はまだ活発であったのが、寛永期には閉じられてくる。このことは、前述した幕藩体制の確立と軌を一にしていると言ってよい。

以上、慶長から寛永へと向かう時間の流れの中で、大雑把に捉えれば、流動化し混沌としていた状況から移行して物事が形を整えていく状況へという変化していくさまを見て取ることができるだろう。

江戸時代初期の文化の特質

次章で取り上げる、教養の浸透する回路の、原型もしくは先端的なありかたが顕著に見出されるのが、江戸時代初期――とりわけ慶長（一五九六〜一六一五）、元和（一六一五〜二四）、寛永（一六二四〜四四）――なのである。

そのことをもう少し丁寧に言い直そう。

江戸時代初期の文化の特質とは、【古典の復権、〈雅〉の再生・強化→〈俗〉の台頭→出版による教養の流布・浸透】という回路が確立したことである(3)。寛永を中心とする時代、〈和〉では後水尾天皇の歌壇における学問・詠歌の奨励があり、〈漢〉では林羅山を中心とする漢学者たちによる儒学（朱子学）の勢力拡大があった。それらが、【古典の復権、〈雅〉の再生・強化】である。〈雅〉の再生・強化に対置される形で、【〈俗〉の台頭】が生じる。仮名草子の啓蒙主義的なありかた、貞門俳諧や狂歌の微温的な作風によって、文化の幅が広がった。そこに、印刷技術の発達によって、【出版による教養の流布・浸透】という江戸時代独自のありかたがさらに加わった。

この三点の要素が形成する回路は、その後もさらに拡充・洗練されて、江戸時代において重要な思想や文化が世間に広まっていく上での基本的な型として存在し続けたのである。

室町時代へと目を転じて、この視座を捉え直してみよう。

そこには、応仁の乱における文化的断絶という大きな断層が横たわっている。ここでいったん伝統性が途絶えた一方、文化が地方へと伝播していく。その後、戦乱の時代が収束していくにつれて、それ以前の人々が獲得していた古典的教養を再び取り戻したいという願望が時代全体として沸き起こってくる。そのようなうねりが、本格的な流れとして顕在化するのは、先に述べたように後水尾天皇の歌壇や林羅山を中心とする漢学者たちの文化圏においてであったが、室町時代から少しずつなされてきたものでもある。前章で取り上げた、三条西実隆や清原宣賢らもその道程に位置している。

第一節　〈和〉の世界

江戸時代初期において、学問はどう復興していったのか。

そのためには、和歌においては、細川幽斎《ほそかわゆうさい》の活動、後陽成《ごようぜい》天皇の歌壇での活動にも目配りしておく必要があり(4)、漢学では藤原惺窩《ふじわらせいか》の存在が大きい。彼らは室町時代から江戸時代への橋渡しをした人々であり、業績もすぐれているが、質量ともまだ過渡期としてのそれを脱していない。江戸時代的な特質——たとえば総合性、実証性、啓蒙性ということばに代表されるようなありかた——がはっきりと見て取れ、量的にも充実してくるということになると、やはり寛永という時期が最も重要になる。慶長↓元和↓寛永という展開を意識しながら、後水尾天皇や林羅山ら注目すべき人々の事績を追ってみたい。

後水尾天皇

後水尾《ごみずのお》天皇（一五九六～一六八〇）の堂上歌壇については、元和元年の「禁中并公家中諸法度」第一条において、天皇が学問・和歌に精進することが求められている点が重要である。そこには、幕府の強力な統制下にある天皇の姿を見て取ることができる(5)。

後水尾天皇が即位したのは、その四年前、慶長十六年、十六歳の時だった。「禁中并公家中諸

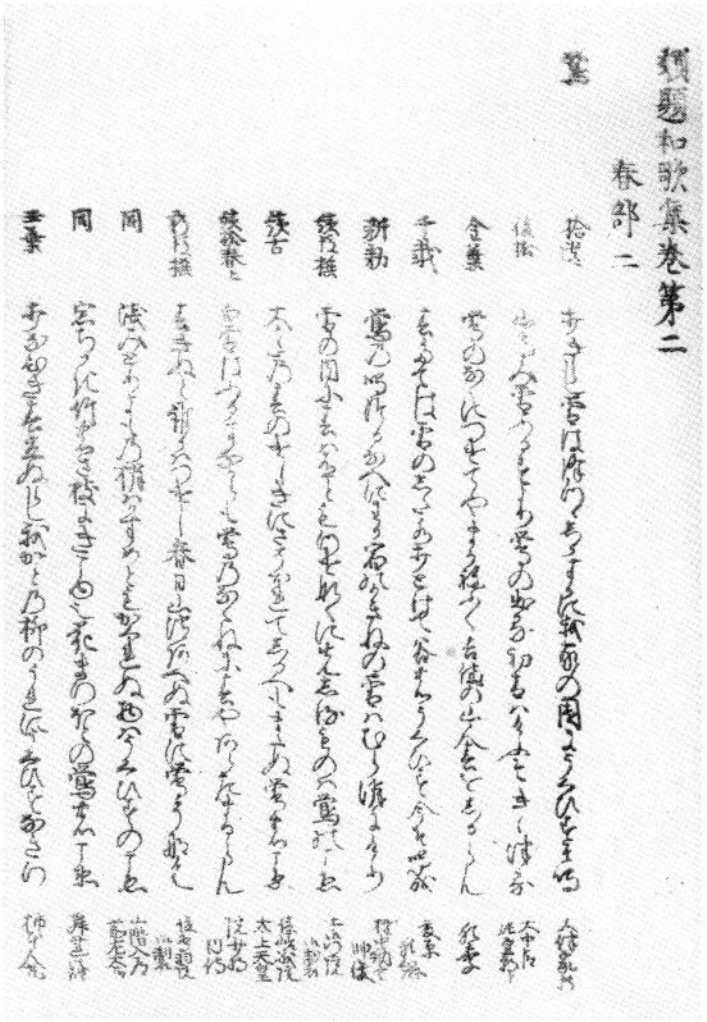

図4・1　『類題和歌集』

法度」が制定された元和元年、二十歳の時には、和歌・連歌・聯句《れんく》・有職・手習・楽・読書などの諸芸稽古――いわゆる「禁中御学問講」[6]――が始まる。これらが、禁中において天皇が学ぶべきものと考えられていたことになる。この稽古は後水尾天皇が在位中存続した。そのようにして天皇や周辺の臣下たちも教養を蓄えていった。

寛永二年末には、智仁《としひと》親王から後水尾天皇への古今伝受がなされ、三十歳の天皇は、この時、歌人として一人立ちした。そして、寛永六年、三十四歳の時に譲位して、より自由な環境を得たことによって、寛永期において充実した和歌活動を行うのである。ちょうど三十代、四十代という、人生において充実した年齢に相当する。

後水尾天皇の歌壇では、和歌に関する情報がさまざまに整備されもした。過去の和歌作品が集成され（『類題和歌集』として元禄十六年〈一七〇三〉に刊行される。図4・1）、多くの実作が成り、古典の講釈が活発に行われ、そして、天皇や臣下の和歌そのものやそれに対する考えが版本・写本によって伝播していった。(7) まさに、学問は復興したと言えるだろう。たとえば、寛永十六年に催された『仙洞三十六番歌合』は、早くもその二年後に刊行されている。(8)

後水尾天皇の歌を一首読もう。(9)

駒迎《こまむかへ》

世に絶えし道踏み分けていにしへのためしにも引け望月の駒

（後水尾院御集・三九八番）

〔和歌文学大系『後水尾院御集』明治書院〕

【現代語訳】今の世に絶えてしまった道を踏み分けて、古に駒迎が行われた証拠として、望月の駒を引いてきなさい。

「駒迎」は、諸国から朝廷へ献上される馬を、馬寮《めりよう》の使いが近江の逢坂の関まで出迎える行事。「道踏み分けて」は『古今和歌集』にあることば。「ためしにも引け」と命じるところは、帝王ぶりと言えよう。今はもう絶えてしまった駒迎だが、かつて行われていたことを証明するように馬を引いてきてほしいという願望を歌う。このことは、江戸時代前期には弱まっていた天皇権力の復権への願望、またそれに伴う和歌文学復興への願望に通じるものである。それと関連して、後水尾天皇には、

松

百敷や松の思はん言の葉の道を古きにいかで返さん（後水尾院御集・八七七番）

寄松祝

散りうせぬためしと聞けば古き世に帰るを松の言の葉の道（後水尾院御集・一〇〇七番）

などの、過去のよき時代に戻りたいとする歌々があることも思い起こされる。二首目、「帰るを待つ」と「松の（言の）葉」が掛詞になっている。

なお、後水尾天皇の皇子霊元《れいげん》天皇の時代にも充実した歌壇が形成され、元禄（一六八八〜一七〇四）から享保（一七一六〜三六）にかけて行われた和歌活動も、歌集・聞書の刊行・伝写によって大衆へと流布していった。

松永貞徳

地下《じげ》の歌学思想にも注目する必要がある。最も重要なのは、松永貞徳《まつながていとく》（一五七一〜一六五三）である。貞徳は、身分が低かったため古今伝受を授かることはなかったが、中世歌学を細川幽斎から受け継ぎ、次代の北村季吟や加藤磐斎らにつなげたという点、また俗文芸の俳諧や狂歌を活性化させ、詩歌における雅俗の幅を広げることに貢献したという点からすると、重要度はきわめて高いと言えるだろう⑽。

慶長八年には、林羅山や遠藤宗務とともに古典の公開講義を行い、貞徳は『百人一首』『徒然草』を講釈している（羅山は『論語集注』、宗務は『太平記』）。同十五年に、それまで師事してきた幽斎が没すると、地下歌壇の第一人者となった。慶長末頃から、京都三条衣棚の自宅で私塾を開き、寛永十二年頃まで庶民層に対して教育を施した。一方、慶長中頃から俳諧の名手として知られるなど、俳諧活動についても関わるようになっていった。

貞門俳諧・狂歌

この時期の〈俗〉の文芸としては、俳諧や狂歌が挙げられる。貞徳が導いた貞門のそれである。俳諧の発句と狂歌を一例ずつ挙げよう。

蛍

篝火《かがりび》も蛍もひかる源氏かな　親重《ちかしげ》

（『犬子集』、寛永十年刊）

〔新日本古典文学大系『初期俳諧集』〕

立春

棹姫《さをひめ》の裳裾《もすそ》吹き返しやはらかなけしきをそそと見する春風　松永貞徳

（『貞徳百首狂歌』、寛永十三年成立）
〔『狂歌大観』明治書院〕

俳諧。「ひかる」が、「篝火も蛍も光る」と「光源氏」との掛詞である。「篝火」も「蛍」もともに光るものだが、これらはいずれも光源氏を主人公とする『源氏物語』の巻名である、ということ。親重（立圃《りゅうほ》）は、『源氏物語』の梗概書である『十帖源氏《じゅうじょう》』『おさな源氏』の著者であった。掛詞を用いた、いかにも貞門俳諧らしい微温的な作品である。

狂歌。「そそ」に、そっと、静かにという意味と、女性の陰部を表す意味が掛けられている。前者が、春の女神佐保姫によって春風が吹き送られて、やわらかな春景色をそっと見せてくれるという自然の文脈を形成し、後者が、春風によって佐保姫の裳裾がめくれて、そそが少しだけ見えるという人間の文脈を形成する。そして、前者が〈雅〉であり、後者が〈俗〉、その落差が笑いを生み出している。「そそ」ということばを使ってしまうところからは、中世的な野太さも感じ取ることができよう。

芭蕉のように、人生とは何かを深く探究しているとは言えないし、大田南畝《おおたなんぽ》のように、ことばの技巧を究極まで研ぎ澄まして笑いを創り出しているとも言えない。ひたすら温雅な世界だと思う。ただ、こういった穏やかな文芸性は、教養という価値基軸によって見た場合、むしろ最上のものだったのではないかとも考えられる。古典的教養に基づく、偏りのない均衡の取れた感じは、教養人として求められるべき最たるものではなかったか。

仮名草子

散文でも、仮名草子がさかんに制作される。それらは、笑話集、擬古物、遍歴物、恋愛物、啓蒙教訓物、軍記類といった具合に多彩な内容となっている。[11] 出版文化が確立したことで、人々が知りたいと考える内容がまずは選択されていったのである。

笑話集としては、『寒川入道筆記《さむかわにゅうどうひつき》』（慶長十八年成立）、『戯言養気集《ぎげんようきしゅう》』（元和頃刊）、『きのふはけふの物語』（元和・寛永頃刊）、安楽庵策伝《あんらくあんさくでん》『醒睡笑《せいすいしょう》』（元和九年成）などがある。

擬古物では、秦宗巴《はたそうは》『犬枕』（慶長十一年頃成立）、斎藤徳元『尤之双紙《もっとものそうし》』（寛永九年刊）、『仁勢《にせ》物語』（寛永十六、七年頃刊）などがある。

遍歴物では、富山道冶《とみやまどうや》『竹斎《ちくさい》』（元和七〜九年頃成立）がある。

以上の作品には、後世に比べると、素朴で力強い笑いがあり、まだ中世の残滓が認められる。『仁勢物語』における、九段・東下りの隅田川の箇所を引用しておきたい。

なを行き行きて、武蔵の国と下総《しもつふさ》の国との中に大《おほ》きなる川あり。それを角田川《すみだがは》といふ。その河の辺《ほとり》に群れ居《ゐ》て思ひやれば、限りなく、ひだるくもあるかなと侘《わ》びあへるに、渡し守「はや舟に乗れ。日も暮れぬ」と云ふ。さる折しも、白き顔に帯と小袖と赤き、舟の上に遊びて飯《いひ》を食ふ。渡し守に問へば、「これなん都人」といふを聞きて、

菜飯《なめし》あらばいざちと食わん都人わが思ふほどは有りや無しやと

と詠めりければ舟こぞりて笑ひにけり。

〔日本古典文学大系『仮名草子集』岩波書店〕

「ひだるくもあるかな」「飯を食ふ」「菜飯あらばいざちと食わん」というように、飲食物にちなんで卑俗化している。「菜飯」は、油菜、蕪、大根などを炊き込んだ飯である。卑俗化の手法として飲食物を持ち出すのは常套的なありかたと言えるだろう。食欲と性欲は人間の根源的な欲望であるがゆえに恥じて隠すべきものとされた。だからこそ、それを露わにすることが笑いにつながるのだ。

「白き顔に帯と小袖と赤き」「都人」というように、都鳥を都人にしている点もおもしろい。これは、当時公家が江戸に下向し隅田川を見物したという実態（『慶長見聞集』巻七）を踏まえているのであろう。

最後の「泣きにけり」が「笑ひにけり」になっているところが、素朴であるが、とてもおかしい。恋愛物『恨《うらみ》の介《すけ》』（慶長末頃成立）、『薄雪《うすゆき》物語』（寛永九年刊）にも、中世的な色合いが濃い。『露《つゆ》

殿《どの》物語』（寛永初年成立）には遊里が登場し、遊女評判記としては『あづま物語』（寛永十九年刊）がある。

啓蒙教訓物では、朝山意林庵《あさやまいりんあん》『清水物語《きよみずものがたり》』（寛永十五年刊）（図4・2）、『祇園物語』（寛永末頃刊）が儒仏の対立を扱っている。前者は儒教の側に立ち、後者は仏教を擁護する。阿弥陀信仰を説いた『七人比丘尼』（寛永初年頃刊）もある。また、如儡子《にょらいし》『可笑記《かしょうき》』（寛永十九年刊）には、社会批判が見られる。

軍記類では、太田牛一《ぎゅういち》『信長公記《しんちょうこうき》』（慶長五年頃成立）、小瀬甫庵《おぜほあん》『信長記』（慶長十六、十七年頃刊）[12]、同『太閤記《たいこうき》』（寛永二年成立）、『大坂物語《おざかものがたり》』（慶長二十年頃刊）などがある。

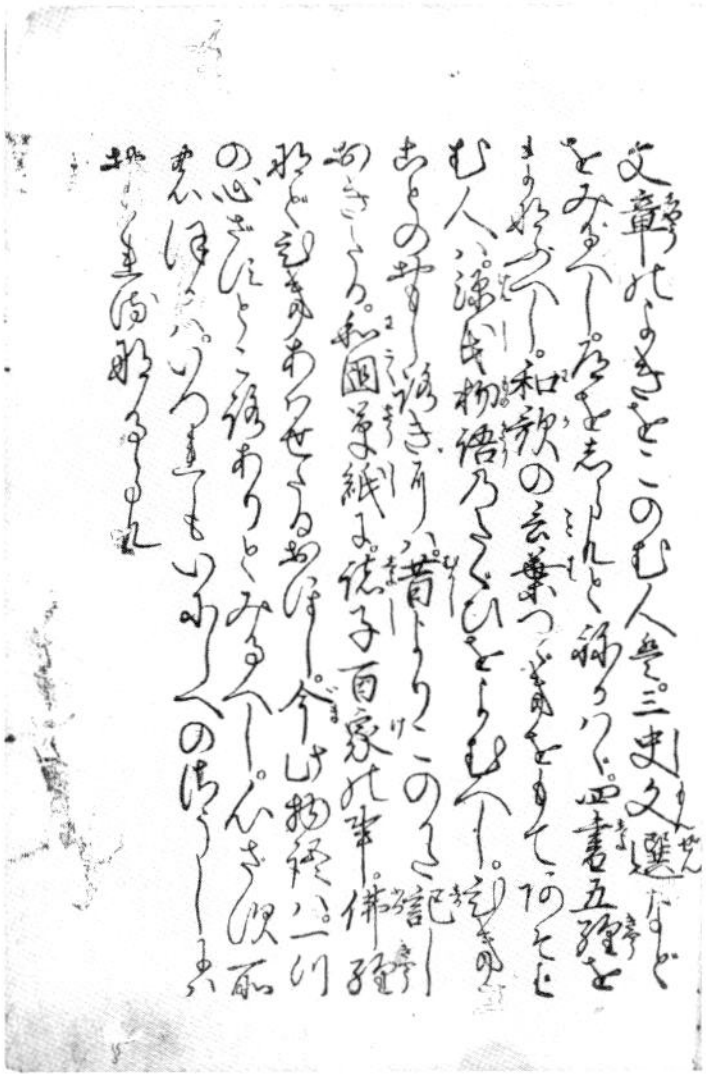

図4・2　『清水物語』

他に、『イソップ物語』を翻案した『伊曾保物語《いそほものがたり》』（元和元年頃刊）、中国の裁判物『棠陰比事《とういんひじ》』の翻案である『棠陰比事物語』（寛永年間刊）などがある。

茶道

茶道においても、桃山時代の千《せんの》

利休《りきゅう》（一五二二〜九一）から、慶長の古田織部《ふるたおりべ》（一五四四〜一六一五）、そして寛永の小堀遠州《こぼりえんしゅう》（一五七九〜一六四七）へという、すぐれた茶人たちの系譜が認められるが、利休のわび――簡素さに美を見出す――に対して、織部がひずみに美を見出すという対極的な立場を打ち出したのに比べると、遠州はむしろこぢんまりと整った端正さが魅力である。利休・織部は豊臣文化圏を大いに活性化させた。

茶道史全体を見渡した時、やはり利休の存在は大きい。小さな座敷に「くぐり（躙口《にじりぐち》）」を設けて草庵風の茶室とし、精神的なものを重視した。このことは今日までも大きな影響を及ぼしている。利休作の「瓢《ひさご》花入　銘顔回《がんかい》」（永青文庫蔵）は、もともと巡礼が用いた水筒だったのを茶入にしたもので、そういった「用の美」もすばらしい。(13)

第二節　〈漢〉の世界

林羅山

漢学者林羅山《はやしらざん》（一五八三〜一六五七）の場合はどうだろう。羅山が徳川家康によって取り立てられて、幕府に仕えたのは慶長十二年、二十五歳の時だった。その後、外交文書を作成したり、『論語』『三略』などを家康に進講し、また同十九年の方広寺鐘銘事件にも関与している。元和元・二年には、家康が作らせた銅活字によって『大蔵一覧集』《だいぞういちらんしゅう》『群書治要』《ぐんしょちよう》を刊行する事業――いわゆる「駿河版」――に以心崇伝《いしんすうでん》とともに携わる。家康が没したのは、元和二年だった。元和期には、主な漢籍から格言を取り出し、わかりやすく注解した『卮言抄』《しげんしょう》（図４・３）という書や、『徒然草』の注釈書『野槌』《のづち》を著し、刊行している。

そして、元和九年に家光が将軍になると、翌寛永元年にはその御伽衆《おとぎしゅう》として登用された。四十二歳の時のことである。寛永六年には民部卿法印という僧侶としての高い地位が与えられる。儒学者としては不本意なことだったろうが、それをも受け入れて、幕府内の地位を築き上げていく。寛永九年には幕府から下賜された上野忍岡の地に孔子廟――「先聖殿」――を建設し、同十二年には「武家諸法度」を起草した。同十八年には、幕府から系図編纂を命じられ、同二十年に完成させる。寛永期には文学活動もさかんで、特に十九年から始められる、和漢の人物・事物について漢詩を詠じる試み――「倭漢十題雑詠」(14)――は注目に値しよう。寛永期こそは羅山の最も充実した時期だった。

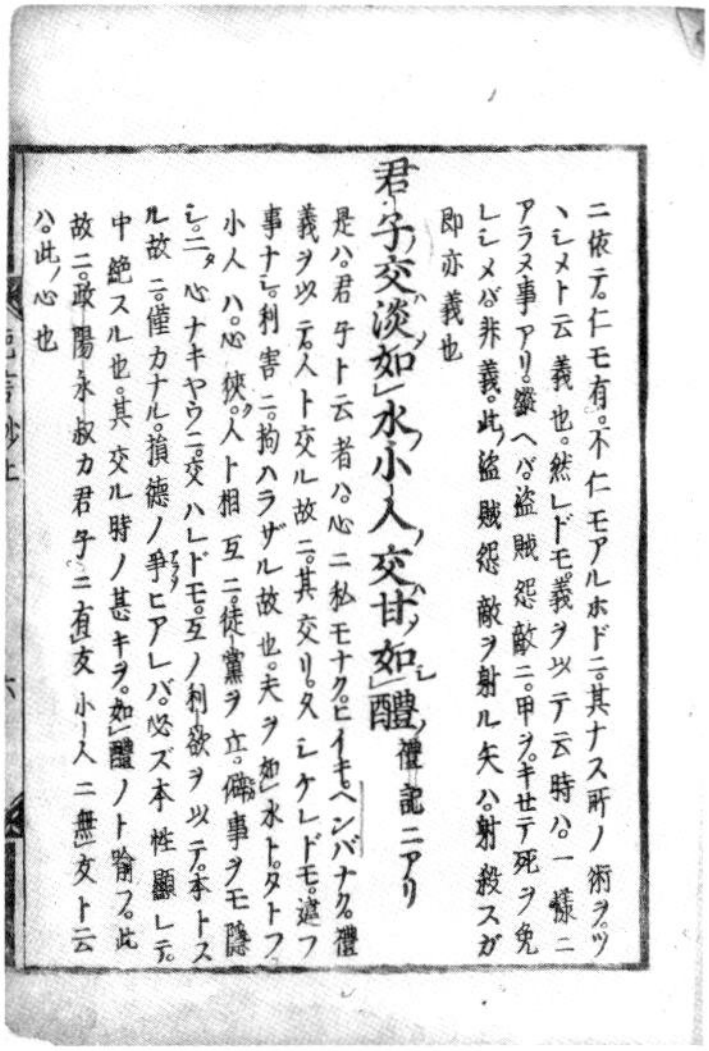
二依テ仁モ有。不仁モアルホドニ其ナス所ノ術ヲツヽシメト云義也。然レドモ義ヲ以テ云時ハ一様ニアラヌ事アリ。譬ヘバ盗賊怨敵ニ甲ヲキセテ死ヲ免レシメバ非義。此盗賊怨敵ヲ射ル矢ハ射殺スガ即亦義也

君子交淡如水小人交甘如醴　禮記ニアリ

是ハ君子ト云者ハ心ニ私モナクヒイキモヘンバナク禮義ヲ以テ人ト交ル故ニ其交リ久シケレドモ違フ事ナシ。利害ニ拘ハラザル故也。夫ヲ如水トタトフ。小人ハ心狭ク人ト相互ニ徒党ヲ立。俑事ヲモ隠シ二タ心ナキやウニ交ハレドモ互ノ利欲ヲ以テ本トスル故ニ僅カナル。損徳ノ争ヒアレバ必ズ本性顕レテ中絶スル也。其交ル時ノ甚キヲ如醴ノト喩フ。此故ニ欧陽永叔カ君子ニ有友小人ニ無友ト云ハ此ノ心也

図４・３『卮言抄』

羅山の活動にも、江戸時代初期の知のありかた――教養として大きく括られるような大量の情報を総合し、それらを実証的に裏付け、出版文化を通じて、多くの人々を啓蒙しようとする姿勢――が見て取れる。(15)

なお、羅山の場合には、子の鵞峰《がほう》、孫の鳳岡《ほうこう》らによって、林家の伝統が形作られていき、昌平坂学問所の成立にまでつながっていくことになる。(16) ただし、江戸時代において、朱子学だけが特権的な位置を占めていたとは言えないし、羅山にしても、書籍の管理や公的な文書の作成が主で、どこまで実質的な政治に関与できたのかは疑わしい。(17) 陽明学など他の学問を対置したり、また羅山の幕府内での立場を多角的に検討したりすることによって、より総合的に羅山の存在は評価されなくてはならない。

古活字版

慶長から寛永にかけては出版文化が隆盛した。

出版文化の濫觴と言える古活字版(18)は、外来文化との関わりが深い。

キリシタン版とは、天正十九年（一五九一）から慶長十六年にかけて、イエズス会から刊行された約三十点にのぼる出版物を言う。主なものに、『どちりな・きりしたん』『サントスの御《ご》作業《さぎよう》』『こんてむつす・むんぢ』などの教義書や、『天草版伊曾保物語』（図4・4）『天草版平家物語』などの文学作品、『日葡《にっぽ》辞書』などの語学書がある。これらは、布教と、宣教師の日本語習得を目的として出版された。

また、朝鮮版も多量に流入したし、文禄・慶長勅版と称される後陽成天皇の出版事業は、朝鮮出兵（一五九二・一五九七年）によって持ち帰った銅活字に影響を受けたものだった。さきほど述べたように、徳川家康はこれに刺激を受けて、銅活字を作らせ、元和元・二年に『大蔵一覧集』『群書治要』を刊行させた。

古活字版としては、後水尾天皇による元和勅版や、家康が閑室元佶《かんしつげんきつ》（伏見円光寺）に刊行させた伏見版、秀頼版の他、寺院や個人によって出版されたものも多くある。寺院から刊行されたものとしては、日蓮宗の寺院のものが各種あり、他に宗存版《しゅうぞんばん》・妙心寺版・叡山版・天海版がある。

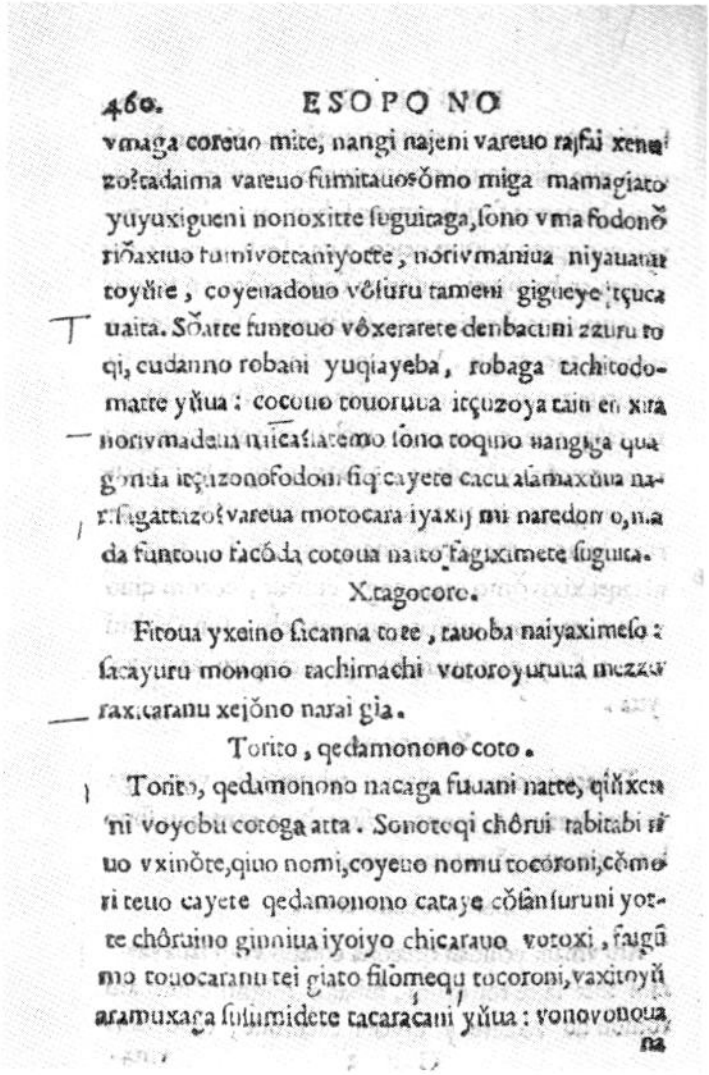
460.　ESOPO NO
vmaga coreuo mite, nangi najeni vareuo rajfai xenu
zoЁtadaima vareuo fumitauosŏmo miga mamagiato
yuyuxigueni nonoxitte ſeguitaga,ſono vma fodonŏ
riŏaxiuo tumivoccaniyotte, norivmaniua niyauanu
toyǔte, coyenadouo vŏſuru tameni gigueye tçuca
uaita. Sŏatte funtouo vôxerarete denbacuni zzuru to
qi, cudanno robani yuqiayeba, robaga tachitodo-
matte yǔua: cocouo touoruua itçuzoya tain en xita
norivmadeua nicaſsatemo ſono toqino nangiga qua
gonua itçuzonofodoni fiqicayete cacu aſamaxǔua na-
rifigattazoЁvareua motocara iyaxij mi naredomo,na
da funtouo facŏda cotoua naito fagiximete ſuguita.
Xitagocoro.
Fitoua yxeino ſacanna tote, tauoba naiyaximeſo:
ſacayuru monono tachimachi votoroyuruua mezza
raxicaranu xejŏno narai gia.
Torito, qedamonono coto.
Torito, qedamonono nacaga fuuani natte, qiǔxen
ni voyobu cotoga atta. Sonotoqi chôrui tabitabi ri
uo vxinŏte,qiuo nomi,coyeuo nomu tocoroni,cŏmo
ri teuo cayete qedamonono cataye cŏſanſuruni yot-
te chôruino ginniua iyoiyo chicarauo votoxi, faigǔ
mo touocaranu tei giato fiſomequ tocoroni,vaxitoyǔ
aramuxaga ſuſumidete tacaracani yǔua: vonovonoua
na

図４・４　『天草版伊曾保物語』
（大英図書館蔵）

個人の営為としては、嵯峨本が最もよく知られていよう。ここでは、平仮名書きの和文が対象となっている点が特に重要である⑲。

ただ、古活字版はかなり限定的な

範囲での刊行であろうから、その点で後々の整版とは一線を画して捉えるべきであろう。

整版

寛永になると古活字版が徐々に衰え、増刷が容易で訓点も施しやすい整版が主流になる。慶長↓元和↓寛永と約五十年間で、印刷技術は大きく変貌を遂げ、また発展・定着していった。その様相を、岡雅彦他編『江戸時代初期出版年表』（勉誠出版、二〇一一年）に掲げられた書名によって検証してみよう。今仮に寛永十年に刊行された書目を列挙してみることにする（基本的に、刊行順。一度出たものは、二度目は掲げない。未調査の分は省く。◎は古活字版）。

瑜伽菩薩戒本　往生講式　邵康節《しょうこうせつ》先生心易卦数　大雑書　禅宗無門関抄〈春夕鈔〉　応仁記　新編江湖風月集略註　浄土宗要集〈鎮西宗要集〉　万氏家抄済世良方　類証弁異全九集　観世流謡本　浄土法門源流章　和名集并異名製剤記　無量寿経鈔　釈氏要覧　聚分韻略《しゅうぶんいんりゃく》　観世流小謡本　阿弥陀経訓読鈔　鎮州臨済慧照禅師語録　四部録抄　寒山詩集　天台名目類聚鈔〈七帖見聞〉　とうだいき　◎義経記　義経記　◎自讃歌注　仏説無量寿経〈浄土三部図経〉　当麻曼荼羅白記　悉曇初心抄（高野版）　成唯識論《じょうゆいしきろん》　増注三体詩　能毒　◎法華文句随問記　中華若木詩抄《ちゅうかじゃくぼくししょう》　釈論百条第三重　大疏百条第三重　恵徳方　難経本義　無量寿経論注

記　日用灸法・日用食性・日用食性能毒・日用諸疾宜禁集　素問入式運気論奥　浄土略名目図見聞　出証配剤　歴代名医伝略　誹諧発句帳　新刪定四分僧戒本　狗猧集〈犬子集〉　菩薩戒経（高野版）

以上からは、仏書がかなりの数を占め、次いで医書が多いことがわかる。教養とは、宗教的な知識を得ることであり、また健康状態を改善・維持させる知識を得ることだったのだ。それに歴史・文学などに関わる書が続く。

話はそれるが、今日でも、宗教と医学の書は多く刊行され、それなりに売れている。人間の根本的な関心事なのであろう。また、現代における教養というと、直接役に立たないものの高級で上品な知識といった趣で捉えられることもままあるが、本来はきわめて実用性が求められていた、ということも銘記しておく。

ここでは、応仁の乱の文化的断絶から、〈和〉〈漢〉が復興していく過程を見た。そして、教養が出版という回路によって大衆へ浸透していくという江戸初期のこの文化構造こそ、今日の日本人にとって教養が流布するありかたの原型なのだ。

次章では、江戸時代における教養の浸透を見ていこう。

注

（1）拙著『近世文学史論――古典知の継承と展開』岩波書店、二〇二三年、七八～九四頁。

（2）越中哲也他編『江戸時代図誌25長崎・横浜』（筑摩書房、一九七六年）、瀬野精一郎他『長崎県の歴史』（山川出版社、一九九八年）、片岡千鶴子「教会のある町長崎」（『長崎・東西文化交渉史の舞台　ポルトガル時代・オランダ時代』勉誠出版、二〇一三年）などを参考にした。

（3）拙著『江戸古典学の論』汲古書院、二〇一一年、六五～六七頁。

（4）林達也「後陽成院とその周辺」『近世堂上和歌論集』明治書院、一九八九年。幽斎についても、林氏による一連の論考が備わる。後陽成天皇については、注（1）拙著四三～五九頁と、大山和哉「後陽成院の歌学、詩学、実作」（『雅俗』、二〇二二年七月）も参照されたい。

（5）『天皇の歴史10巻　天皇と芸能』（講談社、二〇一一年→講談社学術文庫）における松澤克行氏の論。

（6）本田慧子「後水尾天皇の禁中御学問講」『書陵部紀要』一九七八年三月。

（7）拙著『近世堂上歌壇の研究』汲古書院、一九九六年。

（8）市古夏生『近世初期文学と出版文化』若草書房、一九九八年。

（9）注（1）拙著、一七三～一九一頁。

（10）小高敏郎『松永貞徳の研究』至文堂、一九五三年。西田正宏『松永貞徳と門流の学芸の研究』汲古書院、二〇〇六年。後水尾天皇や林羅山は、それぞれ天皇、幕府という権威を背景として、文化的な存在感が重い。貞徳は、そういった権威にも敬意を払いつつ、そこからは一段下がったところで、大きな影響力を及ぼしていったというふうに言える。

（11）堤精二「近世初期の小説」（『近世日本文学』放送大学教育振興会、一九九二年）、長島弘明「仮名草子から浮世草子へ」（『改訂版　近世の日本文学』放送大学教育振興会、二〇〇三年）などを参考にした。

(12) 柳沢昌紀「甫庵『信長記』初刊年再考」『近世文藝』二〇〇七年七月。
(13) ロバート・キャンベル『よむうつわ』淡交社、二〇二三年。
(14) 宮崎修多「古文辞流行前における林家の故事題詠について」『近世文藝』一九九五年一月。
(15) 拙著『林羅山』ミネルヴァ書房・日本評伝選、二〇一二年。
(16) 揖斐高『江戸幕府と儒学者』中公新書、二〇一四年。
(17) 尾藤正英『日本封建思想史研究』青木書店、一九六一年。
(18) 堀川貴司『書誌学入門』(勉誠出版、二〇一〇年)を参考にした。
(19) このことが近世の文学や学問に与えた影響の大きさについては、佐々木孝浩「できの悪い古活字版」(『斯道文庫論集』二〇一四年二月)でも強調されている。佐々木氏によれば、当時の平仮名書きは連綿体であるため、漢字に比べてむしろ活字制作に困難が伴ったのだという。

第五章　江戸時代

――〈和〉〈漢〉の浸透

五代将軍綱吉の元禄（一六八八〜一七〇四）時代から、新井白石による正徳の治まで、幕政は最盛期を迎える。文学的には、芭蕉・井原西鶴・近松門左衛門らが活躍する。

その後、八代将軍吉宗による享保の改革や、松平定信による寛政の改革、水野忠邦による天保の改革などが行われた。

文学的には、歌人としては加藤千蔭、詩人としては頼山陽、狂歌作者としては大田南畝、小説の作者としては上田秋成・山東京伝・曲亭馬琴らが活躍する。

十一代将軍家斉（在職一七八七〜一八三七）の時代から、対外的な脅威が増してきて、幕末へと進んで行く。

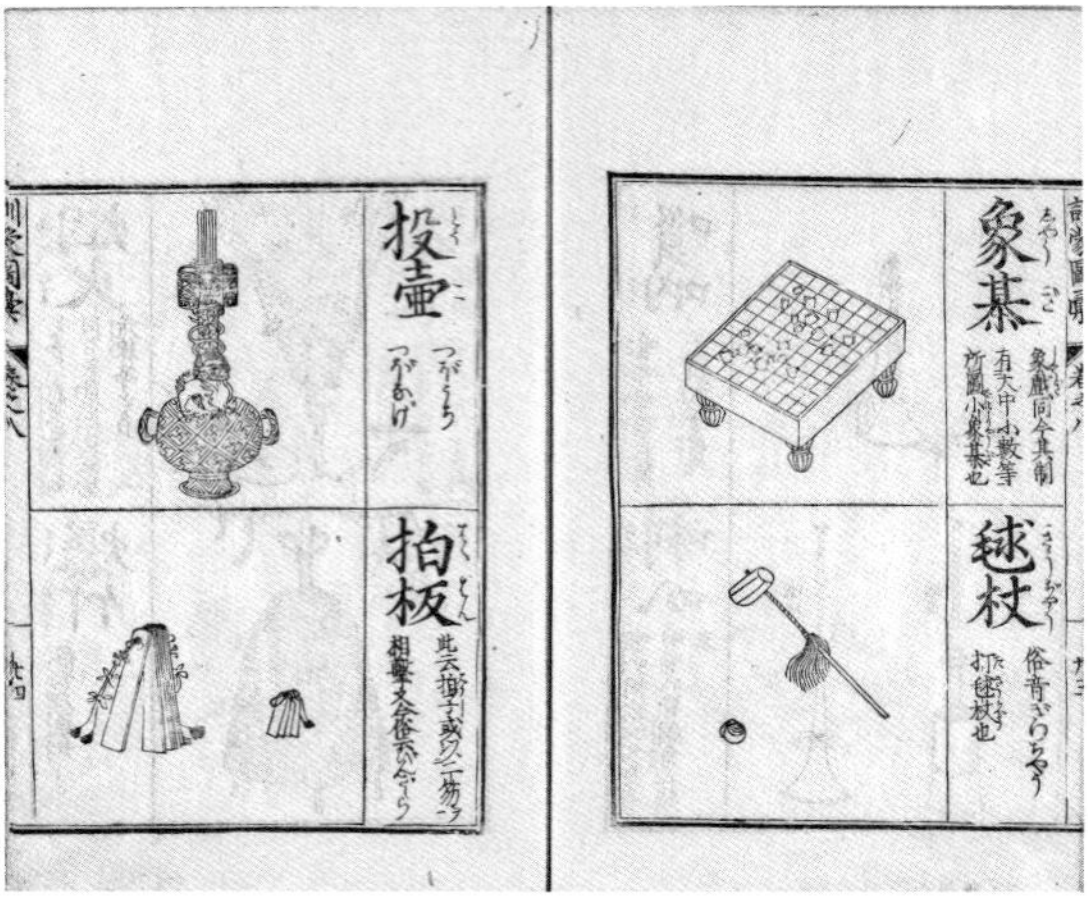

図5・1　『訓蒙図彙』（国立国会図書館蔵）

江戸の教養

江戸時代の教養のありかたを二つの観点から説明しておこう。

一つは、〈知〉が各要素に明確に分けられているということである。室町時代までの〈知〉はおおむね秘儀的で混沌とした中にあった。だからこそ威儀をまとうことができたのだ。しかし、江戸時代に入ると、〈知〉は総合的、実証的でかつ啓蒙的となった。そこでの〈知〉は整理され、分類されていったのである。それには、出版文化の果たした役割も大きい。そして、各要素に分類された〈知〉はいかようにも組み合わせることのできるものとなって、大衆的にひらかれていった。

そして、もう一つは、そのような〈知〉は「図像化する」「リストアップする」「解説する」によって大衆へと浸透していったということである。

この三項がすべて備わっているものとしては、たとえば中村惕斎《てきさい》『訓蒙図彙《きんもうずい》』（寛文六年〈一六六六〉刊。図5・1)、寺島良安《てらしまりょうあん》『和漢三才図会《わかんさんさいずえ》』(正徳二年〈一七一二〉成立)に代表される訓蒙図彙類が挙げられるであろう。そこでは、事物が網羅的に列挙され、参考図を伴いつつ、解説されている。

「図像化する」例としては、浮世絵版画、名所図会類、黄表紙・合巻といった絵本文芸、画賛など枚挙に暇がない。「リストアップする」は、和歌の類題集、漢籍から抜粋した金言集、俳諧の歳時記などがすぐに思い浮かぶ。「リストアップする」ことで、ある一つの分野全体を大摑みにすることができるのだ。「解説する」も、古典の注釈[1]をはじめ挙げていけば切りがない。

体系的に整備された〈知〉を再構成して、新たな〈知〉を構築していく営みを行う上では、「図像化する」「リストアップする」「解説する」によって〈知〉の要素があらかじめ並べられていることが、ぜひとも必要な基盤なのであった。

第一節　〈和〉の世界

北村季吟『湖月抄』

江戸時代、教養を大衆に浸透させた最も典型的な例として私が思い付くのは、北村季吟《きたむらきぎん》(一六二四～一七〇五)の、立体的で便利な源氏注釈『湖月抄《こげつしょう》』である[2]。

古典学者・俳人としてすぐれた才能を発揮した季吟が『湖月抄』を著したのは延宝元年（一六七三）で、刊行は二年後の延宝三年である。

『湖月抄』では、上段に頭注、下段に本文があり、本文の脇には傍注を付している（X）。また頭注・傍注に、先行する諸注釈を適切に配している（Y）。さらに頭注・傍注において、季吟自身の考えを適宜記している（Z）。

本文・頭注・傍注を効果的に利用して、読者の理解がすみやかになるよう工夫しているのである。季吟が読者として想定したのは、俳諧を嗜む季吟門下の人々であり、彼らが古典的な教養を身に付けるためという目的に十分配慮して同書は著された。

先に述べたように、江戸的な教養が庶民層に浸透していく際には、「図像化する」「リストアップする」「解説する」という三つの特質が認められる。そのことを『湖月抄』に即して説明してみると、（X）は図像そのものではないが、立体的に作品世界を把握できるようになっているという意味では『源氏物語』の世界を「図像化する」ものだ。（Y）は「リストアップする」ということであり、（Z）は「解説する」ということである。（X）は季吟以前の漢籍や江戸時代初期の和書にも見出され、（Y）（Z）も室町時代からあるにしても、季吟の段階でそれらが均衡の取れた形に整ったことで、今日にまで通じる注釈の雛型のようなものができあがったわけだ。

そのありかたを、若紫巻によって、具体的に見てみよう。「かみはあふぎをひろげたるやうにゆらゆらとして、かほはいとあかくすりなしてたてり」という幼い紫の上についての描写がある。図5・2を見ればわかるように、頭注と本文に分かれて、源氏世界が「図像化する」。「かほはいとあかくすりなしてたてり」の頭注には、「細、なきなどして皃をすりたるさま也、孟、子のなくとてはあかくする也」とある。「細」は三条西実隆著『細流抄』、「孟」は九条稙通著『孟津《もうしん》抄《しょう》』、いずれも室町時代の注釈である。つまり過去の学説を一望できるよう「リストアップする」のである。そして、「ひろげたるやう」の傍注には「髪のすそのひろがりたる也」と季吟が「解説する」。

そのようにすることで、読者にとって、少女の容貌、ひいては作品世界全体への理解が容易になるわけだ。

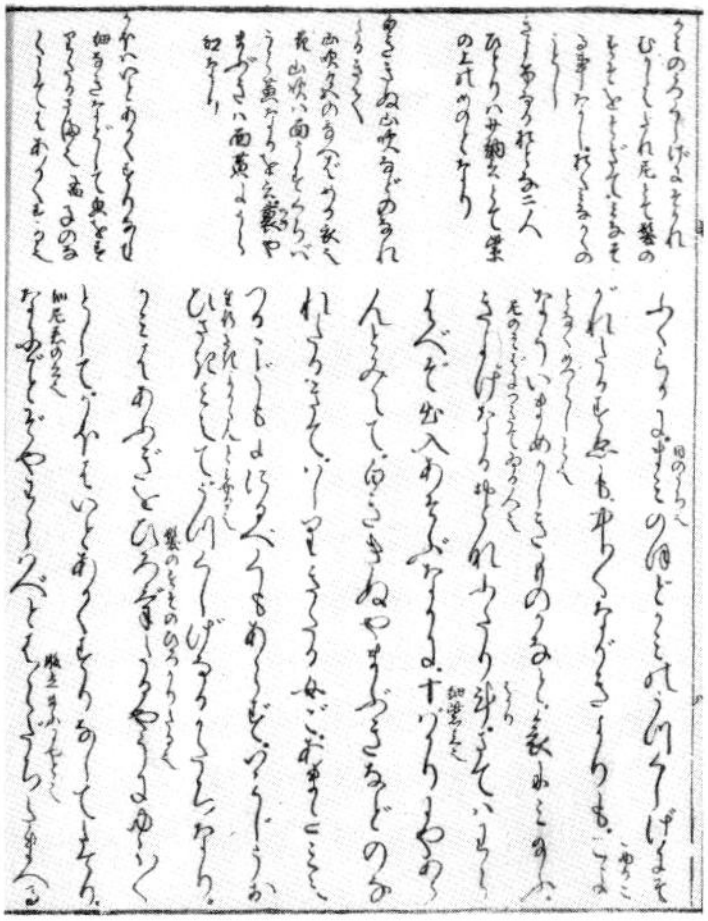

図5・2　『湖月抄』

鎌倉時代くらいまでの貴族たちならば、本文を理解することはそれほど難しくなかったのかもしれない。しかし、応仁の乱によって、京都が荒廃し、文化が地方に伝播し、読者層が拡がるとともに、読解に困難を伴う人々も増えてきた。さらに時を経て、江戸時代の庶民にとって、作品世界は身近なものではなくなっていた。本文を噛み砕いて丁寧に説明しなくては作品世界の理解は困難になっていたのである。そこに利便性の高い注釈が出て来て、人々に文化を供与した。これこそ教養の大衆への浸透と言えるであろう。

芭蕉『おくのほそ道』

芭蕉《ばしょう》は、風雅を探究することで、〈和〉のありかたを深めた人、と言える。

寛永二十一年（一六四四）伊賀国上野に生まれ、侍大将藤堂良精《よしきよ》の子良忠に出仕し、ともに俳諧を学んだ。延宝二年（一六七四）冬頃――異説あり――江戸に向かい、俳諧宗匠になるが、同八年冬、三十七歳の時に深川に隠棲する。その後、旅を重ね、元禄二年（一六八九）、四十六歳の時、『おくのほそ道』の旅に出た。平泉での「夏草や兵《つはもの》どもが夢の跡」や、立石寺での「閑《しづ》かさや岩にしみ入る蟬の声」など、名句も多い。元禄七年、五十一歳で没した。

芭蕉が究極的に求めたものは何だったのか？　それは『笈の小文』の冒頭に書かれている。

百骸九竅《ひやくがいきゆうきよう》の中に物有り。かりに名付けて風羅坊といふ。誠にうすもののかぜに破れやすからん事をいふにやあらむ。かれ狂句を好むこと久し。終に生涯のはかりごととなす。ある時は倦《う》んで放擲《ほうてき》せん事をおもひ、ある時はすすむで人にかたむ事をほこり、是非《ぜひ》胸中にたたかふて、是が為に身安からず。しばらく身を立てむ事をねがへども、これが為にさへられ、暫く学んで愚を暁《さと》らん事をおもへども、是が為に破られ、つゐに無能無芸にして只《ただ》此の一筋に繋がる。西行の和歌における、宗祇の連歌における、雪舟の絵における、利休が茶における、其の貫道する物は一《いつ》なり。しかも風雅におけるもの、造化《ぞうか》にしたがひて四時《しいじ》を友とす。見る処花にあらずといふ事なし。おもふ所月にあらずといふ事なし。像《かたち》、花にあらざる時は夷狄《いてき》にひとし。心、花にあらざる時は鳥獣に類す。夷狄を出《い》で、鳥獣を離れて、造化にしたがひ、造化にかへれとなり。

〔日本古典文学全集『松尾芭蕉集』小学館〕

「百骸九竅」は、人間の肉体。「狂句」は、俳諧。「さへられ」は、さえぎられ。「学んで」とは、仏教を学ぶこと。「造化」とは、天地自然。

西行・宗祇・雪舟・利休といった人々は、みな風雅に執心して一生を終えた。芭蕉もかくありたいと願い、彼らを思慕する。すなわち過去の時間に思いを馳せて、それと一体化しようとするのである。

また天地自然の中に身を置いて、四季の移ろいにしみじみしては、桜が散るのを惜しんだり、月が池に映るのを愛でたりする。すなわち空間を十全に味わって生き、やはりそこと一体化しようとする。

そのように時間と空間を自在に行き来して、風雅の世界に没入すること、それこそが芭蕉の目指した至上の価値なのだ。

『おくのほそ道』も見よう。東北地方に入る前だが、黒羽《くろばね》（現在、栃木県那須郡黒羽町）での日々を読んでみたい。

黒羽の館代《かんだい》浄坊寺《じようぼうじ》何がしの方《かた》に音信《おとづ》る。思ひがけぬあるじの悦び、日夜語りつづけて、其の弟桃翠《とうすい》など云ふが、朝夕勤めとぶらひ、自らの家にも伴ひて、親属の方にもまねかれ、日をふるままに、日とひ郊外に逍遥《しようよう》して、犬追物《いぬおふもの》の跡を一見し、那須の篠原をわけて、玉藻《たまも》の前の古墳をとふ。それより八幡宮に詣《まう》づ。与市《よいち》、扇の的を射し時、「別しては我が国の氏神正《しよう》八まん」とちかひしも、此の神社にて侍ると聞けば、感応《かんのう》殊にしきりに覚えらる。暮るれば、桃翠宅に帰る。

修験《しゆげん》光明寺と云ふ有り。そこにまねかれて、行者堂《ぎようじやどう》を拝す。

　夏山に足駄《あしだ》を拝む首途《かどで》哉

〔日本古典文学全集『松尾芭蕉集』小学館〕

【現代語訳】黒羽の館代浄坊寺某のもとを訪ねた。私たちの思いがけない訪問を主人はたいそう喜んでくれて、昼も夜も語り続けて、その弟の桃翠などという人が、朝夕訪ねては親切にしてくれ、自分の家にも連れて行き、その親戚の家にも招かれたりして日数が経つうちに、ある日、郊外に遊びに出かけ、犬追物の跡をひととおり見物し、那須の篠原に分け入り、玉藻の前の古い塚を訪ねた。それから八幡宮に参詣した。那須の与一が扇の的を射た時、「とりわけ我が郷国の氏神であられる八幡様」と祈願したのもこの神社であると聞くと、信心が神に通じたことがひとしお尊く感じられた。日が暮れたので、桃翠の家に帰った。

修験道の光明寺という寺がある。そこに招かれて、行者堂を拝んだ。

奥州の夏の山々へと旅をしていくのに際して、健脚の役の行者にあやかろうと、その足駄を拝み、旅の門出とすることだ。

芭蕉の訪問を喜んでくれた館代――城代家老――と昼も夜も語り続け、その弟も親切にしてくれて、あたりの名跡を探訪するさまが、調子のよい文章によって語られる。「思ひがけぬ」から「古墳をとふ」まで一気に語っていくさまは勢いがあって、読んでいて爽快である。

この文章によれば、訪問した順序は、犬追物の跡↓那須の篠原↓玉藻の前の古墳↓金丸八幡宮↓光明寺、そして、ここでは引用しなかったが、雲巌寺へとなっている。「暮るれば、桃翠宅に帰る」とあるから、犬追物の跡↓那須の篠原↓玉藻の前の古墳↓金丸八幡宮は一日の出来事と読めるのである。

「玉藻の前」は、鳥羽天皇――近衛天皇とも――の寵姫だが、じつは金毛九尾《きんもうきゅうび》の狐の化身なのだった。陰陽師安倍泰成《やすなり》に正体を見破られて、那須野に逃げたがそこで射殺され、殺生石《せっしょうせき》となった。その際、騎射の練習をしたのが「犬追物」の始まりとされる。

ところで、旅の事実を記したとされる『曾良《そら》随行日記』によれば、雲巌寺（四月五日）↓光明寺（九日）↓那須の篠原（十二日）↓金丸八幡宮（十三日）となっているのである。

つまり『おくのほそ道』では、実際には二日掛かった犬追物の跡↓那須の篠原↓玉藻の前の古墳↓金丸八幡宮が一日にまとめられ、最初の方で訪れている雲巌寺・光明寺は後のこととされた。

それはなぜなのだろう。

おそらく、こういうことだ。よい句ができなかったが記述には残したい犬追物の跡↓那須の篠原↓玉藻の前の古墳↓金丸八幡宮は一日のこととして、軽く扱い、前に出した。逆に、感動もし、句もできた光明寺、雲巌寺（句は「木啄《きつつき》も庵《いほ》はやぶらず夏木立」）は、読者により印象付けるため、後ろに持ってきたのである。

ここには、作品をさらによいものに仕上げるために、感動の度合いに応じて、描写を整理し、虚構化していくという創作意識が見て取れるのである。

ちなみに「桃翠」も本当は「翠桃」なのだ。こんな細部にまで神経が行き届いて虚構化しているのである。

川柳の詠史句

五七五の韻律を持ちつつ、より大衆的な次元で教養を広めた例として、川柳の詠史句が挙げられる。『誹風柳多留《はいふうやなぎだる》』初篇（明和二年〈一七六五〉刊）から三句を挙げよう。

神代《かみよ》にもだます工面《くめん》は酒が入り

肥河《ひのかわ》の上流で、素戔嗚尊《すさのおのみこと》が八つの酒器を用意させ、八俣《やまた》の大蛇《おろち》に酒を飲ませて、酔って寝たところを退治したと『古事記』にあるのを踏まえている。そのように人をだますためには、いつの世にも酒が必要だと言うのである。「神代にも」には、現代では言うまでもなくという意味合いがこめられている。

ひそひそと玉藻の前を不審がり

鳥羽天皇の寵愛を受けた玉藻の前は、もともと狐が化けたものなので、立ち居振る舞いに不可解なところがある。それを女房たちが不審に思って、陰でひそひそと語り合ったろうと想像した。帝の寵姫なので、あくまで「ひそひそと」噂するしかない。そこがおかしい。玉藻の前の伝説は、

図5・3 『南朝太平忠臣往来』

謡曲「殺生石」によって広く知られていた。鳥山石燕《とりやませきえん》の『今昔画図続百鬼』（安永八年〈一七七九〉刊）にも図が載り、江戸時代の人々にはおなじみの話柄だった。玉藻の前を扱った小説・演劇も多くあり、中でも高井蘭山《たかいらんざん》『絵本三国妖婦伝』（文化元年〈一八〇四〉刊）が最もよく知られていよう。

義貞《よしさだ》の勢《せい》はあさりを踏みつぶし

新田義貞の軍勢が鎌倉に攻め入ろうとする時に、稲村ケ崎で、龍神に対して祈誓し、黄金造りの太刀を海に投げ入れると、たちまち潮が干いて、一気に鎌倉に進撃したと、『太平記』巻十「鎌倉中合戦の事」にある。その時、あさりをたくさん踏みつぶしただろうと滑稽化しているわけだ。「義貞の士卒あらめでつんのめり」（『誹風柳多留』三十二篇）という句もある。『太平記』の内容は、太平記読みによって広く流布していた。図5・3には、『南朝太平忠臣往来』（元治元年〈一八六四〉刊）の図を掲げた。明治時代のものだが、月岡芳年の「月百姿」（明治十八〜二十五年）にも「稲むらが崎の明ぼのの月」の図がある。

虚実とりまぜて歴史的な事柄を、笑いを交えながら、大衆へと浸透させていく。そのようにして教養を享受する裾野は広がっていった。

黄表紙『大悲千禄本』

安永・天明期に、知的に高度な達成を見せた戯作文芸として、黄表紙がある。それにおける教養の伝達を見てみよう。

芝全交《しばぜんこう》作・北尾政演《きたおまさのぶ》（山東京伝《さんとうきょうでん》）画『大悲千禄本《だいひのせんろっぽん》』（天明五年〈一七八五〉刊）は、不景気なので千手観音が千本の手を損料《そんりよう》貸《が》しにするという設定で、その結果として、どんな滑稽なことが起こるかを描くものである。千手観音という宗教的に権威のある存在に卑俗な行為をさせたために、雅俗の落差によって笑いが生まれる。

その手を借りにやって来たのは、

平忠度《ただのり》（一の谷の合戦で岡部六弥太《おかべろくやた》の郎党に右腕を切られる。）

茨《いばら》木《き》童子《どうじ》（羅生門で渡辺綱《わたなべのつな》に片腕を切られる。）

人形芝居の捕り手

手練手管《てれんてくだ》——客を操る手段——を知らない女郎らである。時空を越えて、通常なら一堂に会さないような、さまざまな人々が「手を借りたい」という共通の目的によって集まって来る。言い換えると、「手を借りたい」と言えばどんな人々なのか、作者が知的な想像力を駆使して列挙していくわけだ。

借りた手で、忠度はどうしたか。本文を引こう。

忠度のうちおとされたは右の腕《かいな》、忠度すこし急《せ》きこみたまひ、あまりのうれしさ、やつぱり左の手をかりて来《き》たまひ、さざなみやの短冊《たんじやく》も左文字にでき、これはどうだと右の手をかりにやり給へば、もはや貸しきりてないとのこと、（下略）

（日本古典文学大系『黄表紙洒落本集』岩波書店）

忠度は慌てたために間違えて左腕を借りてしまった。「やつぱり」が、おかしい。そこで、「さざなみや志賀の都はあれにしを昔ながらの山桜かな」（千載和歌集・春上・読人不知・六六番）という自分の歌を短冊に書くと左文字——裏返しに見た形の文字——になった。しまったと思って右腕を借りに行くが、もう残っていなかった。

図5・4では、忠度が左文字になってしまい、困っている様子が描かれる。

忠度が一の谷の合戦で岡部六弥太の郎党に右腕を切られたことや、「さざなみや」の歌が藤原俊成によって『千載和歌集』によみ人知らずとして入集したことなどは、それぞれ『平家物語』巻九「忠度最期」、巻七「忠度都落」に描かれているし、それらは謡曲「忠度」によっても人口に膾炙していよう。

ほとんどの読者にとっては既知であったろう、忠度をめぐる知識が、作品表現として用いられ、広く享受されていくことで、教養的なものは強固に流布・浸透していったのである。

図5・4　『大悲千禄本』(国立国会図書館蔵)

名所図会

江戸時代の後期になって、各地の名所・寺社の歴史や現状を解説した絵入の地誌――名所図会《めいしよずえ》――が刊行されることによって、地名についての情報が整理されて流布していくようになる。その嚆矢は、秋里籬島《あきさとりとう》著[3]・竹原春朝斎《たけはらしゆんちようさい》画の『都名所図会』（安永九年〈一七八〇〉刊）である。以下、陸続と各地の名所図会が刊行されていった。

地名を「リストアップ」し、文章で「解説」し、挿絵によって「図像化」して、地誌的な教養は大衆に浸透していった。

斎藤幸雄・幸孝・幸成（月岑《げっしん》）著・長谷川雪旦《せったん》画『江戸名所図会』（天保五・七年〈一八三四・三六〉刊）から「両国橋《りようごくばし》」を引こう。

> 浅草川の末、吉川町《よしかわちよう》と本所本町《ほんじよもとまち》の間に架《わた》す。長さ九十六間（橋の前後ならびに橋上に番屋をするゑて、これを守らしむ）。万治二年己亥官府より始めて、これを造りたまふ（『三橋記《さんきようき》』あるいはいふ、「寛文元年辛丑新たに両国橋を架けしめらる。御普請奉行、芝山・坪内両氏に命ぜられし」と云々。旧名を大橋と号す。『事跡合考《じせきがつこう》』に、「万治二年、東の大川筋に、はじめて大橋一ヶ所をかけらるる」とあるも、この橋のことなり。また、『むさしあぶみ』といへる草紙にも、この橋を大橋としるしてあり。『事跡合考』にいふ、「この橋の形は、扇を開きたるにかたどる」と云々）。その昔、この川を国界《くにざかひ》とせしによ

り、両国橋の号《ごう》ありといへども、いまのごとく利根川をもつて界《さかひ》と定めたまふより後は、本所の地も、同じく武蔵国に属すといへども、橋の号は唱へ来《きた》るに任せて、そのまま改められずとなり（ある人云《いは》く、貞享三年丙寅春三月、利根川の西を割りて、武蔵国に属せしめらるると云々）。

この地の納涼は、五月二十八日に始まり、八月二十八日に終はる。つねに賑《にぎ》はしといへども、なかんづく夏月《かげつ》の間は、もつとも盛んなり。陸《くが》には観場《みせもの》所せきばかりにして、その招牌《しょうはい》の幟《のぼり》は、風に飄《ひるがへ》りて扁翻《へんぽん》たり。両岸の飛楼高閣《ひろうこうかく》は大江に臨み、茶亭《さてい》の床几《しょうぎ》は水辺に立て連ね、灯《ともしび》の光は玲瓏《れいろう》として流れに映ず。楼船扁舟《ろうせんへんしゅう》、所せくもやひつれ、一時に水面を覆ひかくして、あたかも陸地に異ならず。絃歌鼓吹《げんかこすい》は耳に満ちて囂《かまびす》しく、実に大江戸の盛事なり。

この人数《にんじゅ》船なればこそすずみかな　其角《きかく》
千人が手を欄檻《らんかん》やはしすずみ　同
このあたり目にみゆるものみなすずし　芭蕉

（ちくま学芸文庫『新訂　江戸名所図会』）

まず両国橋の位置と長さ（九十六間は、約一七二八メートル）を記し、万治二年（一六五九）に完成したこと、旧名を大橋と言ったことなど、諸書を引用しつつ述べる。

そして、かつては武蔵・下総両国の境にあったため両国橋と称したが、今日では川の東も武蔵国であるものの、昔の名称のままになっているのだと、命名の由来を記す。

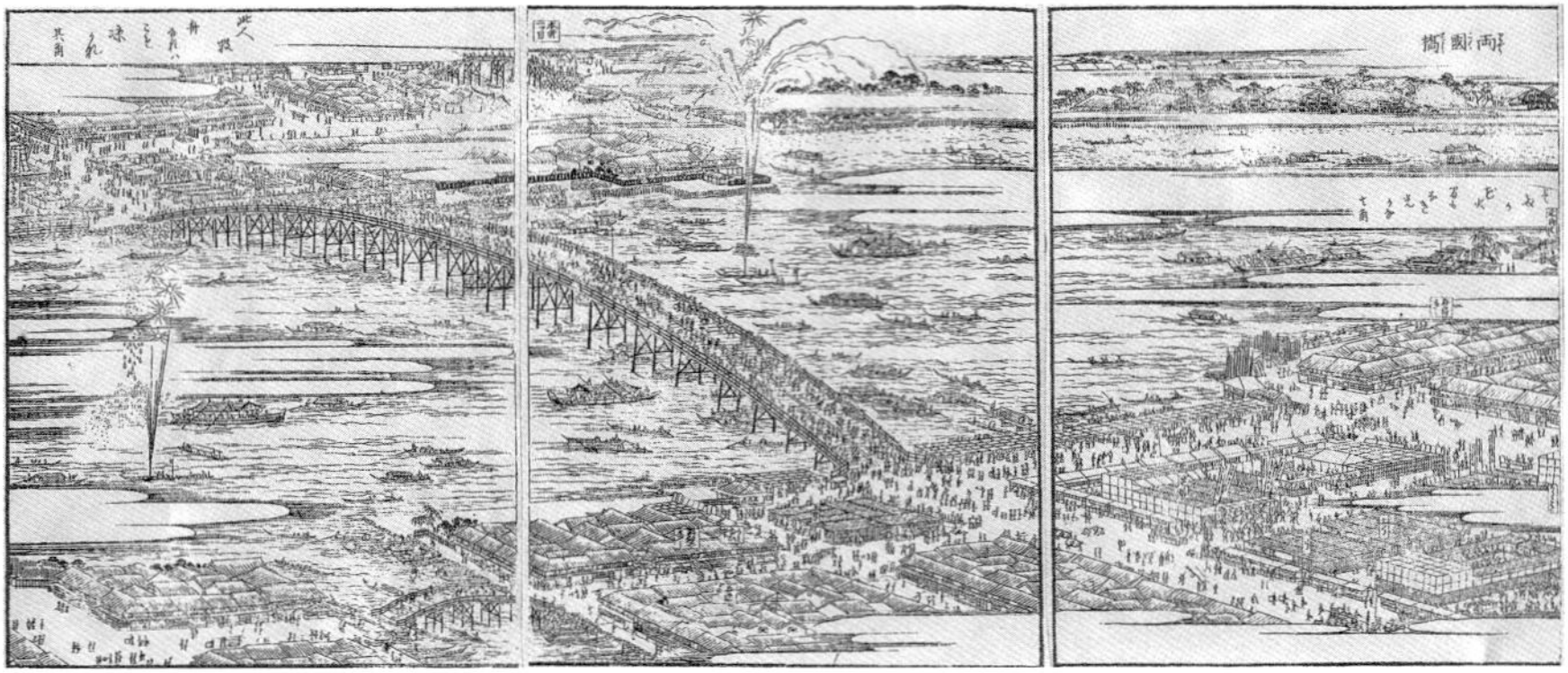

図5・5　「両国橋」『江戸名所図会』

つづいて、夏の間、納涼の場として栄えていることを、まるで漢詩の一節のような美文調で描写する。「扁翻」は、翻るさま。「玲瓏」は、照り輝くさま。

最後は、江戸の繁華なさまを詠んで人気を博した俳人其角の二句と、その師芭蕉の一句によって、納涼の光景を抒情的に確定させる。「この人数」の句は、これだけの人数が出ていても、船の上にいるからこそ涼むことができるということ。

両国橋の特質を、簡潔に、そして余すところなく説明していると言えるだろう。

さらに、図5・5のような挿絵も添えられて、その地を映像的に印象付ける。大きな橋も花火も美しい。川面には船が多く出て、陸地には船宿、土弓場、芝居小屋が所狭しと建ち並び、賑やかなこと、この上ない。左上には、其角の「この人数」の句が、右端には、やはり其角の「壱両か花火間もなき光かな」が、それぞれ掲げられる。いかにも「大江戸の盛事」である。

なお、江戸は新興都市であるため、いわゆる名所と見なされているものに乏しく、『江戸名所図会』では、その土地にまつわる故事や説話を挿絵に掲げて名所化しようとする工夫もなされた。

図5・6　「吾嬬権現社」『江戸名所図会』

たとえば図5・6の「吾嬬《あずま》権現社」の挿絵は、この神社の祭神弟橘《おとたちばな》媛《ひめ》命が日本《やまと》武尊《たけるのみこと》を救うため海に身を投げた伝説（『日本書紀』）を描いている。(4)

各地の名所図会にはそれぞれの特色がある。寛政八・十年（一七九六・九八）に刊行された秋里籬島著・竹原春朝斎等画『摂津名所図会』では、仁徳天皇の記述と絵画化に紙幅を割き、群衆を描くことで賑わいを強調し、仁徳天皇の徳によって、今日まで繁盛する町としての大坂を印象付けようとしている。(5)

Coffee break「なぜ江戸時代の文学を勉強しようと思ったか?」

一言で言うのは難しいが、中学の時に講談社文庫の『古典落語』全六巻がおもしろくて、暗記するほどくり返し読んだことは大きい。

父方の祖父（銀行員）に江戸趣味があって、遊びに行くと江戸文化の本を読ませてもらえたことも懐かしい。

そして、高校生の時に熱中した小林秀雄の『本居宣長』（新潮社、一九七七年）が高校二年生の時に刊行されて、非常に影響されたことにも起因している。

さらに大学に入って、延広真治先生の授業に出て、その高度な内容に刺激を受けたことも関係していよう。正確には、先生の研究に向ける情熱に圧倒されたと言うべきなのかもしれない。

大学三年生の時には井原西鶴《いはらさいかく》を卒論で取り上げようと思って、『定本西鶴全集』（中央公論社）を読んでみたのだが――そして大変おもしろかったのだが――、これが自分の研究対象なのかと自問するとどうもしっくり来ない。

そこで堤精二編『日本文学全史』第四巻・近世（學燈社、一九七八年）を最初から読んでいったところ、後水尾天皇の宮廷文化というのになんとなく魅かれて、調べて行ったら夢中になり、そのまま卒論になってしまった、というのが実感である。

太平記読み

教養は主に文字や絵を通して目から伝わるものだが、それだけではない。音や声によって耳から伝わっていく過程も存していた。

その代表的な例が、『太平記』の作品世界を大衆に浸透させた、太平記読みの存在である。もともとは武士が実用に供するために『太平記』を読もうとしたのであろうが、江戸時代の庶民にとっては、娯楽的な要素が強く、だからこそそこから無理なく教養に入っていくこともできたと言えよう。

その歴史を辿ってみると[6]、室町時代では、少数の公家や武家に読み聞かせるものと、談義僧や物語僧がそれなりの数の聴衆に読み聞かせるものとがあり、後者がやがて専業化していって、江戸時代に至る。

元禄（一六八八～一七〇四）頃から、さかんになった。その様相は、近松門左衛門《ちかまつもんざえもん》の『大経師《だいきようじ》昔暦《むかしごよみ》』（正徳五年〈一七一五〉初演）の次のような場面によってよくわかる。

京近き岡崎村に、分限者《ぶげんしや》の下屋敷をば両隣、中に挟《はさ》まるしょげ鳥の、牢人の巣の取葺《とりぶき》屋根、見る影細き釣行灯《つりあんどう》、太平記講釈、赤松梅龍《ばいりゆう》と記せしは、玉がためには伯父ながら、奉公の請《う》けに立ち、他人向きにて暮らしけり。講釈果つれば聞き手の老若出家交《ま》じりに立ち帰る。なんと聞き事《ごと》な講釈、五銭づつには安い物、あの梅龍ももう七十でも有らうが、一《ひと》理窟有る顔附。アアよい弁舌《べんぜつ》、楠湊川合戦、面白い胴中、仕方で講釈やられた所、本《ほん》の和田の新発意《しんぼち》を見るやうな、いかい兵《つはもの》でござったの。いづれも明晩明晩と散り散りにこそ別れけれ。

〔日本古典文学大系『近松浄瑠璃集上』岩波書店〕

夜講釈の様子、安い席料、仕方咄——身振りによって話すこと——のありさまなどが、簡潔な描写の中からよく伝わって来る。

「分限者の下屋敷」は、金持ちの別邸。「しょげ鳥」は、気力のないさま。「赤松」は、太平記読みにしばしば見られる姓である。「玉」は、登場人物の一人で、下女のお玉。「聞き事」は、聞く価値のあること。「湊川合戦」は、尊氏が義貞・正成を破った戦いで、正成は戦死した（『太平記』巻十六）。「和田の新発意」は、四条畷の戦いで楠木正行とともに奮戦した（『太平記』巻二十六）。「いかい」は、荒々しい。

他にも、西鶴の『日本永代蔵《にほんえいたいぐら》』（貞享五年〈一六八八〉刊）五—四には、神田の筋違橋《すじかいばし》で『太平記』の勧進読みをやる男が出てくるし、やはり西鶴の『好色一代女』（同三年刊）五—四にも道久という太平記読みがいたとある。

その際、台本となったのは、江戸初期にそれまでの評論を集大成して成った『太平記評判秘《ひょうばんひ》

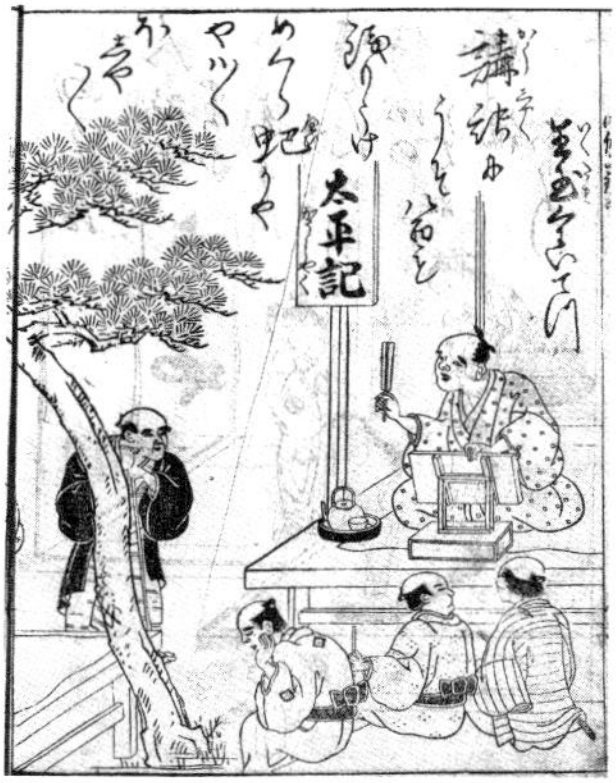

図5・7　『絵本御伽品鏡』(国立国会図書館蔵)

伝理尽鈔《でんりじんしょう》』であった。

図5・7に、『絵本御伽品鏡《えほんおとぎしなかがみ》』（享保十五年〈一七三〇〉刊）の挿絵を掲げておく。

その後は、『太閤記』『三河後風土記《みかわごふどき》』『難波戦記』などの江戸時代の作品が講釈されるようになっていった。やがて講談へと発展していく。

貝原益軒

教養を広く流布させた学者として、貝原益軒《かいばらえきけん》（一六三〇～一七一四）は見逃せない。朱子学者なので、本来は〈漢〉で取り上げるべきなのだが、和文で書かれた教訓書の存在を重視して、〈和〉で扱うこととする。

まず、死の前年、八十四歳の時の著述である、『養生訓《ようじょうくん》』（正徳三年〈一七一三〉成立）を取り上げてみよう。

全体として、「聖人は未病を治す」「養生の道は、病なき時つつしむにあり」という観点から、風・寒・暑・湿の「外邪」と、酒食・好色の「内欲」について細かな注意が与えられ、病気にならない工夫が説かれる[7]。益軒自身が八十歳を超えていたことも、その言に説得力を付与したにちがいない。
興味深い箇所をいくつか読んでみたい。

心は身の主也。しづかにして安からしむべし。身は心のやつこ（奴）なり。うごかして労せしむべし。心やすくしづかなれば、天君ゆたかに、くるしみなくして楽しむ。身うごきて労すれば飲食滞《とどこほ》らず、血気めぐりて病なし。（巻一）（岩波文庫『養生訓・和俗童子訓』）

心が身を支配していると説く。だから心が安らかであれば、身も整うのである。そして、心の奴である身を動かすことで、飲食も滞ることなく進み、血流もよくなって、病気にもならない。ちなみに「心」が「身の主」だというのは、道教的な考え方に通じる。(8)
体を動かすことの重要性は以下のような記述にも見える。

身体は日々少しづつ労動すべし。久しく安坐すべからず。毎日飯後《はんご》に、必ず庭圃《ていほ》の内、数百歩しづかに歩行すべし。雨中には室屋《しつおく》の内を、幾度も徐行すべし。此《か》くの如く、日々朝晩《ちょうばん》運動すれば、針・灸を用ひずして、飲食・気血の滞りなくして病なし。（巻一）

体を動かすことで、胃腸の働きも血のめぐりもよくなる。私自身も、座って、本を読み、調べものをし、文章を書いているので、体を動かすことをなるべく心がけたい。

また、長生きの重要性を以下のように説く。

長生すれば、楽しみ多く益多し。日々にいまだ知らざる事をしり、月々にいまだ能《よ》くせざる事をよくす。この故に学問の長進する事も、知識の明達なる事も、長生きせざれば得がたし。

（巻一）

そして、飲食についても多くの記述を割く。飯の炊き方と健康との関わりなど、まことに細かい。

飯を炊《かし》ぐに法多し。たきぼしは壮実なる人に宜し。餴《ふたたびいひ》は積聚《せきしゆう》気滞《きたい》ある人に宜し。湯取飯《ゆとりいひ》は脾胃《ひい》虚弱の人に宜し。粘りて糊《のり》の如くなるは滞塞《たいそく》す。硬《こは》きは消化しがたし。新穀の飯は性つよくして虚人はあしし。殊に早稲《わせ》は気を動かす、病人にいむ。晩稲《おくて》は性かろくしてよし。

（巻三）

「たきぼし」は、釜で炊いた飯。「餅」は、冷や飯をもう一度煮て温めたもの。「湯取飯」は、水を多く入れて炊いた後、湯汁を取り、再び蒸した飯。今日でも胃腸の調子によって米の炊き方を変えたりしていよう。

さらに、食後に口を漱ぐことの大切さも説かれる。

食後に湯茶を以て口を数度すすぐべし。口中清く、牙歯《がし》にはさまれる物脱《だつ》し去る。牙杖《げじよう》にてさす事を用ひず。夜は温なる塩茶を以て口をすすぐべし。牙歯堅固になる。口をすすぐには中下の茶を用ゆべし。是東坡《これとうば》が説なり。（巻三）

「牙杖」は、楊枝。「塩茶」で口を漱ぐと「牙歯堅固」になるというのは、今日の塩入歯磨き粉に通じるものなのであろう。「東坡」は、宋の蘇軾《そしよく》。

年を取ったら、怒らないこと、許すことが大事だとも言う。

老いては気すくなし。気をへらす事をいむべし。第一、いかるべからず。うれひ、かなしみ、なき、なげく、べからず。（巻八）

老いると、気が少なくなってくる。その限られた気を、怒ることで減らしてはならないのだ。

過ぎ去りたる人の過《あやま》ちを、とがむべからず。我が過ちを、しきりに悔《く》ゆべからず。人の無礼なる横逆《おうぎゃく》を、いかりうらむべからず。是皆、老人養生の道なり。（巻八）

過去にした人の過ちを非難してはならない、自分の過ちを後悔してはならない、人の無礼で不条理な行いに対して怒ったり恨んだりしてはならない。そうすることで、老いた身は安らかに保たれるのである。

つづいて、『和俗童子訓《わぞくどうじくん》』（宝永七年〈一七一〇〉刊）を読もう。

酒の飲み方については、こうだ。

酒をむさぼる者は、人のよそ目も見ぐるしく、威儀《いぎ》をうしなひ、口のあやまり、身のあやまりありて、徳行をそこなひ、時日《ひま》をついやし、財宝をうしなひ、名をけがし、家をやぶり、身をほろぼすも、多くは酒の失よりをこる。又、酒をこのむ人は、必ず血気をやぶり、脾胃をそこなひ、病を生じて、命みじかし。故に長命なる人、多くは下戸也。たとひ、生まれつきて酒をこのむとも、わかき時よりつつしみて、多く飲むべからず。

私は酒に弱く、したがって酒席も苦手である。若い頃は、付き合わざるをえない時も多く、そこでは主に年上の人たちからしばしば人格的なところまで指摘されて、とても嫌な気持ちになった。だから、益軒の言うことにはおおいに共感する。

また、初心者の勉強のやり方について記した箇所には、次のようにある。

> 四書を、毎日百字づつ百へん熟誦して、そらによみ、そらにかくべし。字のおき所、助字のあり所、ありしにたがはず、おぼへよむべし。

そして、四書は全部で「五万二千八百四字」あるので、一日に百字暗誦していけば、五百二十八日——一年半弱——で終わると言うのである。じつに具体的で、じつに細かい。百字というのは、それなりの分量である。それを一年半休みなく続けなさいというのだから、けっこう大変な勉強量だと言えるだろう。暗記は少しずつでないとできないから、ある種合理的な勉強法だとも言えるが、猛烈に忍耐を伴い、誰もができるものではないやり方だとも言える。

益軒の学問は、伊藤仁斎《いとうじんさい》や荻生徂徠のように、時代の最先端を行くものではなかったかもしれない。だが、大衆にとってなにが取得すべき知恵なのかを考え抜き、それをわかりやすい和文で流布させたという点で、教養の浸透に非常に貢献した人と言うことができる。

本居宣長

本居宣長《もとおりのりなが》（一七三〇〜一八〇一）は松坂の商家に生まれた。宝暦二年（一七五二）、二十三歳の時、京都に遊学し、契沖《けいちゅう》の著作に触れて、国学の道を志した。

その学問は、ことばへの鋭敏な感覚によって、世界を構造的に把握し、古代世界との一体化を図ることを目指したものであると、まとめてみたい。

『紫文要領《しぶんようりょう》』（宝暦十三年〈一七六三〉成立）、『源氏物語玉《たま》の小櫛《おぐし》』（寛政八年〈一七九六〉成立）において、『源氏物語』を「もののあはれ」という鍵語によって分析したり、『古事記伝』（寛政十年成立、文政五年〈一八二二〉刊行終了）において、古代語について詳密な注解を施したり、『てにをは紐《ひも》鏡《かがみ》』（明和八年〈一七七一〉刊）、『詞《ことば》の玉緒《たまのお》』（安永八年〈一七七九〉成立）において、係り結びを探究したりというように、客観的な分析ができる一方、天照大神の絶対的な優越性を主張して、上田秋成に批判される――いわゆる「日の神論争」(9)――といったように、日本を感情的に美化する人でもあった。

このことは、一見矛盾しているようだが、決してそうではない。「日本とは何か」という大きな問題を解明するため、地道な論証を積み重ねながら、最後の一歩で飛躍して、根本的なものに手を触れようとしたのであり、宣長の中では首尾一貫していたのだと思う。

「もののあはれ」とは、文学作品が儒教や仏教による誡めのためにあるという従来のありかたから脱却して、独立した価値を有するとする主張を端的に表す鍵語である。宣長は『源氏物語玉の小櫛』において次のように言う。

人の情《こころ》の感ずること、恋にまさるはなし。（中略）さて恋につけては、そのさまにしたがひて、うきこともかなしき事も、恨めしき事もはらだたしきことも、おかしきこともうれしきこともあるわざにて、さまざまに人の心の感ずるすぢは、おほかた恋の中にとりぐしたり。かくて此の物語は、よの中の物のあはれのかぎりを、書きあつめて、よむ人を、深く感ぜしめむと作れる物なるに、此の恋のすぢならでは、人の情の、さまざまとこまかなる有りさま、物のあはれのすぐれて深きところの味はひは、あらはしがたき故に、殊に此のすぢを、むねと多く物して、恋する人の、さまざまにつけて、なすわざ思ふ心の、とりどりにあはれなる趣を、いともいともこまやかに、かきあらはして、もののあはれをつくして見せたり。

〔日本古典文学大系『近世文学論集』岩波書店〕

恋ほど人の心が動くことはない。恋する状況に応じて、喜怒哀楽さまざまな感情が湧き起こり、そこにほぼすべての人間の感情が備わっている。そこで恋物語として最高のものである『源氏物語』には「もののあはれ」のすべてが収められていて、それによって深い情趣が表現されているというのである。そのようなありかたは〈和〉の持つ繊細さと響き合うものでもあった。「もののあはれ」以外にも宣長の提示した論点は多い。和歌山藩主徳川治貞《はるさだ》――松坂の領主でもあった――の諮問に答えた、宣長の政治道徳論『玉くしげ』（寛政元年刊）から二か所を引こう。

本朝は、異国とは、その根本《こんぽん》の大いに異なるところなり。その子細は、外国は、永く定まれるまことの君なければ、ただ時々に、世の人をよくなびかせしたがへたる者、誰にても王となる国俗なる故に、その道と立つるところの趣も、その国俗によりて立てたる物にて、君を殺して国を簒《うば》へる賊をさへ、道にかなへる聖人と仰ぐなり。然るに皇国《みくに》の朝廷は、天地の限りをとこしなへに照らしまします、天照大御神の御皇統にして、すなはちその大御神の神《しん》勅《ちょく》によりて、定まらせたまへるところなれば、万々代《まんまんだい》の末の世といへども、日月の天にましますかぎり、天地のかはらざるかぎりは、いづくまでもこれを大君主と戴き奉りて、畏《かしこ》み敬《うやま》ひ奉らでは、天照大御神の大御心にかなひがたく、この大御神の大御心に背《そむ》き奉りては、一日片時《へんじ》も立つことあたはざればなり。

〔日本古典文学大系『近世思想家文集』岩波書店〕

この「異国」は言うまでもなく中国を指す。そこでは、その時々で王が異なる。その一方、日本では、天照大神以来、天皇が国を治めており、だからすぐれているのだと、〈和〉の優越性を唱える。こういった万世一系をめぐる主張は、近代の天皇制においても継承されて、天皇の権威を高めるために利用されていったのである[10]。

つづいて、天皇と武家社会との関わりについて述べたところを読んでみたい。

> さて今の御代《みよ》と申すは、まづ天照大御神の御はからひ、朝廷の御任《みよさし》によりて、東照神御祖命《あずまてるかむみおやのみこと》より御つぎつぎ、大将軍家の、天下の御政《みまつりごと》をば、敷き行はせ給ふ御世にして、その御政を、又一国・一郡と分けて、御大名たち、各これを預かり行ひたまふ御事なれば、其の御領内御領内の民も、全く私の民にはあらず、国も私の国にはあらず、天下の民は、みな当時これを、東照神御祖命御代々の大将軍家へ、天照大御神の預けさせ給へる御民なり、国も又天照大御神の預けさせたまへる御国なり。

ここでは、幕府の統治の正統性を朝廷の権威を借りながら確認していく。

天照大御神→朝廷（天皇）→東照神御祖命（家康）→大将軍家→御大名家の順に、政治が委任されていくという、現実の政治が天皇ではなく将軍に任される「みよさし」の構造を実に論理的に説明していると言えるだろう。内容自体は、宗教的、神話的な色彩を帯びながらも、鮮やかなまでに合理的に説明する、というところに、さきほど述べたような宣長の学問の卓越性が見て取れ

る。(11)

宣長は自著の出版に熱心で、伊勢の柏屋兵助《かしわやへいすけ》、名古屋の永楽屋東四郎《えいらくやとうしろう》、京都の銭屋利兵衛《ぜにやりへえ》といった、有力な書肆のもとから、三十を超える著作が刊行されている。(12) 教養を発信する際に出版文化を利用したという点で、宣長は十分江戸時代的だった。

平田篤胤

国学の宗教性を高め、幽冥信仰を唱えたのは、平田篤胤《ひらたあつたね》（一七七六〜一八四三）だった。篤胤は、安永五年（一七七六）に秋田藩士の子として生まれ、寛政七年（一七九五）江戸に出奔する。享和三年（一八〇三）頃、本居宣長の著述に感動して、文化二年（一八〇五）春庭《はるにわ》の門人となる。その後、宣長の説に疑念を抱いた。天保十二年（一八四一）に、江戸退去と著述禁止を命じられて、秋田に帰り、不遇の中で没した。

その学説を大まかにまとめると次のようになる。(13)

宣長は、人は死後黄泉《よみ》の国へ行くとしたが、篤胤はこれを否定し、霊魂は国土にとどまるとした（『霊能真柱《たまのみはしら》』など）。いわゆる「霊魂不滅」である。

さらに展開して、人は死後、大国主神（大国主命）が治めるあの世（幽冥界）へ赴き、そこで審判を受けるとした（『古史伝』など）。

その幽冥信仰を証明すべく探究した著述が、現世と幽冥界を往来できる十五歳の少年寅吉からの聞き取り『仙境異聞』や、藤蔵という子どもが死後冥界で産土神《うぶすながみ》に会って勝五郎として再生したことを記録した『勝五郎再生記聞』である。また、妖怪も幽冥界に属するものとして研究対象となった。その成果が、十六歳の稲生平太郎が体験した怪異現象を扱った『稲生物怪録《いのうもののけろく》』や、『古今妖魅考』である。

たとえば『仙境異聞』において、魂の行方について訊ねたところ、「善念の凝れる魂は、神明の恵みを受けて、無窮に世を守る神と成る」と寅吉が答えたのには、篤胤も満足したのではないか。

折口信夫も、「平田国学の伝統」（昭和十八年）の中で、次のように語っている。

先生といふ人は「俗神道大意」といふ本を書いてゐながら、天狗の蔭間みたやうな子供を捕まへて、一所懸命聴いて、それを疑つてゐない。事細かしく書いてゐる。篤胤先生の学問も疑はしくなるくらゐ疑はずに、一心不乱に記録を作つてゐる。さういふ記録になると篤胤先生の文章がうまい。議論になるとこだはつて、読んでゐて辛いやうな気がしますが、さういふ平易なものになると非常に楽で、名文です。

〔『折口信夫全集』20、中央公論社〕

いかにも至言である。

なお、篤胤は蘭学も学んでおり、〈洋〉についても高く評価している。しかし、たとえば、西洋の天文地理学の高い観測技術について認める一方、天地の成り立ちなどについては日本の古い伝承によることによってしかわからないとするなど、その評価は全面的ではない(14)。

篤胤は門人も多く、その学問は幕末から明治の時代へと受け継がれていった(15)。

そして、太平洋戦争中は、昭和十七年が篤胤百年祭だったということもあって、軍国主義を推進するものとして篤胤の存在が祭り上げられた。たとえば、昭和十七年(一九四二)に刊行された藤田徳太郎の『平田篤胤の国学』(道統社)に「八紘為宇の御精神や帝道唯一の御精神に基づいて、大義名分を正し、もつてわが国体の尊厳が万邦無比なるを明らかにしたのも亦、篤胤の偉大なる功績を云はなければならない。思想の深さと精神の純粋にして且つ強烈なること、また、篤胤にいたつて極まつたと云つてよい」とあるが如くである(16)。

第二節　〈漢〉の世界

荻生徂徠

江戸時代における最も重要な〈漢〉の思想家は誰か。

その問いへの答はいくつも考えられるであろう。林羅山、山鹿素行《やまがそこう》、伊藤仁斎、荻生徂徠…。

〈漢〉の詩人ならば、頼山陽！）

ここでは、儒教的な理想を江戸の現実に応用しようとする大きな視点を示したという意味で、荻生徂徠《おぎゅうそらい》（一六六六～一七二八）を取り上げてみたい。

徂徠は、将軍綱吉の侍医を父に持ち、十四歳の時に江戸払いとなった父に従って、上総国に移住した。江戸に戻り、元禄九年（一六九六）、三十一歳の時、柳沢吉保《やなぎさわよしやす》に仕えた。綱吉の学問相手もつとめ、赤穂浪士の処分に関して厳罰に処すべしと献策したのはよく知られている。宝永六年（一七〇九）、四十四歳の時、吉保の隠居によって、江戸茅場《かやば》町の自宅に私塾蘐園《けんえん》を開き、山県周《やまがたしゅう》南《なん》、安藤東野《あんどうとうや》、服部南郭、太宰春台《だざいしゅんだい》らを育てた。享保十二年（一七二七）頃、幕府要人の諮問に応じて、将軍吉宗に『政談』を献呈した。

徂徠の思想を一言で説明するのはかなり難しいが、ここでは可能な限り短くまとめてみたい(17)。その最も重要な鍵語は「礼楽《れいがく》」であろう。これこそ理想郷とされる「先王の道」を知る上で大事なものであり、君子はそれを会得することによって、民を修める能力を身に付けることができる。一方、治められる民も徳を身に付けねばならない。そのようにして、理想的な社会が生まれるのだ。このような展望には、江戸幕府の治世を聖人の道の具現化としたいという希望もこめられていた（以上、『弁道』など）。

文学的には、聖人の残した原典を注釈に頼らずに古代中国語によって直接読み解き、それによって学び得た古語を用いて、擬古的な詩や文章を制作することで、古代的な精神を真に我が物にできるという、古文辞学を唱えた。「礼楽」は、文学的に振る舞ってこそ習得できるのである（以上、『学則』など）。

そして、この考え方は、国学において、古典を実証的に学び、それを実作において血肉化することをもって、日本を理想的に捉え直すという姿勢へとつながっていく。古文辞学があったから、国学もありえたのだ。そのように〈和〉と〈漢〉は連動した。

徂徠の詩を一首紹介しよう。「東都四時楽《とうとしじがく》」という、江戸の四季を詠んだ作品の、秋についてのものである。

秋満品川十二欄　　秋は満つ　品川の十二欄《じゅうにらん》
東方千騎簇銀鞍　　東方千騎《とうほうせんき》　銀鞍《ぎんあん》簇《あつま》る
清歌一闋人如月　　清歌《せいか》　一闋《いっけつ》　人　月の如く
笑指滄波洗玉盤　　笑ひて指す　滄波《そうは》　玉盤を洗ふを

（徂徠集）

〔『江戸漢詩選2　儒者』岩波書店〕

【現代語訳】秋の気配が満ちている、品川の遊郭に。

にぎにぎしく付き人を従えて、美しい鞍に乗った貴公子たちが集まる。
清らかな歌声で一曲、遊女の顔は月のように美しく輝き、
遊女は笑って指さす、青々とした波が月を洗うのを。

品川には岡場所——私娼街——があった。

主な典拠を指摘しておくと、「東方千騎」は古楽府「陌上桑《はくじょうそう》」にあることばで、「銀鞍」は李白「少年行」に「銀鞍　白馬　春風度る」とある[18]。品川での女郎遊びの光景を、中国の漢詩句をもって象る。日本の光景が〈漢〉によって彩られるとも、中国の光景が〈和〉に変換されていくとも言える。

右の詩は、江戸の年中行事を解説した『東都歳事記』（天保九年〈一八三八〉刊）の秋の部の扉にも掲げられている（図5・8）。

図5・8　『東都歳事記』

『唐詩選国字解』

荻生徂徠は「俚俗なる者は平易にして人情に近し」（『訳文筌蹄《やくぶんせんてい》』）と唱えたため、十八世紀半ばに

は、日常のことばを用いて漢詩をわかりやすく訳す俗語訳——いわゆる国字解——がいくつも刊行された。(19) 最もすぐれていたのは、徂徠の高弟服部南郭《はっとりなんかく》の『唐詩選国字解』（寛政三年〈一七九一〉刊）だった（厳密に言うと、南郭の訳を中心にしつつも門人の訳も混入している）。

盛唐の詩人王維《おうい》の別荘の敷地内にあった「竹里館《ちくりかん》」を詠んだ、有名な詩を見よう（図5・9）。

独坐《どくざ》幽篁《ゆうこう》の裏《うち》　弾琴《だんきん》復《ま》た長嘯《ちょうしょう》

「篁」は、竹の林なり。もの静かな竹藪の中に、誰《たれ》問ふ者もなく、ひとりで、琴を弾じたり、長嘯したりしている。限りない楽しみぢや。「復」の字に義理はない。軽く見るがよい。

深林人知らず　明月来《きた》って相照らす

ただ明月のみ吾が心を澄まし照らし来り、問ふ人もない。この深林の楽しみは誰も知るまい。相手にするものは、月ばかりぢや。（東洋文庫『唐詩選国字解』3、平凡社）

初心者にもわかるような丁寧な訳だと言える。「長嘯」はそのままになっていて、これだと現代人にはわかりにくいかもしれない。今だと「声長くうたう」（岩波文庫『唐詩選』）などと訳すであろう。「復」にも大した意味はないと解説する。

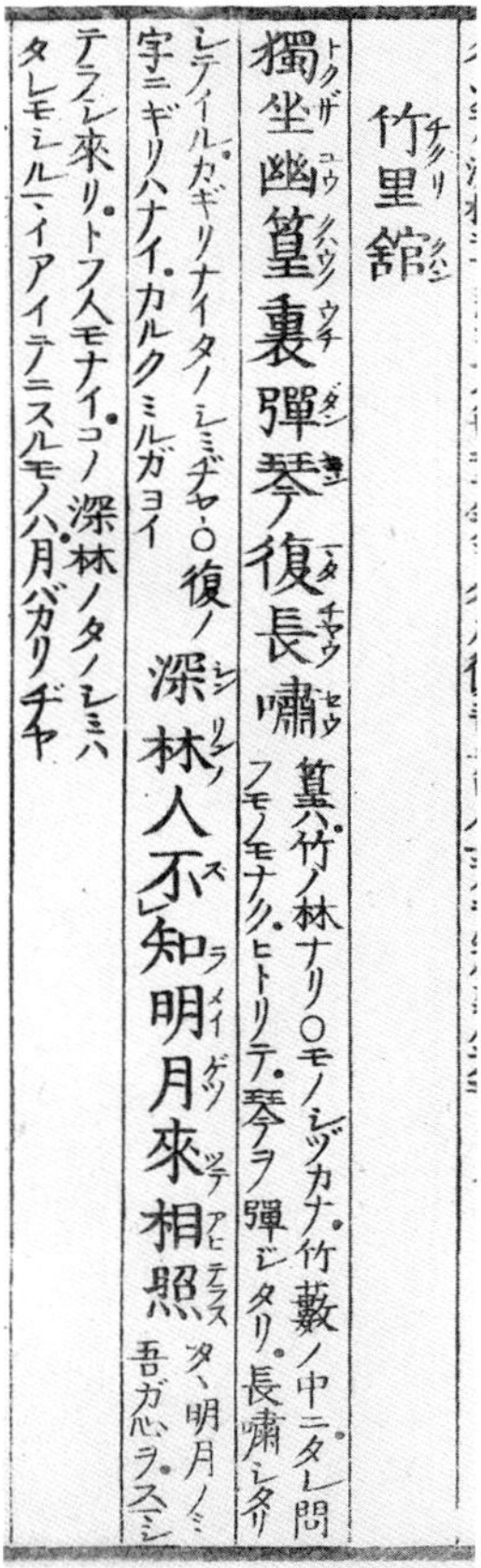
竹里館《チクリクワン》
獨坐幽篁裏彈琴復長嘯
篁ハ竹ノ林ナリ○モノシヅカナ竹藪ノ中ニタヾ問フモノモナク。ヒトリテ。琴ヲ彈ジタリ。長嘯シタリシテイル。カギリナイタノシミヂヤ。○復ノ字ニギリハナイ。カルクミルガヨイ
深林人不知明月來相照
テラスタヽ明月ノミ吾ガ心ヲスミテラシ來リ。トフ人モナイ。コノ深林ノタノシミハタレモシルマイ。アイテニスルモノハ月バカリヂヤ

図5・9　「竹里館」『唐詩選国字解』

このようにして、〈漢〉は親しみやすく流布していったのである。

『詩語砕金』

江戸時代には、詩を制作するための作法書が数多く刊行された。漢詩の大衆化の一環である。その中でも最もよく流布した[20]と考えられる『詩語砕金《しごさいきん》』について触れておこう。

同書は、泉士徳の著で、石作駒石《いしづくりくせき》（一七四〇〜九六）が校訂したもので、安永七年（一七七八）に刊行されている。

春夏秋冬雑に分かれ、「春日郊行」「夏日山居」「九日登高」「冬夜読書」「囲碁」などの詩題が掲げられ、それぞれについて関連する詩語を列挙し、平仄・読み・意味を記す。このような書によって、漢詩を作ろうとする大衆には敷居が低くなったと言える。

ここでは「春日帰家」のところを掲げておこう（図5・10）。

田中道雄氏の指摘によれば、このうち、

故園　野渡　帰休　帰心　帰夢　臨帰　乗春　乗晴　四望　家遠　花逐　水遶　駅樹

衣錦　鳥啼　去路　思親　諸弟　感時　望迷　還家　晩次

図5・10　「春日帰家」『詩語砕金』

といった詩語は、蕪村《ぶそん》の有名な俳詩「春風馬堤曲《しゅんぷうばていきょく》」の世界に通じるものだと言う(21)。そういう意味では、『詩語砕金』も「春風馬堤曲」も、当時の通念を踏まえているところがあったと言えよう。教養は、相互に影響を与え合いながら、流布・浸透していくものなのだ。

上田秋成『雨月物語』菊花の約

物語がしっかりとした構想力を持っているという点で、〈漢〉はすぐれている。そのことは、口語で書かれた中国の白話小説に基づいて、江戸時代前期の読本作品が制作されたことに顕著である。

代表的な作者である上田秋成《うえだあきなり》（一七三四～一八〇九）の著した『雨月物語《うげつものがたり》』（明和五年〈一七六八〉成立、安永五年〈一七七六〉刊）における、〈漢〉の具体的なありかたを検討してみたい。「菊花《きくか》の約《ちぎり》」を取り上げてみる。途中までのあらすじは次のようになっている。

母の庇護のもと学問に励んでいた播磨国加古《かこ》に住む丈部《はせべ》左門《さもん》は、ふとしたことから赤穴《あかな》宗右衛《そうえ》門《もん》という軍学者とめぐり合い、兄弟の盟を結んだ。赤穴は、出雲の富田城主塩冶《えんや》掃部介《かもんのすけ》に仕えていたが、近江に滞在している間に主君が尼子経久《あまこつねひさ》に殺されてしまい、出雲に戻るところだったのだ。赤穴がいったん出雲に戻ることになった際、左門の懇願により、赤穴は九月九日の重陽の節句に必ず帰って来ると約束した。しかし、赤穴は出雲で経久によって幽閉されてしまい、約束を果たすことができない。そこで、自刃して、霊魂となって左門のもとに来た。

赤穴が左門の前に現れる場面は、

もしやと戸の外に出でて見れば、銀河影きえぎえに、氷輪《ひようりん》我のみを照らして淋しきに、軒守《のきも》る犬の吼《ほゆ》る声すみわたり、浦浪の音ぞここもとにたちくるやうなり。月の光も山の際《は》に陰《くら》くなれば、今はとて戸を閉《た》てて入らんとするに、ただ看《み》る、おぼろなる黒影《かげろひ》の中に人ありて、風の随《まにま》に来るをあやしと見れば赤穴宗右衛門なり。

〔岩波文庫『雨月物語』〕

となっている。今夜はもう来ないのかと思って、家の中に入ろうとすると、ぼんやりとした黒い影の中に人の姿があって、風に乗って来るのを、不思議に思って見つめていると、赤穴宗右衛門だった。左門の待ち焦がれた気持ちや、幽霊が現われるあやしい雰囲気がよく伝わって来る、とてもいい文章だと思う。

では、原拠となっている「范巨卿雞黍《はんきょけいけいしょ》死生 交《しせいのまじわり》」(『古今《ここん》小説』)では、どうなっているか。

看見するに、銀河耿耿《こうこう》、玉宇《ぎょくう》澄澄、漸《やうや》う三更の時分に至り、月光都《すべ》て没す。隠隠として黒影中に一人風に随ひて至るを見る。邵之《しょうこれ》を視《み》れば、乃ち巨卿なり。

〔『上田秋成研究事典』笠間書院、丸井貴史訓読〕

「邵」は左門、「巨卿」は赤穴に当たる人物の名である。原拠では、農民と商人である。両者を照らし合わせてみると、「菊花の約」における「ただ看る、おぼろなる黒影の中に人ありて、風の随に来るをあやしと見れば赤穴宗右衛門なり」という最も印象的な文章は、ほぼ原拠通りなのだと知れる。ここは、〈和〉が〈漢〉に学んだところなのである。話の構想力もだが、文章の持つきびきびした感じも〈漢〉から得ていると言ってよいであろう。

ところが、九月九日に戻れなかった理由となると、両者はずいぶんと異なっている。「菊花の約」の方は、さきほど述べたように、赤穴は幽閉されて、約束の日に戻れないという状況に陥っていた。「菊花の約」から引こう。

永く居《を》りて益《やう》なきを思ひて、賢弟が菊花の約ある事をかたりて去らんとすれば、経久怨《うら》める色ありて、丹治（引用者注・赤穴の従弟。経久に仕えていた）に令《れい》し、吾を大城《おほぎ》の外にはなたずして、遂《つひ》にけふにいたらしむ。此の約にたがふものならば、賢弟吾を何ものとかせんと、ひたすら思ひ沈めども遁《のが》るるに方《かた》なし。いにしへの人のいふ、「人一日に千里《ちさと》をゆくことあたはず。魂《たま》よく一日に千里をもゆく」と。此のことわりを思ひ出でて、みづから刃《やいば》に伏し、今夜《こよひ》陰風《かぜ》に乗りてはるばる来《きた》り菊花の約に赴《つ》く。

赤穴は約束の日をしっかり覚えていて、なんとか帰りたいと必死に考えた末、自刃したのである。しかし、「范巨卿雞黍死生交」では、

范曰く、「兄弟と相別れての後より、家に回りて妻子の口腹の累《わづらひ》の為に、身を商賈《しようこ》中に溺ら

せ、塵世滾滾《こんこん》、歳月匆匆《そうそう》、覚えずして又た是れ一年。向日の雞黍の約心に掛けざるに非ざれども、近ごろ蠅利《ようり》の被《ため》に牽かれ、其の日期を忘る。今蚤《けさ》、隣佑茱萸酒《しゆゆしゆ》を送り至り、方《まさ》に是れ重陽なるを知る。（中略）尋思するも計無けれども、常に聞く、古人云ふ有り、『人千里を行く能《あた》はず、魂能く日に千里を行く』と。遂に妻子に囑咐して曰く、『吾が死の後、且《しばら》く下葬すること勿れ。吾が弟張元伯の至るを待ちて、方に土に入るべし』と。囑し罷《をは》り、自刎して死す」

となっている。なんと赤穴に当たる人物は、商売が忙しくて、約束の期日を忘れていたのだ！両者は、切実さが全く異なっているのである。秋成は、原拠で農民と商人とあるところを儒者と武士（軍学者）に転換したことによって、幽閉の身になるという設定を作り出し、帰りたいのに帰れないという切迫した状況を創り出したのである。さらに、農民と商人の信義から儒者と武士のそれへと変えたことで、その信義は日常的なものからより理念化されたものへと変化し、物語の美しさが増したと言えよう。(22)

約束を守るため、自ら命を断って霊魂となって戻って来るという話自体のおもしろさは〈漢〉に学びつつも、そこに秋成が改変を加えることで、より情感が高まるような展開にして、取り込んだ。そこに〈和〉としての創意工夫が見て取れるのである。

曲亭馬琴

秋成が前期読本の代表的な作者であるなら、後期読本の代表的な作者は曲亭馬琴《きょくていばきん》（一七六七〜一八四八）であろう。馬琴が〈漢〉から教養を摂取したことは言を俟たない。琉球を主な舞台とする、源為朝の冒険譚『椿説弓張月《ちんせつゆみはりづき》』（文化四〜八年〈一八〇七〜一一〉刊）は『水滸後伝』の構想を借りており、『南総里見八犬伝《なんそうさとみはっけんでん》』（文化十一年〈一八一四〉〜天保十三年〈一八四二〉刊）は『水滸伝』の構想を借りている。

『南総里見八犬伝』から、庚申山中で犬飼現八《いぬかいげんぱち》が妖猫の左の眼を射る場面（第六輯巻之五）を引こう（図5・11）。

現八は彼の為体《ていたらく》を、はや見定めてなかなかに、些《ちつと》も騒ぐ気色なく、心の中《うち》に思ふやう、「彼の馬に騎《の》りたるこそ、妖王《ばけもののおう》なるべけれ。先にすれば物を征《せい》し、後《おく》るるときは征せらる。彼《か》奴《やつ》をだに射て落とさば、その余は必ず逃げ亡《う》せなん。よしや怨みを復《かへ》さんとて、これ彼斉一《ひとしく》うち逆《むか》ふとも、そは怕《おそ》るるに足るものならじ」と早速《さそく》の尋思《しあん》は、勇士の大胆、両条《ふたすぢ》の箭《や》は腰にあり、半弓左手《ゆんて》に突き立てて、窃《ひそ》かに件《くだん》の樹に攀《よ》ぢ登るに、その神速《はや》きこと猿猴《ましら》の如く、程よき枝に足踏み留《とど》めて、弓に箭《や》刺《つが》ふて彎《ひ》き固めつつ、霎時《しばし》矢比《やごろ》を張《うかが》ひけり。さりけれども、妖怪等は、かくとは思ひかけざりけん、心のどけくうち相譚《かたら》ふて、胎内竇《たいないくぐり》に近つきつ、進み

図5・11　『南総里見八犬伝』(国立国会図書館蔵)

入らんとする程に、窺済《ねらひ》ませし現八が、矢声も猛《たけ》く発《はな》つ箭に、件の騎馬なる妖怪は、左の眼《まなこ》を篦深《のぶか》に射られて、一ト声「苦《あつ》」と叫びもあへず、馬より撞《どう》と堕《お》ちしかば、「吐嗟《あなや》」と騒ぐ両箇《ふたり》の妖物《ばけもの》、手負ひの手を取り肩に引きかけ、一箇《ひとり》は馬を牽きつつも、旧来《もとき》しかたへ逃げ亡せけり。

〔新潮日本古典集成別巻『南総里見八犬伝』四〕

「はや見定めてなかなかに、些も騒ぐ気色なく、心の中に思ふやう」「窺済ませし現八が、矢声も猛く発つ箭に」は、七五調。「平弓左手に突き立てて、窃かに件の樹に攀ぢ登るに、その神速きこと猿猴の如く」は動的で力強く、「寛済ませし現八が、矢声も猛く発つ箭に、件の騎馬なる妖怪は、左の眼を篦深に射られて、一ト声「苦」と叫びもあへず、馬より撞と堕ちしかば」は臨場感あふれる感じで、とてもよい。〈漢〉に学んだ、骨格のある、しっかりとした文章である。

ちなみに『南総里見八犬伝』は、歌舞伎化されたり、浮世絵になったりして、[23] 文字だけでなく、映像によっても大衆に浸透している。

頼山陽

江戸時代には数多くの漢詩人が出たが、その中でも最高と目されるのが、頼山陽《らいさんよう》（一七八〇〜一八三二）である。日本語としての漢詩文を高度に達成した人と言える。

漢詩では、「鞭声《べんせい》 粛粛《しゅくしゅく》 夜 河を過る」（「不識庵の機山を撃つ図に題す」）、「雲か山か呉か越か／水天《すいてん》 髣髴《ほうふつ》 青一髪《せいいっぱつ》」（「天草洋に泊す」）などの表現は人口に膾炙しており、母を詠んだ詩や、愛弟子江馬細香とやり取りした詩も心を打つ。他にもすぐれた詩は多い。

漢文の代表作『日本外史』は次章で触れることにして、ここでは漢詩を一首味わってみたい。

歴史的な題材を扱った『日本楽府《にほんがふ》』（文政十一年〈一八二八〉成立）から、藤原道長を詠んだ「月欠くる無し」を引こう。

月無欠
日有欠
日光太冷月光熱
枇杷第中銀海涸
金液之丹利如鉄
既生魄
旁死魄
日月並欠天度別
別有大星光殊絶

月欠くる無く
日欠くる有り
日光は太《はなは》だ冷やかに　月光は熱す
枇杷《びわ》第中《ていちゅう》　銀海《ぎんかい》涸《か》る
金液《きんえき》の丹《たん》　利《と》きこと鉄の如し
既生魄《きせいはく》
旁死魄《ぼうしはく》
日月並びに欠けて天度《てんど》別れ
別に大星の光殊絶《しゅぜつ》なる有り

〔岩波文庫『頼山陽詩選』〕

【現代語訳】月が欠けることは無いと道長が詠んだように、藤原氏が全盛を極め、
日の神の子孫である天皇家は衰微した。
日光は大変に冷えてしまい、月の光は熱くなった。
道長の枇杷殿で、三条天皇は失明したのである。
霊薬金液丹の効き目が鋭利なことは、まるで鉄剣のようだった。
陰暦十六日にも月があり、
二日にも月がある。

日のような天皇家も月のような藤原氏もともに欠けて、天の運行も変わり、
別に強い光を放つ大きな星のような武士の時代が訪れる。

「月欠くる無く」は、寛仁二年（一〇一八）に、道長が十六夜の月を見て詠んだという「この世をばわが世とぞ思ふ望月の欠けたることもなしと思へば」（『小右記』）による。藤原氏全盛を謳歌する歌なのである。

「枇杷第中　銀海涸る／金液の丹　利きこと鉄の如し」。「銀海」は、道教で眼のことを言う。三条天皇が失明したのは、道長が金液丹を勧めたからなのだと、『日本楽府』本文に付記される牧百峰の注にある。(24)「金」「銀」「鉄」と関連のあることばをちりばめたところに意匠がある。

「既生魄」は満月より後の月、「旁死魄」は月光が生じてくる二日以後の月を言う。『書経』武成に出てくることばである。

末の二句では、藤原氏と天皇家が確執の末、両者ともに権力が衰えて、源氏・平氏という武士階級が台頭してくるという歴史の勢いを表現しており、すぐれた表現だと言えるだろう。(25)「星月夜」が、和歌や連歌などで「鎌倉」を導くことも効かせていよう。

道長の歌から藤原氏を月に喩え、日の神の子孫である天皇家を日に喩えて、両者のせめぎ合いを詠んで、実に躍動的で力強い詩だと思う。

山陽に学んだ女流詩人江馬細香《えまさいこう》（一七八七〜一八六一）の詩も一首、『湘夢遺稿』から引いておく。

　砂川《すなかわ》に飲みて賦す、山陽先生に呈す

好在東郊売酒亭　好在《こうざい》なり　東郊《とうこう》の売酒亭《ばいしゅてい》
秋残疎雨撲簾旌　秋残《ざん》し　疎雨《そう》　簾旌《れんせい》を撲《う》つ
市灯未点長堤暗　市灯　未だ点ぜず　長堤暗し
同傘帰来此際情　同傘《どうさん》して帰り来《きた》る　此の際の情

〔『江戸漢詩選3　女流』岩波書店〕

【現代語訳】依然としてそこにある、洛東のお茶屋さんが。
秋も尽きようとしている季節に、まばらな雨が、簾や旗に降りかかる。
街の灯はまだ灯されず、長く続く土手は暗い。
先生と相合傘で帰る、その時の気持ちと言ったら…。

表現は、山陽の添削を経たものを掲げた。
砂川は、京都の地名。山陽とは結婚する可能性もあったが、終生、師弟の関係を貫いた。結句、先生を慕う気持ちが強く伝わって来る。

朝鮮通信使

次に、海外との交流ということに目を転じて、まず朝鮮通信使を取り上げてみよう。

そもそも通信使は、なぜ行われたのであろうか。

朝鮮にとっては、後金《こうきん》のヌルハチ勢力に対して防御するため、日本との友好的な関係を築いておく必要があった。秀吉の朝鮮出兵のようなことがくり返されないようにとの意図もあったろう。日本にとっても、安定した国交を築き、幕府の威信を高める必要があった(26)。回答兼刷還使《かいとうけんさつかんし》として三回、通信使として九回、主に将軍の代替わりの時に就任を祝うという名目で派遣された。

正徳元年(一七一一)第五回の時の製述官――書記官――である申維翰《シンユハン》(一六八一~?)が記した紀行文『海游録』はとりわけ名高い。

興味深い内容を摘録してみたい(27)。

日本の儒者・文人をはじめとする文化人たちは、朝鮮の優秀な儒者たちと詩文の応酬や筆談することを求めて、通信使のもとに殺到した。それだけ日本人にとって朝鮮の文化人は価値が高かったわけだ。そのことで通信使の人々が非常に疲弊したことは、以下のような箇所からわかる。江戸でのことである。

連日館にあり、尋常詞客の来見者が相継ぐ。詩の唱和および筆談のやりとり、間隙《かんげき》なきに苦しむ。また外から乞う者もあり、雨森東（引用者注・雨森芳洲）と両長老を通して届けてくる。曰く集序、曰く題画、曰く賛像、曰く詠物のたぐい。みな手書を願い、図章を押して去る。人をかき乱し、暇なきに悩ませる。

〔東洋文庫『海游録――朝鮮通信使の日本紀行』平凡社、姜在彦訳〕

当時の儒者として最も権力を持っていた大学頭林信篤《はやしのぶあつ》（鳳岡。一六四四～一七三二）への評価は手厳しい。林春斎は、林鵞峰である。

その祖を道春《どうしゅん》（林羅山、道春はその号）といい、その父を恕（林春斎《しゅんさい》、恕はその名、羅山の第三子）といい、代々日本文学を掌る。およそ国用の詞翰をなすものは、すべてその家から出る。門徒として推薦され、禄を食む者は数十人に及ぶ。しかし、その文筆を観るに、拙朴にして様を成さない。日本の官爵はすべて世襲であり、高才邃学《すいがく》の士ありといえども、信篤の牀下に望みを得るにあらざれば用いられぬ。可笑しいことだ。

一方、雨森芳洲《あめのもりほうしゅう》（一六六八～一七五五）への評価は高い。

雨森はすなわち、彼らの中では傑出した人物である。よく三国音（日本、朝鮮、中国の語音）に通じ、よく百家書を弁じ、その方訳（日本語訳）における異同、文字の難易を知っており、おのずから胸中に涇渭《けいい》の分（涇水は濁り、渭水は清いので、清濁の分別があること）があるから、このように言ったのである。

漢詩の贈答の例を挙げておきたい。

文化八年（一八一一）、最後の通信使の時、昌平黌儒官古賀精里《こがせいり》（一七五〇～一八一七）が、正使金《きん》履喬《りきょう》に贈ったものである。『精里全書』より引く。

雲成五色拠鰲頭
名徳同朝罕匹儔
牙纛方今軽遠道
鑑衡倚旧仰清猷
汀湾暑湿晴如雨
館舎風煙葛換裘
郷信平安応及竹

雲は五色《ごしき》を成して　鰲頭《ごうとう》に拠《よ》る
名徳　同《とも》に朝《ちょう》するは　匹儔《ひっちゅう》罕《まれ》なり
牙纛《がとう》　方今《ほうこん》　遠道を軽しとし
鑑衡《かんこう》　旧に倚《よ》つて清猷《せいゆう》を仰ぐ
汀湾《ていわん》　暑湿　晴るるも雨の如く
館舎　風煙　葛《かつ》　裘《きゅう》に換《か》ふ
郷信の平安　応《まさ》に竹に及ぶべし

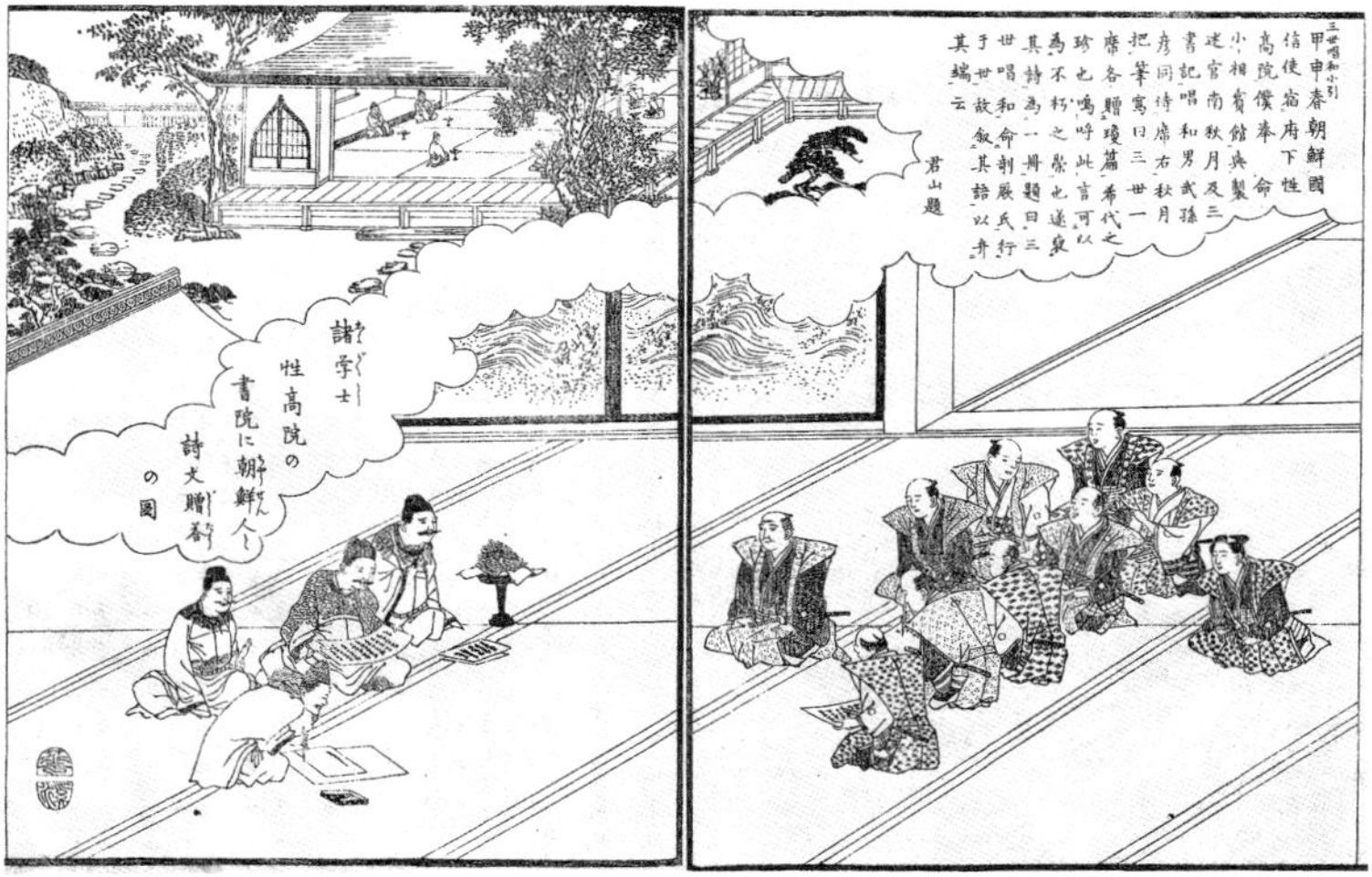

図5・12　『尾張名所図会』(国立公文書館蔵)

龍孫添得緑修修　　龍孫《りゆうそん》　添え得たり
　　　　　　　　　　緑の修修《しゆうしゆう》たるを

〔『江戸漢詩選2　儒者』岩波書店〕

【現代語訳】雲は五色にたなびき、大海亀の頭を蔽い、名望と徳行を兼ね備える通信使の方々が来朝なさるのは、じつに稀な出来事である。

朝鮮国の旗をはためかせて、いま遠い道のりを軽々とお出でになり、ご見識は古くから変わることなく、その方針を仰ぎ見ることだ。

海のほとりは蒸し暑くて、晴れていても雨が降っているかのようであり、お宿にも、もや混じりの潮風が吹いていて、正装を夏服に着替えなくてはなるまい。
故国からの無事を知らせる便りは、この地の竹をも安心させ、
たけのこが、緑色を増しながら生えていく。

「平安　応に竹に及ぶべし」は、書簡によく用いられることばで、中国古代の童子寺《どうしじ》には一群の竹があり、毎日その竹に向かって、「平安」を報じるのが寺の決まりだったという故事（『酉陽《ゆうよう》雑俎《ざつそ》』）による(28)。

図5・12は、『尾張名所図会』（天保十五年〈一八四四〉刊）にある図で、名古屋での客館性高院において、通信使と尾張藩の儒者たちが詩歌を贈答しているところを描いたものである。

『三国志』受容

江戸時代に最も人気のあった中国文学は何だろうか。
それはおそらく、『三国志《さんごくし》』であろう。
今日でも「桃園に義を結ぶ」「三顧《さんこ》の礼」「赤壁《せきへき》の戦い」「万事倶《とも》に備はれど只《ただ》東風を欠くのみ」「泣いて馬謖《ばしょく》を斬る」「死せる諸葛《しょかつ》、生ける仲達《ちゅうたつ》を走らす」「水魚の交わり」など名言とされるものは多い。

『三国志』は、本家中国では、魏・呉・蜀の史書で、二十四史の一つである。それを虚構も交えて小説にしたのが、明・羅貫中《らかんちゅう》作『三国志演義《えんぎ》』であった。

その江戸的享受について、主なものを列挙してみたい。(29)

まず、林羅山である。羅山が慶長九年（一六〇四）に、二十二歳までに読んだことのある書を列記した既読書目録（『羅山先生詩集』附録「羅山先生年譜」）に、「通俗演義三国志」の名が見える。これが現在知られている限りで最も古い享受例である。家康の死後、その蔵書を江戸・尾張・紀伊・水戸に四分割する作業を羅山が管掌した。いわゆる駿河御譲り本である。その時にも、水戸家に『三国志伝通俗演義』が贈られ、尾張家に『通俗三国志』が贈られた。(30) 具体的な作品表現も一つ挙げておくと、寛永二十年（一六四三）に東海道を上った際に制作した紀行文『癸未《きび》紀行』中の「箱根山」という詩に、「鄧艾《とうがい》が氈《せん》を纏《まと》はんと欲す」とあるのは、『三国志』魏書巻二十八にある、険しい山や谷を越えて兵糧を運んでいく際、鄧艾が氈――毛織りの敷物――で自らを包んで転がっていったという記述を踏まえている。(31) ちなみに、羅山の三男鵞峰が加点した『三国志』が、寛文十年（一六七〇）に和刻本として刊行されている。

そして、元禄二～五年（一六八九～九二）に、『三国志演義』の完訳である、湖南文山の『通俗三国志』が刊行される。(32) このことが後代にもたらした影響は大きい。

漢詩文においては、伊藤東涯《いとうとうがい》（一六七〇～一七三六）の「関公賛」（紹述先生文集・巻十二）をはじめ、青竜刀や赤兎馬など、『三国志演義』や関帝信仰に基づく漢詩や賛が作られていく(33)。

小説史ではどうだろう。

浮世草子には、西沢一風《にしざわいっぷう》著かとされる『風流三国志』（宝永五年〈一七〇八〉刊）がある。

草双紙はどうか。黒本・青本に、鳥居清満画『通俗三国志』（宝暦十年〈一七六〇〉刊）がある。

黄表紙では、四国子作・鳥居清長画『通略三極志』（安永九年〈一七八〇〉刊）、勝川春旭画『通人三極志』（安永九年刊）などがあるが、評価は高くない(34)。四方山人（大田南畝《おおたなんぽ》）作・勝川春潮画『頭《あたま》てん天口有《てんにくちあり》』（天明四年〈一七八四〉刊）には、劉備《りゅうび》が諸葛孔明《こうめい》を軍師として迎える「三顧の礼」の故事が踏まえられている場面がある。

合巻には、黒川亭雪麿作・歌川国貞画『世話字綴三国誌』（天保二年〈一八三一〉刊）がある。

洒落本では、寛政年間に刊行された、葛飾北斎《かつしかほくさい》画『讃極史《さんごくし》』がある。

読本では、曲亭馬琴作・葛飾北斎画『三七全伝南柯夢』（文化五年〈一八〇八〉刊）に、『三国志演義』における、曹操《そうそう》が木の祟りのため病死する場面を踏まえるところがある(35)。

滑稽本では、式亭三馬《しきていさんば》ら作『浮世床』（文化十年～文政六年〈一八二三〉刊）二編下に「読んで見せうか。曹操横たへて槊《ほこ》を賦《ふ》す詩をス」「何の事だ」「おれにもわからねへ」「棒読みにやらかしたのだ。曹操槊を横たへて詩を賦すと読むのだ」という会話がある。

噺本では、『笑嘉登《わらうかど》』（文化十年刊）の「講釈」に、次のようにある。

「夕部《ゆふべ》、横町のこうしやくを聞きにいつたが、ごふてきに面白かつた」「何の講釈だ」「アノ三国志といふ唐人の軍《いくさ》よ。からには、ごふてきにつよひやつがあるの」「ムム夫《それ》は関羽か張飛だらう」「いんにや、そんなものじやアねヱ。むしやうに出てはたらくやつよ」「そんなら趙雲か」「いんにや、それでもねへ。ヲヲそれそれ、アノたんぺいきう」

〈噺本大系第十五巻、東京堂出版〉

「短兵急」という頻出する漢語を、登場人物名だと勘違いしたという笑いである。

川柳では、「すす掃の孔明は子を抱いて居る」（誹風柳多留・初篇）は、煤掃きで人々が真っ黒になって働く中、子どもを抱く役をして、一番楽をしているのが、諸葛亮（孔明）といったところだということ。「孔明がうつむいて居るむつかしさ」（誹風柳多留・十二篇）は、孔明ほどの軍師がうつむいて考えているからにはよほどの難題なのだろうということ。「今日も又留守でござると諸葛亮」（誹風柳多留・二十六篇）は、「三顧の礼」を踏まえる。「桃園で関羽《かんう》壱人が呑んだやう」（誹風柳多留・四十一篇）は、関羽が劉備、張飛とともに「桃園の誓い」によって義兄弟となったことを言う。「さつぱりとしたと曹操へらず口」（誹風柳多留・四十四篇）は、髭を切って逃げたのに負け惜しみを言っているという体である。「玄徳はかゆひところへ手がとどき」（『誹風柳多留拾遺』）は、『三国志』先主伝に、劉備（玄徳）の身体的な特徴として「手を垂れれば膝を下る」というほど手が長かったと述べるのによる。

歌舞伎では、「歌舞伎十八番」に「関羽」があるのが有名である。

浮世絵では、歌川国芳に「通俗三国志之内　玄徳馬躍檀渓跳《うまをおどらせてだんけいをとぶ》図」（嘉永六年〈一八五三〉）があり、月岡芳年「月百姿」（明治十八～二十五年）にも、「南屏山昇月　曹操」や「赤壁月」がある。

現代における『三国志』享受の一端は、現代の章を参照のこと。

第三節　〈洋〉の世界

オランダ商館長の書翰

宝暦八年（一七五八）十一月十二日、オランダ商館長ヘルベルト・フルメウレンは、総督ヤコブ・モッセルに、次のような内容の書翰を送った。

ベンガル産の絹織物は幕府への贈物用にも販売用にも手に入れることができなかったと日本人に説明しました。イギリス人とベンガル人との争乱によって織手たちが逃亡し、ベンガルの織物業が沈黙したため、同地での絹の集荷がほとんど止まり、その結果十分な量の商品を運んで来られなくなったのだと話しました。

この説明は、現在の日本ではかなり説得力があります。他国とのあらゆる通交関係の外に暮らしていて、オランダ人が言うことをほとんど何でも信じる日本人には、オランダ人の望むことが何でも受け入れられます。以上のような話から日本人は、オランダ人にとって望ましい、すばらしい考察を導き出しました。すなわち、ベンガル人がこのような強制をイギリス人から押し付けられたのはあまりに多くの外国人の入国を許してしまったからであり、ベンガルは外国人に支配されかかっている、反対にオランダ人とだけ付き合っていたならばこのようなことにはならなかっただろう、という考えです。

我々はこのような意見に異論のあろうはずがありません。日本人は今やベンガル情勢と、諸外国からの災いを招かない自分たちの安全な状態を比較して、そのような状態がオランダ人との貿易の継続にかかっていると確信しています。それゆえ、彼らはこの貿易制度を維持しようとますます努力しています。

〔松方冬子『オランダ風説書』中公新書〕

すなわち、ここからは、

・日本人（幕府関係者）は、オランダの言うことをほとんど何でも信じる。

・日本人（幕府関係者）は、オランダとのみ付き合っている方が外国との紛争にならなくてよいと思っていた。

ということが読み取れる。[36] 必ずしもそうではなかった部分もあるだろうが、そういった傾向を当時の商館長が把握していたことは興味深い。

十八世紀の中頃までは、〈洋〉と言えばオランダが中心であったわけだ。

蘭学の受容史概略

日本人はどのように蘭学を受容していたのか。岩波文庫『蘭学事始《らんがくことはじめ》』（緒方富雄校注、一九五九年）に付載されている参考年表を主たる資料としつつ、その流れを見ていこう。

・寛文三年（一六六三）、オランダ商館長ヘンドリック・インデイクが四代将軍徳川家綱に『ヨンストンス動物記』と『ドドネウス本草書』を献上する。
・元禄三年（一六九〇）、エンゲルベルト・ケンペルが商館長附の医官として来日。
・元禄八年、西川如見《にしかわじょけん》『華夷通商考《かいつうしょうこう》』――アジアやオランダなどの風土や物産を通商という点によって考察した――が刊行される。
・正徳三年（一七一三）、新井白石《あらいはくせき》、『采覧異言《さいらんいげん》』――世界の地理・歴史・政治・風俗を紹介する――を著す。
・正徳五年、新井白石、『西洋紀聞』（初稿）を著す。

・享保二年（一七一七）、八代将軍徳川吉宗が、正月に参府した商館長に、『ヨンストンス動物記』、『ドドネウス本草書』を示して質問する。
・元文五年（一七四〇）、青木《あおき》文蔵（昆陽《こんよう》）・野《の》呂《ろ》元丈《げんじょう》が吉宗からオランダ語を学ぶよう命ぜられる。
・宝暦四年（一七五四）、山脇東洋《やまわきとうよう》・小杉玄適《こすぎげんてき》、京都にて囚人の遺体を解剖する。官許を得て行った初めての解剖である。
・宝暦十三年、平賀源内《ひらがげんない》の本草学書『物類品隲《ぶつるいひんしつ》』成立。
・宝暦十四年、源内が火浣布《かかんぷ》を発明する。
・明和七年（一七七〇）、前野良沢《まえのりようたく》が長崎へ遊学する。
・明和八年、杉田玄白《すぎたげんぱく》・良沢・中川淳庵《なかがわじゅんあん》らが江戸千住小塚原で腑分けに立ち会う。玄白と良沢は、持参した『ターヘル・アナトミア』――ドイツ人クルムスの『解剖図譜』のオランダ語訳――の図が正確なのに驚き、帰り道、翻訳への着手を決意する。
・安永三年（一七七四）、玄白と良沢らによる『ターヘル・アナトミア』の翻訳書『解体新書』刊行。
・天明三年（一七八三）、大槻玄沢《おおつきげんたく》『蘭学階梯』（図5・13）成立。刊行は、天明八年。
・寛政八年（一七九六）、稲村三伯《いなむらさんぱく》らが『ハルマ和解《わげ》』――オランダ人フランソワ・ハルマの蘭

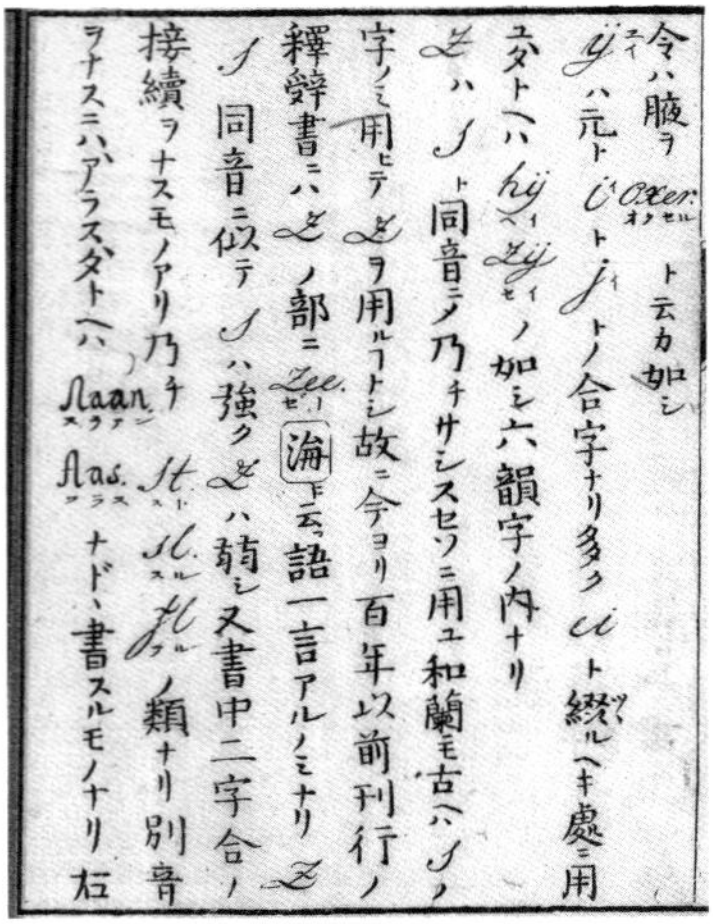
今ハ腕ヲ oxer ト云カ如シ
ij ハ元ト i ト j トノ合字ナリ多ク ui ト綴ルヘキ處ニ用
ユタトヘハ hij zij ノ如シ六韻字ノ内ナリ
z ハ s ト同音ニノ乃チサシスセソニ用ユ和蘭モ古ハ s ノ
字ノミ用ヒテ z ヲ用ルコトナシ故ニ今ヨリ百年以前刊行ノ
釋辭書ニハ z ノ部ニ zee（海）ト云語一言アルノミナリ z
s 同音ニ似テ s ハ強ク z ハ弱シ又書中二字合ノ
接續ヲナスモノアリ乃チ st sl fl ノ類ナリ別音
ヲナスニハアラスタトヘハ slaan slas ナド、書スルモノナリ 右

図5・13 『蘭学階梯』

仏辞典をもとにして作った、蘭和辞典——を刊行する。

・文化十二年（一八一五）、玄白の『蘭学事始』成立。

・文政十一年（一八二八）、長崎オランダ商館の医師シーボルトが帰国する際、日本地図などを持ち出そうとしたため、シーボルトは国外追放となり、多くの蘭学者が処罰される。

・天保十年（一八三九）、浦賀に来航したアメリカ船モリソン号を打ち払った事件における幕府の排外的な態度を批判した、洋学者の高野《たかの》長英《ちょうえい》、渡辺《わたなべ》崋山《かざん》らが弾圧される。蛮社の獄である。

右を参考にしつつ、江戸時代における蘭学の展開を大まかに捉えてみよう。

十八世紀の中頃には、青木昆陽・野呂元丈が吉宗からオランダ語を学ぶよう命ぜられて、オランダ語を学習し始めた。平賀源内の研究も意義深い。

十八世紀の後半になると、前野良沢や杉田玄白らが『ターヘル・アナトミア』を翻訳して『解体新書』を刊行した。これは画期的な出来事であった。

十八世紀末になると、大槻玄沢やその門人稲村三伯らが登場し、蘭学はさらに興隆する。

十九世紀前半には、シーボルト事件・蛮社の獄などがあり、幕府が弾圧した。

最後に、当時の蘭学への見解を、松平定信《まつだいらさだのぶ》の自叙伝『宇下人言《うげのひとこと》』（寛政五年成立）から引いておきたい。

寛政四五のころより紅毛の書を集む。蛮国は理にくはし。天文地理又は兵器あるは内外科の治療、ことに益も少なからず。されどもあるは好奇の媒《なかだち》となり、またはあしき事などいひ出す。さらば禁ずべしとすれど、禁ずれば猶《なほ》やむべからず。況《いはむ》やまた益もあり。さらばその書籍など、心なきものの手には多く渡り侍らぬやうにはすべきなり。上庫にをき侍るもしかるべし。されどよむものもなければ只《ただ》虫のすと成るべし。わがかたへかひをけば世にもちらず、御用あるときも忽ち弁ずべしと、長崎奉行へ談じて、船来の蛮書かひ侍ることとは成りにけり。

〔岩波文庫『宇下人言・修行録』〕

図5・14　『拾遺都名所図会』（国立国会図書館蔵）

蘭学の、天文学、兵器、医療などにおける有益さを認めつつ、広く流布することには警戒感を抱く、為政者としてのありかたが認められよう。

昆陽・元丈・玄白・良沢といった人々も、最初は漢学を学んでいた。〈漢〉の理知的な感覚があるから〈洋〉もすみやかに受け入れられたのである。

蘭学の受容例いくつか

山東京伝作・歌川豊国画『箱入娘面屋《はこいりむすめめんや》人魚《にんぎょう》』（寛政三年刊）には、「博物」——博学者——が、人魚を嘗めた者は千年の寿命を保つという知識を主人公に教える場面がある。これは、『六物新志《ろくもつしんし》』（天明六年序）で人魚について詳しく書いている大槻玄沢のこ

とである。(37)

『拾遺都名所図会』（天明七年刊）には、オランダ人の祇園見物の図が載る（図5・14）。

少し射程距離を今日にまで伸ばしてみると、前野良沢・杉田玄白らが翻訳した『解体新書』では、翻訳できない時に意味を取ってことばを造っており――義訳と言う――、それが今日にまで用いられている例もある。軟骨・鼓膜・三半規管・蝸牛殻・十二指腸・盲腸などがそれである。(38)

江戸時代の教養的なありかたを見てきた。

この時期、〈和〉と〈漢〉はじつにバランスよく存在していたと言える。〈和〉にも〈漢〉にもすぐれた人材が陸続と現れたことはもちろん、両者は一人の人間のなかにも共存した。〈和〉で風雅を追い求めた芭蕉は、漢詩文にも学んでいたし、〈漢〉として白話小説に学んだ上田秋成は、国学者として日本とは何かを考え続けた。〈漢〉の頼山陽は漢文で『日本外史』を著したが、その漢文は日本語としてこなれたものであり、そして尊王論を鼓吹もした。

そこに徐々に〈洋〉が姿を現して、事態は幕末へと進んで行く。

注

（1）拙著『古典注釈入門――歴史と技法』岩波現代全書、二〇一四年。
（2）注（1）拙著、一一八～一二五頁。拙著『近世文学史論――古典知の継承と展開』岩波書店、二〇二三年、九五～一一一頁。拙著『日本近世文学史』三弥井書店、二〇二三年、一九三～一九八頁。
（3）藤川玲満『秋里籬島と近世中後期の上方出版界』勉誠出版、二〇一四年。
（4）壬生里巳「『江戸名所図会』にみる〈教養〉の伝達」『浸透する教養――江戸の出版文化という回路』勉誠出版、二〇一三年。
（5）飯倉洋一「『摂津名所図会』は何を描いたか」『上方芸文研究』二〇二三年二月。
（6）延広真治「軍談・実録・講釈」（『日本文学全史』第四巻、學燈社、一九七八年）、『中村幸彦著述集』第四巻（中央公論社、一九八三年）、『角川古語大辞典』第四巻（一九九四年）、長友千代治『江戸時代の書物と読書』（東京堂出版、二〇〇一年）などを参考にした。
（7）田尻祐一郎『江戸の思想史』中公新書、二〇一一年、一〇八～一一一頁。
（8）神塚淑子『道教思想10講』岩波新書、二〇二〇年、二一五～二一六頁。
（9）稲田篤信『江戸小説の世界』（ぺりかん社、一九九一年）、長島弘明「『呵刈葭』における宣長と秋成」（『本居宣長の世界』森話社、二〇〇五年）、高野奈未「宣長・秋成「日の神」論争」（『天空の文学史　太陽・月・星』三弥井書店、二〇一四年）など。
（10）田中康二『本居宣長の大東亜戦争』ぺりかん社、二〇〇九年。
（11）山内昌之『将軍の世紀』上、文藝春秋、二〇二三年、五七六～五七八頁。
（12）辻本雅史『江戸の学びと思想家たち』岩波新書、二〇二一年、一八八～一八九頁。
（13）田原嗣郎「『霊の真柱』以後における平田篤胤の思想について」（『日本思想大系』第五十巻、

岩波書店、一九七五年）、源了圓『徳川思想小史』（中公新書、二〇〇七年→中公文庫）、末木文美士『日本宗教史』（岩波新書、二〇〇六年）、吉田麻子『平田篤胤』（平凡社選書、二〇一六年）、三ツ松誠「平田篤胤とその門流」（『日本思想史事典』丸善出版、二〇二〇年）などを参考にした。

（14）中川和明『平田国学の史的研究』名著刊行会、二〇一二年、二一六〜二三七頁。

（15）宮地正人『歴史のなかの『夜明け前』——平田国学の幕末維新』吉川弘文館、二〇一五年。

（16）注（10）田中書、二一一〜二二四頁。辻田真佐憲『「戦前」の正体』（講談社現代新書、二〇二三年）も参照。

（17）源了圓『徳川思想小史』（中公新書、二〇〇七年→中公文庫）、田尻祐一郎『叢書日本の思想家　荻生徂徠』（明徳出版社、二〇〇八年）、同『江戸の思想史』（中公新書、二〇一一年）、尾藤正英『荻生徂徠「政談」』（講談社学術文庫、二〇一三年）、高山大毅『近世日本の「礼楽」と「修辞」』（東京大学出版会、二〇一六年）、揖斐高「解説」（『江戸漢詩選』下、岩波文庫、二〇二一年）などを参考にした。

（18）一海知義・池澤一郎『江戸漢詩選2　儒者』岩波書店、一九九六年、七頁。

（19）岩波文庫『訳注聯珠詩格』（二〇〇八年）における揖斐高氏の解説。

（20）鈴木俊幸『近世読者とそのゆくえ』平凡社、二〇一七年。

（21）田中道雄『蕉風復興運動と蕪村』岩波書店、二〇〇〇年、九八〜九九頁。

（22）長島弘明『雨月物語の世界』ちくま学芸文庫、一九九八年、一一五頁。

（23）服部仁『八犬伝錦絵大全』芸艸堂、二〇一七年。

（24）山陽のこの詩によって、道長が傲慢な権力者だということが広く認知されたという（杉下元明『比較文学としての江戸漢詩』汲古書院、二〇二三年、二二〇〜二三二頁）。

(25) 揖斐高『江戸詩歌論』汲古書院、一九九八年、一四二～一四三頁。
(26) 歴史教育研究会（日本）・歴史教科書研究会（韓国）編『日韓交流の歴史』（明石書店、二〇〇七年）などを参考にした。
(27) 姜在彦『朝鮮通信使がみた日本』（明石書店、二〇〇二年、一九一～二一六頁）を参考にした。
(28) 注(18)一海・池澤書、二五八頁。
(29) 金文京『三国志演義の世界　増補版』（東方書店、二〇一〇年）を参考にした。
(30) 田中尚子『三国志享受史論考』汲古書院、二〇〇七年。
(31) 拙著『林羅山』（ミネルヴァ書房・日本評伝選、二〇一二年）一七一～一七四頁。
(32) 長尾直茂『本邦における三国志演義受容の諸相』勉誠出版、二〇一九年。
(33) 注(32)長尾書。
(34) 棚橋正博『黄表紙総覧　前篇』青裳堂書店、一九八六年、二四〇・二七三～二七四頁。
(35) 湯浅佳子『近世小説の研究――啓蒙的文芸の展開』汲古書院、二〇一七年、五八一～五八六頁。
(36) 松方冬子『オランダ風説書』中公新書、二〇一〇年、一一四～一一六頁。
(37) 花咲一男『江戸の人魚たち』太平書屋、一九七八年。
(38) 鳥井裕美子「洋学」『日本「文」学史』第二巻、勉誠出版、二〇一七年。

第六章　幕末、明治時代初期
――〈和〉〈漢〉〈洋〉の変容

嘉永六年（一八五三）、アメリカ東インド艦隊司令長官ペリーが浦賀に来航し、開国を迫った。安政五年（一八五八）には日米修好通商条約が結ばれた。その一方、攘夷運動も激しさを増した。しかし、文久三年（一八六三）の薩英戦争などによって、外国の軍事力と攘夷の困難さは強く認識されていくことになる。

すでに弱体化していた江戸幕府に対して、薩摩藩と長州藩は倒幕に動き、慶応三年（一八六七）、十五代将軍徳川慶喜は大政奉還を決意した。同じ年に新政府が樹立し、薩摩藩他の有力な諸藩の藩士によって構成された。

新政府は廃藩置県を行い、国内を政治的に統一した。徴兵制も設けられ、地租改正も進むなど、新しい国の形が整い、富国強兵を目指して、殖産興業が推進された。
西洋崇拝に基づく近代化の風潮は、文明開化と称された。

変容する教養

古典の時代において、教養とは、和歌・漢詩文を中心として、歴史・思想・文学・宗教・医学といった諸分野にまたがる基礎的知識だったと一応定義できる。それらが磁場として働き、日本の文化を形作る上で大きな影響を及ぼしていった。

そして、江戸時代においては、出版文化の隆盛とともに、庶民へと浸透した。教養の大衆化である。

そういった教養が浸透するありかたの原型が形作られるのは、江戸時代初期――特に慶長（一五九六～一六一五）から寛永（一六二四～四四）にかけて――であった。この時期には、戦国の世が収束したため、古典が復権し、〈雅〉が再生・強化される一方、〈俗〉も台頭し、そこに出版文化が確立して、教養が浸透する回路の基本型が作られたのである。

それを江戸時代の入口とするなら、出口はどうだったのか。そこに目を転じてみると、教養が大きく変容していく状況をうかがい知ることができるだろう。

幕末・明治初期においては西洋文明からの影響が甚だしく、古来日本人が捧げ持ってきた教養は変質を迫られることになる。

本章では、〈和〉〈漢〉〈洋〉という三つの視点をはっきり意識することによって、変容する教養のありかたを析出したい。

もちろん、〈和〉〈漢〉〈洋〉という学問のありかたは、江戸時代後期から存在していた。〈和〉は、中期の賀茂真淵から後期の本居宣長にかけて、国学が隆盛を極めたことに顕著である。〈漢〉では、寛政二年（一七九〇）の寛政異学の禁により朱子学への集中が促され、林家の私塾が湯島の聖堂学問所として官学化されていたのが、同九年には昌平坂《しょうへいざか》学問所として幕府の直轄となっていた。[1]〈洋〉では、主に蘭学が学ばれ、文化八年（一八一一）に蛮書《ばんしょ》和解《わげ》御用、安政三年（一八五六）に蕃書調所《ばんしょしらべしょ》、文久二年（一八六二）に洋書調所（翌年、開成所）がそれぞれ設置され、洋学の学問所が発展していった。すなわち〈漢〉〈洋〉が幕府公認の学問だったとも言える。

ただし、〈洋〉の圧倒的な存在感、これは明治時代になってからのことであろう。

第一節　〈和〉の近代的な展開

日本人にとって〈和〉の要素は、自らの存在意義に関わる、きわめて本質的なものである。明治時代になって、西洋の文物が尊ばれたとしても、〈和〉は強固にその価値を主張し続けたと言えるだろう。

吉田松陰

もし自分の生まれた時代に、日本の国が外国からの脅威に曝されていたら、どう思考しどう行動するか。

三十歳しか生きられないとして、自分の人生をどう意味づけるのか。

吉田松陰《よしだしょういん》（一八三〇～五九）の人生を思う時、そんなことを考えさせられる。

松陰は、天保元年（一八三〇）に長州藩士の家に生まれ、養子となった先は山鹿流《やまがりゅう》兵学師範を家職とした。最初は〈漢〉の人だったのだ。嘉永四年（一八五一）二十二歳の時に藩主に従って江戸に遊学し、西洋兵学を学ぶ必要性を痛感し、佐久間象山《さくましょうざん》に師事した。〈洋〉に目覚めたわけだ。この時期、水戸学にも触れ、尊王主義にも染まっていく。〈和〉もあった。安政元年（一八五四）にはペリー艦隊が再来したのに際して、下田で密航を企てるが、拒否されてしまう。やがて萩の野山獄《のやまごく》に投獄された。同三年頃には、国学的な考え方に傾倒し、尊王論を強く説くようになる。(2)〈和〉へのさらなる心酔である。松下村塾《しょうかそんじゅく》で、久坂玄瑞《くさかげんずい》や高杉晋作《たかすぎしんさく》らを育てる。伊藤博文《いとうひろぶみ》や山県有朋《やまがたありとも》らも松陰門下である。同五年、日米修好通商条約が勅許を得ないまま結ばれると、反幕府的な言動が強まり、再び野山獄に投獄され、同六年、安政の大獄のさなか、江戸で訊問の末、死刑に処せられた。

一回目に萩の野山獄に投獄された時に、囚人たちとともに『孟子』の読書会を行い、それについての感想を記したのが、松陰の代表的著述『講孟余話《こうもうよわ》』である。そのうち、よく知られている尊王的な箇所（巻の一、第一場、孟子序説）を以下に引こう。[3]

我が邦《くに》は上《かみ》、天朝より、下《しも》、列藩に至る迄、千万世世襲して絶えざること中々漢土などの比すべきに非ず。（中略）前に論ずる所の我が国体の外国と異なる所以《ゆえん》の大義を明らかにし、闔《こう》国《こく》の人は闔国の為に死し、闔藩の人は闔藩の為に死し、臣は君の為に死し、子は父の為に死するの志確乎《かくこ》たらば、何ぞ諸蛮を畏《おそ》れんや。

〔『吉田松陰全集』第三巻、大和書房〕

【現代語訳】我が国は、上は朝廷から下は諸藩に至るまで、千代万代世襲して絶えないことは、決して中国などと比較するところではない。（中略）前に論じたところの、我が国体が外国と異なっている理由のだいたいの道筋を明らかにし、国中の人は国のために死に、藩中の人は藩のために死に、臣は君のために死に、子は父のために死ぬ志がしっかりしているなら、どうして野蛮な諸国を恐れることがあろうか。

ここでは、日本のさまざまな階層が世襲によって成り立っていることをもって、中国への優越性を説く。『孟子』という〈漢〉の書物を手がかりとして、〈和〉の〈漢〉への優越性を説くのである。先に掲げた宣長の考えにも学んでいる。このような論理は、安政二年に著した「士規七則《しきしちそく》」の一節「凡《おそ》そ皇国に生まれては宜《よろ》しく吾が宇内《うだい》に尊《たつと》き所以を知るべし。蓋《けだ》し皇朝は万葉《ばんよう》一統にして、邦国の士夫は世禄《よよ》位を襲《つ》ぐ。人君は民を養ひて以て祖業を続《つ》ぎ、臣民は君に忠にして以て父の志を継ぐ。君臣一体、忠孝一致なるは、唯《た》だ吾が国のみ然《しか》りと為《な》す」とあるのとも通底していよう。万世一系、君臣一体といったことが、〈洋〉の脅威や〈漢〉の権威に対抗する、〈和〉の拠り所だったと知れる。

ただ、松陰が最後に頼みに思ったのは、天皇や大名ではなく、民衆だった。安政六年、没する年の四月七日に北山安世（佐久間象山の甥）宛に送った書翰の中で、

今の幕府も諸侯も最早《もはや》酔人なれば扶持《ふち》の術《すべ》なし。草莽崛起《そうもうくっき》の人を望む外《ほか》頼みなし。（中略）草莽崛起の力を以て近くは本藩を維持し、遠くは、天朝の中興を輔佐し奉れば、匹夫の諒《まこと》に負くが如くなれど、神州に大功ある人と云ふべし。

〔『吉田松陰著作選』講談社学術文庫〕

と述べている。「草莽」は民間、在野。「崛起」は、にわかに起こること。

次に、死刑の前日に書き上げた『留魂録《りゅうこんろく》』から、最も印象的なところを見よう。

松陰は、自分は三十歳になるが、何事もなさずに死ぬのは残念であると述べつつ、十歳で死ぬ者には十歳の中に四季が備わっており、二十歳には二十歳の、三十歳には三十歳の四季があるとする。その後に続く、特別な思いがこもった文章は、原文で引用したい。

義卿三十、四時已《すで》に備はる。亦秀《ひい》で亦実る。其の秕《しひな》たると其の粟《ぞく》たると吾が知る所に非ず。若し同志の士其の微衷《びちゅう》を憐れみ継紹《けいしょう》の人あらば、乃《すなは》ち後来の種子未だ絶えず、自ら禾稼《かか》の有《ゆう》年《ねん》に恥ぢざるなり。同志其れ是れを考思せよ。

〔『吉田松陰全集』第六巻、大和書房〕

【現代語訳】義卿（引用者注・松陰の字）は三十歳で、四季はもう備わっている。成長もしたし、実も付けた。それが秕――皮ばかりで実のないこと――なのか、粟――実の入った穂――なのかは、私の知るところではない。もし同志の士で私の少しばかりのまごころを憐れんで、それを継承しようとする人がいるならば、それこそ後に蒔く種子が絶えなかったということであり、おのずから穀物がよく実ったと言うに恥じないことであろう。同志よ、このことをよく考えてほしい。

自分の人生にも青春朱夏白秋玄冬があったと自らを納得させるように言い聞かせ、継いでくれる人がいれば満足だと切々と訴える。読む者の心に響いて来る文章である。こういう熱のこもった言い方ができるところに、松陰という存在が長く愛されてきた秘鍵があるように思う。
明治二十六年（一八九三）に刊行された、徳富《とくとみ》蘇《そ》峰《ほう》『吉田松陰』は、蘇峰の問題意識に重ね合わせつつ松陰の人生を描いた。

昭和に入ると、軍国主義の台頭とともに松陰の尊王主義がそれに利用されてしまう。昭和十七年（一九四二）に刊行された教科書『初等科修身』には、「もつとも松陰の力こぶを入れたのは、皇室を尊び、至誠を以て貫ぬき、実行力を持つ、といふ精神を養ふことであつた」とある。『戦時期早稲田大学学生読書調査報告書』（不二出版、二〇二一年）によると、昭和十七年に調査を行った「座右に置き屢々繙読する如き愛読書」の「伝記」の第一位は蘇峰の『吉田松陰』である（第二位は『プルターク英雄伝』）。

戦後三十年ほど経って、思想家としてのありかたが再評価されるようになった。
イスラム史の山内昌之氏は、青春時代に最も感動した書として『留魂録』を挙げ、「死を論じていながら沈着な文章が読者に静かに伝わってくる迫力、死と和解したといってもよい落ち着き、これらは成長過程にありながら目標を定めえず精神的に彷徨する若者に不思議なやすらぎを与えた」と述べる(4)。

孝明天皇

孝明《こうめい》天皇（一八三一～六六）は、幕末動乱の時代の天皇である。(5)終始、攘夷論を主張したことで知られる。ただし、倒幕までは思わず、あくまで公武合体を念頭に置いていた。そこに限界もあった。

幕府からも、反幕勢力からも価値を付与され、高い政治的な権威を得たと言える。そのことは、明治天皇の権威化を用意したとも言える。

日米和親条約は承認したものの、日米修好通商条約には反対した。公武合体のために皇妹和《かずの》宮《みや》の十四代将軍家茂《いえもち》への降嫁に同意した。ただし、過激な尊攘派の台頭には批判的で、そのため三条実美《さんじょうさねとみ》ら七卿の都落ちを引き起こし、結局自らの弱体化をも招くことになる。

日米修好通商条約に関して、『孝明天皇紀』には、天皇が次のように発言したとある。

私之代ヨリ加様《かやう》之儀ニ相成候テハ、後々迄之恥之恥ニ候半ヤ、其ニ付テハ、伊勢始ノ処ハ恐縮不少、対先代之御方々不孝、私一身無置処至ニ候間、誠ニ心配仕候。

〔『孝明天皇紀』第二、吉川弘文館〕

【現代語訳】私の代からこのような通商条約が結ばれることになっては、後々までの非常な恥である。伊勢神宮をはじめとする神々に大変申し訳なく、歴代の天皇に対して不孝であり、私は身の置きどころがないほどで、まことに心配している。

光格天皇にも存在した強い君主意識が、孝明天皇にも受け継がれていることがわかる。それはやがて、明治天皇にも継承された。日露戦争の際に、ここで負けては歴代の天皇に申し訳が立たないと明治天皇が恐れることにもつながっていくわけだ。

慶応二年（一八六六）、疱瘡による病死。毒殺説もある。これによって、岩倉具視《いわくらともみ》ら討幕派の勢いが盛り返した。

なお、その初期教育としては、嘉永二年（一八四九）から和漢書の輪読が行われ、毎月巳《み》の日は和御会、辰《たつ》の日は漢御会が催され、前者では『日本書紀』から始まり、六国史に及び、後者では『十八史略』から始まった。

学制改革と国学

幕末の国学は、宣長やその門下を中心とした後期のさかんな勢いには及ぶべくもない。その状況を挽回するため、この時期の学校制度の改変の中で、国学の復権が目指されていくことになる。(6)

慶応四年（明治元年）には京都で皇学所《こうがくしょ》が開校した。明治二年正月に定められた「皇学所御規則」（静岡県立図書館葵文庫蔵写本による）において、教科・科目は、

本教学　神典　皇史　地志　系譜
経済学　礼儀　律令　兵制　食貨
辞章学　歌詞　詩文　書法　図画
芸伎学　天文　医術　卜筮　音楽　律暦　算数

とあり、また授業科目・書名は以下の通りとなっている。

正月某日講義　古事記表文
毎月二七日講義　神典　天神寿辞《あまつかみのよごと》、古事記、日本記、古語拾遺、祝詞式《のりとしき》　二日歌辞会、
七日詩文会於局中為之《きよくちゆうにおいてこれをなす》
三八講義　律令　令義解、三大格、儀式、延喜《えんぎ》式、法曹《ほうそう》至要抄
四九日会読　皇史　続日本紀　五国史、日本逸史、大日本史、論語（此以下は局中にて為之）、
大学、中庸、書経、易経、孝経
五十日講義　歌辞　万葉集、新撰万葉集、古今集、詩文集（局中にて有之）

全体として〈和〉が主体となっていることがわかるだろう。しかし、皇学所は明治三年七月に

は廃校となってしまう。

その一方、東京では、明治二年六月に昌平学校（もと昌平坂学問所）が大学校と称されるようになる。そこでは、皇学派と漢学派が対立し、いわゆる学神祭《がくしんさい》紛争も起きている。これは、昌平坂学問所がそもそも林家の塾であり儒学を奉じていたため孔子とその門人の霊を祀っていたのに対して、皇学派が、八意思兼神《やごころおもいかねのかみ》を主神とし久延毘古神《くえびこのかみ》を副神として祀ることを主張し、漢学派と対立したというものである。他にもいくつかの対立点があり、結果的にこの闘争は、漢学派が勝利する。まだまだこの時期には、〈漢〉の力が強かったのだ。それだけ儒学教育が浸透していたとも言えるだろう。

なお、この大学校で舎長をつとめた堤長発という学生が二十一歳の明治二年十〜十二月に記した日記が残されている。それによると、国書では、『令義解《りょうのぎげ》』（養老令の官撰注釈書）『日本書紀』『続日本紀』『三代実録』『文徳実録』『古事記』『万葉集』などの古典、平田篤胤『玉襷《たまだすき》』（文化十年頃成立）、山県禎（太華）編『国史纂論』（天保十年〈一八三九〉刊）、漢籍では『左伝（春秋左氏伝）』『孝経』を読んでいる。特に熱心に勉強しているのは『令義解』や『日本書紀』以下の六国史で、漢籍より国書に親しんでいることがわかるのである。いかにも当時の教養は〈和〉中心であったかに思われがちだが、事態はそれほど単純ではない。堤長発は、日向国高鍋藩の上級士族の子で、藩校で学んだ後、父とともに江戸にやって来たのだが、その彼がこのように国書に親しんでいるのは、すでに藩校で漢籍を一通り勉強しており、むしろ国書が目新しく、いかにも維新的な新しい学問として捉えられていたからではないかと、大久保利謙氏は推測している。(7) つまり、江戸時代末期の日本人の知識層の基礎教養は漢学であって、それが王政復古の時代に当たって、むしろ国書が新鮮なものとして若者の目に映じたということなのであろう。

この後、明治十年には東京大学が誕生し、その文学部には和漢文学科が設置され、同十九年には帝国大学と改称し、文学部は文科大学となる。和漢文学科は和文学科と漢文学科に分かれ、三年後に和文学科は国文学科となる。その間、小中村清矩《こなかむらきよのり》（本居内遠門、一八二一〜九五）・物集高見《もずめたかみ》（平田銕胤門、一八四七〜一九二八）・黒川真頼《くろかわまより》（黒川春村門、一八二九〜一九〇六）ら、国学の系譜を引く人々が教官となっていた。

明治時代以降、国文学はヨーロッパの文学史観や文献学の影響を受けて、近代的な装いを身に着けたわけだが、江戸時代の国学からの連続面も見逃せないのである。

鈴木弘恭による古典の注釈書

明治初期に、積極的に古典の注釈書を刊行した人物として鈴木弘恭《すずきひろやす》を挙げておきたい。(8)

鈴木弘恭は、弘化元年（一八四四）に水戸で生まれ、弘道館国学局で国学を学び、水戸藩士で国学者の間宮永好《まみやながよし》に詠歌を学んだ。維新後、黒川真頼に従って国書を研究している。明治十年の

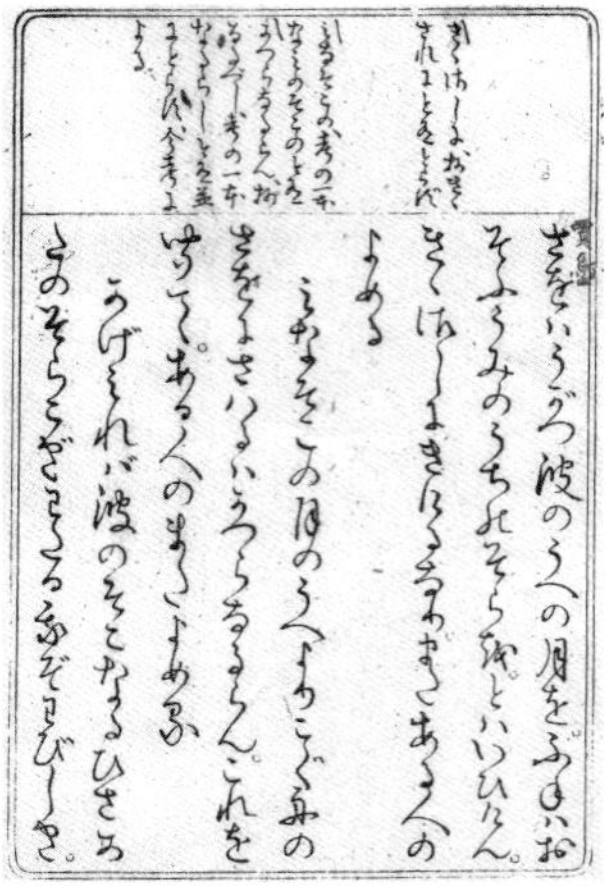

図6・1　鈴木弘恭『参考標註土佐日記読本』

頃、国文学をさかんにしようとして田中頼《たなかより》庸《つね》、井上頼圀《いのうえよりくに》らが起こした研文会に入会し、尽力した。同十六年には国史を整えようとして、副島種臣《そえじまたねおみ》、谷干城《たにたてき》、丸山作楽《まるやまさくら》、井上頼圀らとともに史学協会を創設した（同十九年、廃会）。同十七年には、学習院助教となる。この時、四十一歳だった。この頃、『参考評註十六夜日記《いざよいにっき》読本』（明治十六年序）『参考評註土佐日記読本』（同十八年刊）などの古典注釈を出版している。国文学の注釈書の刊行が必ずしも活発ではない時期に、このような出版物を次々と刊行したことの意義は小さくない。参考までに図6・1に『参考評註土佐日記読本』の一部を掲げた。簡便な注といった趣である。

なお、弘恭は晩年女子教育に力を注ぎ、明治三十年、五十四歳で没した。

和歌史における緩やかな展開

〈和〉の分野の中心な文芸である和歌の場合、明治二十年代後半に正岡子規・与謝野晶子・石川啄木らが綺羅《きら》星のごとく登場してきて、天才たちの手によって近代短歌の革新はなされたかに思われる。そういう側面も否定はしない。ただ、それ以前から少しずつ変化の兆しはあった。江戸時代後期、堂上では光格《こうかく》天皇歌壇(9)があり、地下では香川景樹《かがわかげき》が率いる桂園派《けいえんは》が勢力を伸ばすというように、江戸時代の和歌史が厚みを持って形成されており、さらに明治時代まで桂園派の流れにある旧派和歌(10)が存続したことによって、江戸時代から明治時代への転換は緩やかに達成された。江戸時代からの連続面もまた見逃せないのである(11)。

江戸時代から明治時代への連続面と断絶面が両方感じ取れる事例を挙げておこう。

明治時代になって登場する新しい事物を表現する際にも、和歌が詠まれた。これを新題和歌と言う。佐々木弘綱《ささきひろつな》編『明治開化和歌集』（明治十三年刊）から一首を引こう。

洋服　　藤井守行

うれしさを心のうちにつつめとや袂《たもと》ゆたかにたたぬなるらん　（雑・六三三番）

〔新日本古典文学大系明治編『和歌　俳句　歌謡　音曲集』岩波書店〕

歌意は、うれしさは袂ではなく心の中に包んでおくようにというので、洋服は袂を大きくゆったりとは裁たないのであろうか。和服では袂がたっぷりとあり、古典和歌では、

うれしきを何に包まむ唐衣袂ゆたかに裁《た》てと言はましを

（古今和歌集・雑上・読人不知・八六五番）

うれしさを昔は袖に包みけりこよひは身にもあまりぬるかな

（和漢朗詠集・慶賀・読人不知・七七三番）

というように、うれしさは衣の袂に包むもの、あるいはそこから余り出るものだった。しかし、洋服は体にぴったりと合ったふうに袂を裁つ。だから、その袂にはうれしさを包む余地はないので、心の中に包み隠すしかないと歌うのである。〈洋〉の事物の特質を表現する上でも伝統的な〈和〉の発想を踏まえていく。それだけ〈和〉は日本人にとって重要な教養を形作っていたわけだ。そこが連続面であり、洋服という題材を取り上げるところが断絶面だろう。

第二節　〈漢〉が形成する基盤

なよやかな和語に骨格を与え、引き締まった文体にすること、あるいは論理的に考えること、情報をより多く盛り込むこと、において、漢詩文は日本人にとってなくてはならないものだった。幕末・明治初期の藩校や私塾でも漢学による教育が行われており、明治初期の政治家や官僚たちの教養にも〈漢〉が多くを占めていた。

漢学は基礎教養

明治時代の歴史小説家塚原渋柿園《つかはらじゅうしえん》（一八四八〜一九一七）が著した「江戸時代の文教」（『國學院雑誌』、一九一一年二月）には、次のような記述があり、これによって、幕末当時の知識層が若い頃にどのような書物に触れたかがわかる。すべて漢籍である。

先ず学問を初めまして一通りの理窟を師匠から聴きました時分には、（中略）文久の末から元治、その頃で。当時私共青年が読みました書物は何かと申すと、一時廃《すた》れて昨今また行われて来たような浅見絅斎《あさみけいさい》先生の『靖献遺言《せいけんいげん》』。それから一方では水戸の会沢《あいざわ》先生の拵《こしら》えました『新論』。それから山陽先生の『政記』とか『外史』とか。その次に塩谷宕陰《しおのやとういん》先生の『隔靴論』。そう云う風な書物。それから支那の書では蘇東坡《そとうば》の『東坡策』。蘇老泉の『審敵篇《しんてきへん》』。陳龍川《ちんりゅうせん》の『文抄』とか云うのが、当時青年必読の書と云うので頻《しき》りに読みました。だからその精神も目的も鎖港攘夷。「外国人を追ッ払うにはどう云う塩梅《あんばい》にしたら宜《よ》かろう、戦《いく》さに勝てるだろう、勝てないまでも防げるだろう」と云うことの外にほとんど余念も無いのでありました。

〔岩波文庫『幕末の江戸風俗』〕

文久《ぶんきゅう》・元治《げんじ》（一八六一〜六五）は明治維新の直前である。漢籍について簡単に注記しておく。全体に時局をよく反映した書目と言えるだろう。

『靖献遺言』は、寛延元年（一七四八）刊。節義を失わなかった中国・日本の忠臣・義士について述べたもので、尊王思想に大きな影響を与えた。浅見絅斎は、江戸前期の儒学者。『新論』は、会沢正志斎《せいしさい》――水戸藩校弘道館教授頭取――が著したもので、文政八年（一八二五）成立。これも尊王攘夷を唱えたもの。『日本政記』は、弘化二年（一八四五）刊。神武天皇から後陽成天皇までの歴史を漢文体で記す。『日本外史』は、文政九年成立、天保七年頃刊。日本語として十分こなれた漢文体によって、源平二氏から徳川氏までの武家の歴史が調子よく、そして甘美に語られていく。以上の頼山陽（一七八〇〜一八三二）が著した二つの歴史書も尊王論を鼓舞した。『隔靴（韡）論』は、安政六年（一八五九）刊。幕政に対する不満を記した。塩谷宕陰は、昌平黌《しょうへいこう》教授。『東坡策』は、藤森大雅（弘庵）が蘇東坡の策文二十五を編集したもの。蘇軾《そしょく》（東坡）は、北宋のすぐれた詩人だが、政権批判をしたり、派閥抗争に巻き込まれたりし、地方長官を歴任した。流刑も二度経験している。「審敵」（唐宋八大家文読本・巻十七）の著者蘇洵《そじゅん》（老泉）は、蘇軾の父。「審敵」は、契丹《きったん》への歳幣を中止すれば、契丹は侵攻してくるはずで、その背後を断って殲滅させよとの強硬策を唱える。『陳龍川文抄』の著者陳亮《ちんりょう》（龍川）は、南宋の思想家、文学者で、金との抗戦を主張した憂国の士でもあった。

『日本外史』の絶大な影響力

江戸時代後期の〈漢〉的な教養の中で最も大きな影響を日本人に与えたものは何であったか。いくつかの答は想定しうるものの、一つを選ぶということであれば、やはり頼山陽《らいさんよう》の『日本外史《にほんがいし》』が指を屈せられるべきであろう。

『日本外史』を読んでいると、漢語本来の硬質な感じと和語が持つなだらかさが合致していたことがわかる。川中島の合戦の描写を見よう。

一騎あり、黄襖騮馬《こうおうりゅうば》、白布《はくふ》を以て面《おもて》を裹《つつ》み、大刀を抜き、来《きた》り呼んで曰く、「信玄、何《いづ》くに在《あ》る」と。信玄、馬を躍らせて河を乱《わた》り、将に逃れんとす。騎も亦た河を乱り、罵《ののし》つて曰く、「竪子《じゅし》、ここに在るか」と。刀を挙げてこれを撃つ。信玄刀を抜くに暇《いとま》あらず。持つ所の麾《き》扇《せん》を以てこれを扞《ふせ》ぐ。扇折《を》る。また撃つてその肩を斫《き》る。甲斐の従士、これを救はんと欲すれども、水駛《はや》くして近づくべからず。

（原漢文）〔岩波文庫『日本外史』〕

ここには、漢詩文が日本語の一部として高度に定着している姿がある。「黄襖」は、黄色の陣羽織。「騮馬」は、栗毛の馬。「竪子」は、人を罵ることば。「お前」などと訳せばよい。和歌山藩主徳川慶福《よしとみ》（家茂）も家臣たちと読んでいた（『南紀徳川史』）。

亡命ロシア人革命家メーチニコフ（一八三八〜八八）が著した日本回想記『回想の明治維新』（ロシア報知、一八八三〜八四年）でも、

一八一九年に出版された最良の日本史ともいうべき『日本外史《ニッポンガイシ》』（翻訳すれば外から見た歴史、つまり日出ずる国のプラグマチックな歴史と言いかえられよう）は、すべての学校で採用され、ほかでもない今述べたような唯一の天皇権力の復活のための、なんとも奇妙で、熱烈な宣伝の書となった。

（岩波文庫『回想の明治維新』渡辺雅司訳）

と記されているし、また、内村鑑三《うちむらかんぞう》著『後世への最大遺物』（明治二十七年講演）の中でも、

今日の王政復古を持来した原動力は何であつたかと云へば、多くの歴史家が云ふ通り山陽の日本外史が其の一でありし事は能く分かつて居る。山陽は其の思想を遺して日本を復活させた。今日の王政復古前後の歴史を悉く調べて見ると山陽の功の非常に多い事が分かる。私は山陽の外のことは知りませぬ。かの人の私行に付いては二つ三つ不同意な所があります。彼の国体論や兵制論に就いては不同意であります。併し乍ら彼れ山陽の一つのAmbition《アンビシヨン》即ち「我は今世に望む所は無いけれども来世の人に大に望む所がある」と云つた彼の欲望は私が

実に彼を尊敬して已《や》まざるところであります。乃ち山陽は日本外史を遺物として死んで仕舞つて、骨は洛陽東山に葬つてありますけれども、日本外史から新日本国は生まれて来ました。

〔明治文学全集『内村鑑三集』筑摩書房〕

というように、同書が幕末の動乱や明治維新を招来する原動力になったとの認識が示される。もっとも『日本外史』は、反徳川の書ではなく、平和な時代を作り上げた徳川家康を高く評価する書である(12)。

なお、『東京日日新聞』の明治十八年八月十六日の記事には、

川越版の「日本外史」は、これまで年々の刷出高は一万部以上に及びたりしが、近来地方の不景気か、或いは学風一変せし故か、今の割合にては例年より減じたりと云う。

〔『明治ニュース事典』毎日コミュニケーションズ〕

という記事が載り、明治も十数年を過ぎると、影響力は徐々に下がっていたのかもしれない。川越版とは、川越藩博喩堂（江戸藩邸の学舎の名）蔵版によるもので、よく普及した。

もっとも『日本外史』の本文や注釈は、昭和初期まではしばしば刊行されており、その影響力

はかなり後まで続いたと言ってよいだろう⒀。

ちなみに明治天皇も、明治八年、二十四歳の時、『日本外史』を素読している（後述）。

西洋の文物を漢詩で表現する

明治時代に入って、日本人は〈洋〉に多くを学ぶことになるが、その際にも、これまで培っていた〈漢〉の教養が大きく貢献していくことになる。

漢詩人で新聞記者にもなった成島柳北《なるしまりゅうほく》（一八三七～八四）が明治五年十二月に初めてベルサイユ宮殿に接した時に詠んだ漢詩を見てみたい。

烏児塞《ウエルサイユ》宮《きゆう》　（柳北詩鈔・巻三）

想曾鳳輦幾回過　想ふ　曾《かつ》て鳳輦《ほうれん》幾回か過《よぎ》り
来与淑姫長唔歌　来《きた》りて淑姫《しゆくき》と長く唔歌《ごか》せしを
錦帳依然人不見　錦帳依然たるも人見えず
玻璃窓外夕陽多　玻璃《はり》窓外　夕陽多し

（江戸詩人選集『成島柳北　大沼枕山』岩波書店）

【現代語訳】思いやってみる、かつて王や皇帝が何度もこの宮殿にやって来て、上品な后妃たちとともに歌い楽しんだことを。
錦の帳は昔のままだが、当時の人の姿はもう見えない。
ガラス窓の外には、夕日が輝いていることだ。

承句には典拠がある。中国最古の詩集『詩経』の陳風に収められている「東門之池」における「彼の美なる淑姫、与《とも》に晤歌すべし」という表現を踏まえているのである。ここでは、それを用いて、新たに出会ったフランスの宮殿を称えているわけだ。

この詩は柳北の紀行『航西日乗《こうせいにちじょう》』にも収められているが、「来」は「好」、「見」は「在」となっている。

新しい知識を取り込むということは、白紙の状態からそれを行うわけではない。既知の何かを用いることで理解しやすくする、そのような工夫に基づいて未知のものを消化していくのである。〈洋〉もただそれ自体を摂取するとは限らない。むしろ日本文化に多大な影響を与えた〈漢〉という土台の上に、〈洋〉も根付いていくのである。この場合は、中国の詩集の読解によって培われた明治以前の教養を応用することで、フランスの宮殿についての理解も容易に行われたということであろう(14)。

先に取り上げた新題和歌でも、洋服を詠むのに『古今和歌集』などの表現を用いていた。それと同様のありかたがここにも看取されるのだ。

明治詩壇の行方

明治初期の漢詩壇を担ったのは、大沼枕山《おおぬまちんざん》（一八一八〜九一）の下谷吟社《したやぎんしゃ》、岡本黄石《おかもとこうせき》の麴坊吟社、鱸松塘《すずきしょうとう》の七曲吟社らの結社の詩人たちで、特に抜きん出ていたのは下谷吟社である。枕山と同じく梁川星巌《やながわせいがん》に学んだ森春濤《もりしゅんとう》は明治七年に上京し、下谷に茉莉吟社を開いて詩壇で活躍し、その子槐南《かいなん》や同時期の国分青崖《こくぶせいがい》らもそれに続いた。しかし、それ以降、近代短歌がさきほど述べた子規・晶子・啄木らによって花開いたのに比べて、近代漢詩といったものが文学として発展していくことはなかったと言ってよい。漢詩が表現していた抒情性は近代詩に取って代わられ、漢詩文は「文学」ではなく「学問」として扱われるようになっていく。江戸時代ではきわめて活性化した漢詩（そして漢文）という分野は、明治時代半ばにして文学としての地位を失ってしまったのだ。

その後も、日本人の漢詩文を読む力はさらに衰えていく。唐木順三によれば、明治維新前後に生まれた世代——森鷗外・夏目漱石・幸田露伴《こうだろはん》・二葉亭四迷《ふたばていしめい》・内村鑑三・西田幾多郎《にしだきたろう》・永井荷風——は、幼い頃に四書五経の素読を受けていて〈漢〉の素養があり、明治二十年前後に生まれた世代——大正教養主義を主導した人々——には、それがないという(15)。

少し射程を伸ばして考えてみると、太平洋戦争前、もしくは戦後も昭和三十年代くらいまでは、学校において漢文教育がさかんに行われ、漢文に親しむ日本人はそれなりにいたように思われる。しかし、高度成長とともに漢文教育は衰退し始め、今日の日本人は漢文についての教養をかなり失っているように見える。もしまだ高校生が漢文を学ぶ動機があるとすれば、それは共通テストで漢文が出題されているからという理由のみによるのではないか。

私は昭和三十五年生まれだが、漢文の素養は父の世代の方があり、祖父の世代の方がさらにあった。また、私の教え子たちより私の方がまだしも漢文に親しんで育っている。

日本人にとって〈漢〉の教養はどれほど血肉化したものだったのかについては、これまで述べて来た通りである。では、欧米の科学主義に追随して、〈漢〉的な教養をどんどん失っていくことは、未来の日本人にとってどのような意味があるのか。このことは本書の最後にもう一度考えることにしたい。

第三節　〈洋〉がもたらすもの

すでに江戸時代から、蘭学が浸透し、日本人の教養は〈洋〉によって変容しつつあった。既述したように、前野良沢・杉田玄白らがオランダ語で記された医学書『ターヘル・アナトミア』を解読し、日本の医学史上に大きな足跡を残した事例などはよく知られていよう。しかしその後、英語を学ぶべき必要性が増してくる。

福沢諭吉と英語

天保五年（一八三四）生まれの福沢諭吉《ふくざわゆきち》は、十四、五歳（弘化四年〈一八四七〉、嘉永元年〈一八四八〉）頃に漢学を習い、二十一歳（安政元年〈一八五四〉）の時、長崎に出て、蘭学を学び、翌年緒方《おがた》洪庵《こうあん》の適塾《てきじゆく》に入り、やがて塾長となる。二十五歳（安政五年）の時に、中津藩の命によって江戸に出、蘭学塾を開いた。二十六歳、横浜を訪れた際、蘭学が役に立たないことを実感し、英語を独習する。二十七歳（万延元年〈一八六〇〉）、咸臨丸《かんりんまる》に乗り組み、渡米した。帰国後は幕府の翻訳方となる。二十八歳（文久元年〈一八六一〉）、幕府の遣欧使節の一員となった。三十一歳（元治元年〈一八六四〉）、幕臣として外国方翻訳局に出仕することとなり、三十三歳（慶応二年〈一八六六〉）から刊行しはじめた『西洋事情』は十五万部以上売れたという。三十四歳（慶応三年）、幕府の軍艦受取委員として再度渡米し、大量の洋書を持ち帰った。新政府からも出仕を求められたが辞退し、平民として慶応義塾の発展に寄与した。没したのは、明治三十四年、六十八歳の時であった。『福翁自伝《ふくおうじでん》』（明治三十年頃口述）にも次のように記してある。英語の原書を買い漁って日本に持ち帰った福沢に先見の明があったということ、慶応義塾の学生が英語を学んでいかにその勢力を拡大していったかということが、よくわかるのである。

さて四月になったところで普請も出来上り、塾生は丁度慶応三年と四年の境が一番諸方に散じてしまって、残った者はわずかに十八人、それから四月になったところが段々帰って来て、追々塾の姿を成して次第に盛んになる。また盛んになる訳《わ》けもある、と言うのは今度私がアメリカに行ったときには、それ以前アメリカに行ったときよりも多く金を貰いました。ところで旅行中の費用はすべて官費であるから、政府から請け取った金はみな手元に残るゆえ、その金をもって今度こそは有らん限りの原書を買って来ました。大中小の辞書、地理書、歴史等は勿論、そのほか法律書、経済書、数学書などもそのとき初めて日本に輸入して、塾の何十人という生徒に銘々その版本を持たして立派に修業の出来るようにしたのは、実に無上の便利でした。ソコデその当分十年余もアメリカ出版の学校読本が日本国中に行われていたのも、畢竟《ひっきょう》私が初めて持って帰ったのが因縁になったことです。その次第は、生徒が初めて塾で学ぶ、その学んで卒業した者が方々に出て教師になる、教師になれば自分が今まで学んだものをその学校に用いるのも自然の順序であるから、日本国中に慶応義塾に用いた原書が流布して広く行われたというのも、事の順序はよくわかっています。

〔岩波文庫『新訂福翁自伝』〕

外国語の学習熱

明治時代に入って、英語、ドイツ語、フランス語などの外国語の学習がさかんに行われるようになる。特に、英語の需要は最も高かった。

試みに架蔵の版本から二点を指摘しておこう。

図6・2は、『英字訓蒙図解』（明治四年刊）の一部である。絵を用いながら、基本的な単語を提示している（monkeyがmonkyになっているのは誤りであろうか）。

図6・3は、『独逸学入門国字解』（明治五年刊）の一部である。基本的な単語の発音と意味を提示している（ドイツ語の綴りが記されていないのは、かなり初心者向けなのであろうか）。

このようなものを利用しながら、少しずつ外国語の学習は行われていったわけだ。

明治十年代、英語熱はますます高まっていった。その一端を示すと、たとえば、『東京横浜毎日新聞』明治十八年二月八日号には、貴顕の夫人たちが英語がわからないと宴席などで不都合だというので、桜井女学校——明治二十三年に新栄女学校とともに、女子学院となる——に通って英語を学んだとあるし、『日本たいむす』同年九月八日号には、英語を奨励するため全国学生の英作文を募集し、優秀者は表彰するということが行われたとある。後者の審査員はチェンバレン、

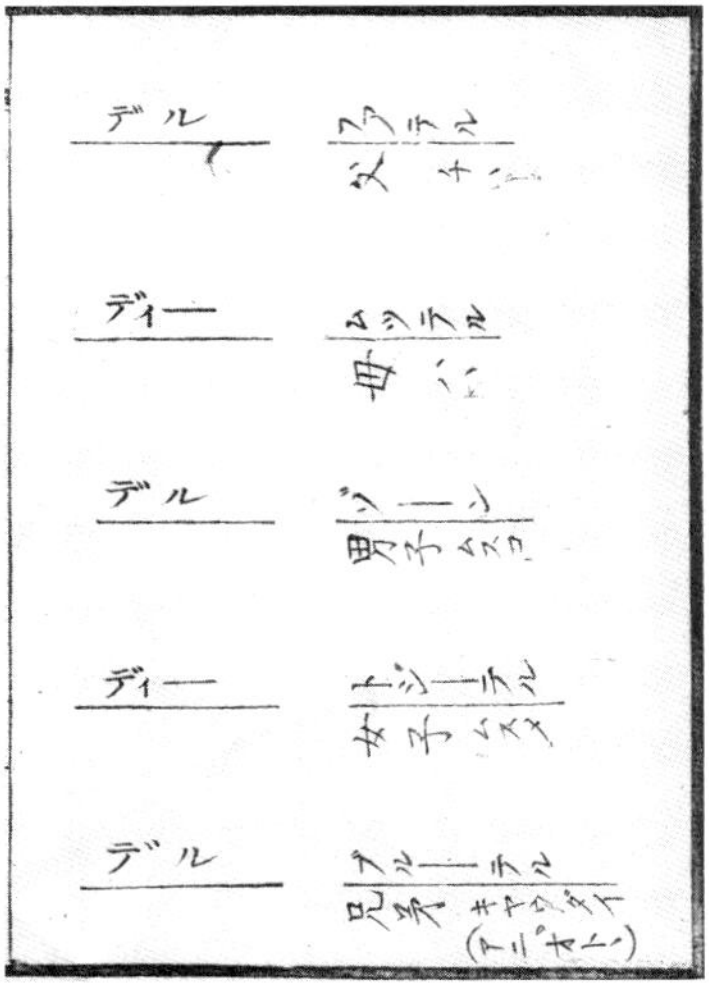

図6・3　『独逸学入門国字解』

図6・2　『英字訓蒙図解』

図6・4　『団団珍聞』明治19年4月17日号

神田乃武《かんだないぶ》、吉岡哲太郎であり、発起人には坪内雄蔵《つぼうち》（逍遥《しょうよう》）も名を連ねている。

『団団珍聞《まるまるちんぶん》』同十九年四月十七日号には、図6・4のような挿絵が載り、各種の英和辞典が刊行され、人々が英語の学習に駆り立てられているさまが諷刺されている。

しかし、同二十三年の教育勅語の発布によって忠君愛国などの国民道徳が説かれ、国家主義的な教育が目指されるようになると、さしもの外国崇拝にも歯止めがかかり、同二十六年には、井上《いのうえ》毅《こわし》文相が英語教育以外はなるべく日本語によって教育するよう指示している。

キリスト教系の学校の設立

明治初期には、文明開化による西洋文化の流入や、英語などの外国語学習の流行に伴って、キリスト教系の学校の設立も相次いだ。当時、たとえば明六社《めいろくしゃ》で啓蒙活動を展開した津田真道《つだまみち》が「今ヤ宇内《うだい》人民一般ノ開化ヲ助クル者、基教ニ如《し》ク者ナシ」（「開化ヲ進ル方法ヲ論ズ」『明六雑誌』一八七四年四月）と指摘したように、キリスト教を信仰することが文明開化を受容する最も近道と考えられてもいた。

以下に、明治十五年までの、キリスト教もしくは宣教師と関係が深い、英語・女子の塾・学校を列挙しておきたい(16)。

文久三年　英学塾（ヘボン塾、バラ学校）
明治元年　静岡学問所、慶応義塾、開成学校（東京大学）
同　二年　カロゾルス塾（築地大学校）

同　三年　A六番女学校
同　四年　亜米利加婦人教授所（横浜共立学園）、熊本洋学校
同　五年　東奥義塾、大阪英和学舎（聖テモテ学校）
同　六年　ブラウン塾、同人社、B六番女学校（新栄女学校）
同　七年　立教学校、女子小学校（海岸女学校）
同　八年　フェリス・セミナリー、照暗女学校（平安女学院）、同志社英学校
同　九年　成樹女学院（原女学校）、札幌農学校
同　十年　立教女学校、サンマー塾、同志社分校女紅場（同志社女学校）
同十一年　梅花女学校、耕教学舎（青山学院）
同十二年　永生女学校（プール女学院）、活水女学校
同十三年　ブリテン女学校（成美学園）、神戸女子伝道学校（聖和）
同十四年　桜井女学校、加伯利英和学校（鎮西学院）
同十五年　遺愛女学校

このように見てみると、今日でもよく知られている大学や高校が含まれていることがわかる。

キリスト教の信者の数が日本で多数派を占めることはなかったものの、キリスト教系の教育と英

語という結び付きが日本人の教育の重要な部分を律してきたという言い方なら納得されるであろう。

『西洋新書』

明治初期に出版された啓蒙書として、瓜生《うりう》政和《まさやす》著『西洋新書』（明治五〜八年刊）を見てみたい。

瓜生政和は本名で、小説家としては梅亭金鵞《ばいていきんが》（一八二一〜九三）を名乗った。安政年間に人情本『柳之横櫛』や滑稽本『七偏人』を刊行した戯作者で、明治時代には『団団珍聞』の主筆をつとめた。

『西洋新書』は、ワシントンやナポレオンなどの事績にも触れ、「病院」「禽獣園」「風呂屋」「髪結床」などの事物も解説する。

その雰囲気を味わうべく、初編之二に載る「仏蘭克林《ふらんくりん》、凧《いかのぼり》を放して雲中のエレキトルを知る図」（図6・5）を掲げておこう。本文中では、ベンジャミン・フランクリン（一七〇六〜九〇）が、雷と電気が同じであることを証明し、「避雷柱」（避雷針）を発明したことが記されている。図6・5左下には、「仏蘭克林は合衆国独立檄文の筆者にして、仏朗西《ふらんす》王《おう》を説得し、彼の国人を味方と為せしも、亦此の人の功績《いさほし》しなりとぞ」とある。

事物を解説している例として、「珈琲」（四編之二）の効能についての記述を挙げておく。

加非を服すれば眠気を覚《さま》すなり。

暴食を為せし後、是を酒のみ猪口に一杯ほど濃く煎じて飲めば、大いに消化を助くるなり。

但し是と共に牛の乳を飲むを忌むべし。

喘息病の為《あ》る人、是をのめば大いに功あり。また悪血の多き人常に朝飯に代へて服し居《ゐ》れば
大いなる害なしと言ふ。


さらに、特記すべきは、普仏戦争についても詳しく記されていることである。この戦争は、『西洋新書』刊行の一、二年前の出来事であり、速報性も備えていたと言えよう。

そのようにして西洋をめぐる情報が当時の日本人にもたらされたのである。

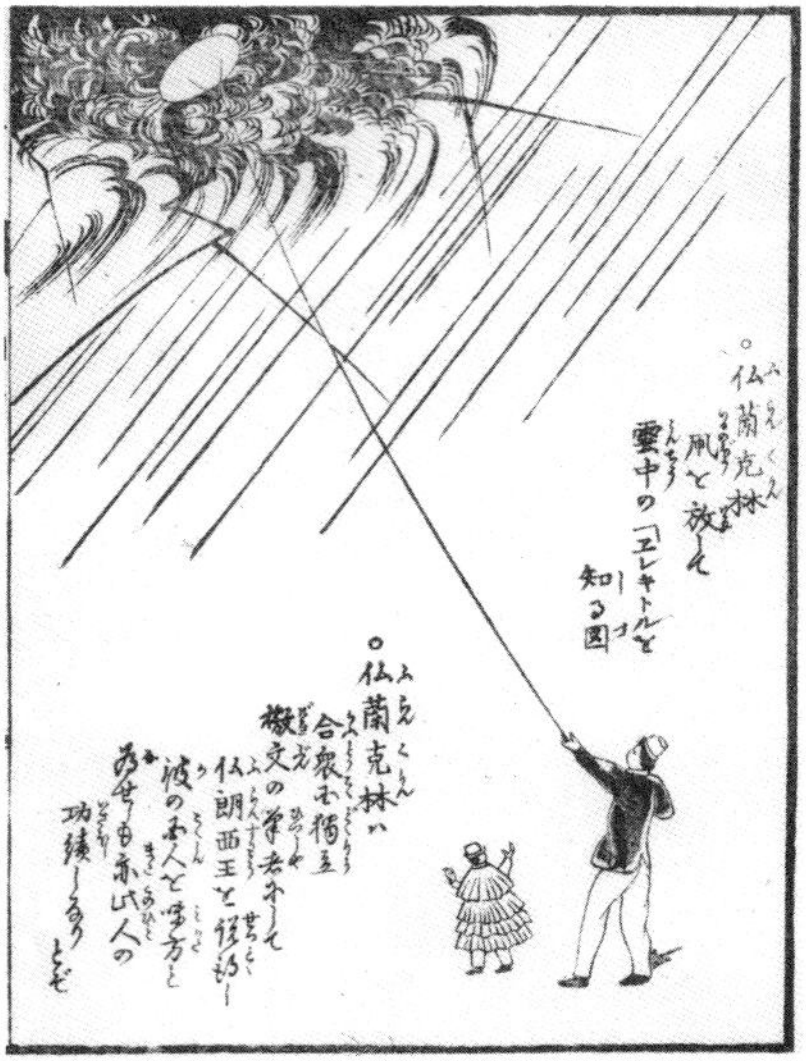

図6・5　「仏蘭克林、凧を放して雲中のエレキトルを知る図」『西洋新書』

明治天皇と洋学

明治天皇（一八五二〜一九一二）は、

漢籍も学び、和歌も嗜んだが、洋学もかなり摂取している。

『明治天皇紀』によって、その学習の一端をうかがってみよう(17)。

明治五年正月、明治天皇二十一歳の時、当時洋学がさかんに行われていたため、政治学者で侍講でもあった加藤弘之《かとうひろゆき》がドイツの法学者ブルンチュリの『一般国法学』を抄訳した『国法汎論《こくほうはんろん》』を進講した（正月七日条）。

同六年には、『国史纂論』（歴史書。国書）とともに『西国立志編《さいごくりっしへん》』（イギリスのスマイルズが著した『Self Help（自助論）』を中村正直《なかむらまさなお》が訳したもので、個人主義を唱えている）の会読が行われ、他にも和歌御会が催されたり、ドイツ語の学習が施された（正月七日条）。

もっともドイツ語については翌七年「天皇之れを好みたまはず、終に廃せらる」となった（正月七日条）。

同八年には、『日本外史』の素読、『貞観政要《じょうがんせいよう》』（唐の太宗と臣下との間の政治上の論議を集めた。帝王学の書とされた）、『仏国政典』（フランスの法律書。大井憲太郎訳）の輪読、『輿地誌略《よちしりゃく》』（地誌。内田正雄・西村茂樹編。同三～十年刊）の講習などがなされており（正月七日条）、〈和〉〈漢〉〈洋〉の教養が偏りなく天皇の教育に注がれていると言えるだろう。なお、ここまで出てきた書物のうち、『西洋事情』『西国立志編』『輿地誌略』の三書が明治初期に最も普及したものと言えるであろう。

なお、留意すべき点がもう一つある。それは、明治時代における教養のありかたは、近代国家として欧米列強と伍していこうとする上で、有用な人材を養成するという目的に即して形作られているということである。天皇を元首に戴き、臣民が日本国家に貢献するという機構の中で、教養のあるべき姿も模索されたのである。言い換えれば、江戸的教養は西洋という要素を加えた上で国民国家を創造するために再編されたわけだ。

もちろん教養には、個と個の関係において互いの考えや感情を伝え合うことを円滑にするための手段といった側面もある。それは明治時代にも有効に機能していた。

全体的なものに奉仕するための教養と、個々の関係が積み重なっていき公共性が築かれていくための教養とが、どう組み合わされることがよりよい社会の形なのか、それは普遍的な課題でもある。

注

（1）揖斐高「寛政異学の禁と学制改革——老中松平定信から大学頭林述斎へ」『日本学士院紀要』二〇二三年四月。

（2）それは読書傾向からも、うかがえる（桐原健真『松陰の本棚』吉川弘文館、二〇一六年）。

（3）栗田充治「『講孟余話』」（『古典の事典』第十四巻、河出書房新社、一九八六年）を参考にした。
（4）山内昌之『歴史を知る読書』ＰＨＰ新書、二〇二三年、八七〜九一頁。
（5）藤田覚『幕末の天皇』（講談社選書メチエ、一九九四年→講談社学術文庫）、同『天皇の歴史6　江戸時代の天皇』（講談社、二〇一一年→講談社学術文庫）、小倉慈司・山口輝臣『天皇の歴史9　天皇と宗教』（講談社、二〇一一年→講談社学術文庫）、藤田覚『近世天皇論』（清文堂出版、二〇一一年）などを参考にした。
（6）この点については、長島弘明編『国語国文学研究の成立』（放送大学教育振興会、二〇〇七年）第二章「大学の設置と国文学研究」（長島氏執筆）、大久保利謙『明治維新と教育』（『大久保利謙歴史著作集』4、吉川弘文館、二〇〇七年）、田中康二『国学史再考』（新典社、二〇一二年）第十章「維新期の国学」などに詳しい。以下、学制改革の記述は、これらの書によるところが大きい。
（7）注（6）大久保書、二三一〜二三九頁。
（8）『国学者伝記集成』続（国本出版社、一九三五年）による。
（9）飯倉洋一・盛田帝子編『文化史のなかの光格天皇――朝儀復興を支えた文芸ネットワーク』（勉誠出版、二〇一八年）など。
（10）青山英正・田中仁・長福香菜・松澤俊二各氏の論考が備わり、近年充実した研究分野である。拙著『近世文学史論――古典知の継承と展開』（岩波書店、二〇二三年）も参照されたい。
（11）拙著『江戸詩歌史の構想』（岩波書店、二〇〇四年）六二〜八六頁。
（12）注（4）山内書、二六〜二九頁。
（13）岩波文庫『日本外史』所収の頼惟勤「『日本外史』への手引き」参照。
（14）同様のことを、ナイアガラの滝についての漢詩によって述べた。拙著『日本漢詩への招待』

（東京堂出版、二〇一三年）一七八〜一八〇頁参照。

(15) 唐木順三『現代史への試み——型と個性と実存』筑摩書房、一九四九年。新版、一九六三年。

(16) 鈴木範久『日本キリスト教史』（教文館、二〇一七年）一〇四〜一〇五頁を参考にした。

(17) 伊藤之雄『明治天皇』（ミネルヴァ書房・日本評伝選、二〇〇六年）一三七〜一三九頁を参考にした。

第七章　明治・大正時代、昭和時代前期
――〈和〉〈漢〉〈洋〉の折衷

富国強兵、殖産興業、文明開化という名のもとに、欧米列強になんとか追い付こうと日本人が努力した時代である。

大日本帝国憲法が発布され、天皇は、陸海軍の統帥権をはじめ、統治のすべてにわたって大きな権限を持った。

明治二十七年（一八九四）から日清戦争が始まり、同三十七年には日露戦争が始まり、いずれにも勝利した。

大正三年（一九一四）から、第一次世界大戦に参戦した。同十二年には関東大震災に見舞われ、昭和二年（一九二七）には金融恐慌が起こった。

やがて軍部が台頭し、日中戦争へ、そして第二次世界大戦へと突入していく。

文学的には、明治時代後期に、人間をありのままに描こうとする自然主義がさかんになり、それと対立する形で、夏目漱石・森鷗外らが創作を行った。明治時代末から昭和初期にかけては、永井荷風《ながいかふう》・谷崎潤一郎らの耽美《たんび》派、有島武郎《ありしまたけお》・志賀直哉《しがなおや》らの白樺派や、芥川龍之介・菊池寛らの新思潮派、横光利一《よこみつりいち》・川端康成らの新感覚派が活躍した。後者の時点で、文化は大衆へと浸透していったと言える。

この時期の〈和〉〈漢〉〈洋〉のありかたをあらかじめ大まかに描いておこう。

江戸時代においては権威を持っていた〈漢〉だったが、アヘン戦争、日清戦争と続いていくうちに、その権威を失っていく。と同時に、日本人の〈漢〉の実力も下がっていった。

相対的に〈和〉の価値は上昇し、日露戦争の勝利によって自信をつけた日本人は、優越意識を抱いていくようになる。

〈洋〉はその圧倒的な科学力によって存在感を増していき、かつ〈漢〉の衰退に伴って、さらに勢いを増す（〈洋〉の力が増したことで〈漢〉が衰退したという側面もある）。

第一節　〈和〉の世界

正岡子規

短歌と俳句の近代化──写実化を唱えて従来の発想の型から脱却した方向性の確立──に貢献し、〈和〉に新しい輝きをもたらしたという点で、正岡子規《まさおかしき》（一八六七～一九〇二）は高く評価されるべきである。

帝国大学文科大学を中退し、陸羯南《くがかつなん》の日本新聞社に入った。結核のため、三十六歳の若さで没している。

その短歌を『竹乃里歌《たけのさとうた》』から三首引こう。

久方のアメリカ人のはじめにしベースボールは見れど飽かぬかも　（九八三番）
くれなゐの二尺伸びたる薔薇の芽の針やはらかに春雨のふる　（一九一八番）
いちはつの花咲きいでて我が目には今年ばかりの春行かんとす　（二二五三番）

〔和歌文学大系『竹乃里歌』明治書院〕

「久方の」の歌。子規の野球好きはよく知られている。「天《あめ》」の枕詞である「久方の」を「アメリカ人」に掛けたところが洒落ている。「見れど飽かぬかも」は万葉語。子規は、権威とされた『古今和歌集』を排斥し、『万葉集』を称揚した。野球を詠んだ歌では、「今やかの三つのベースに人満ちてそぞろに胸のうちさわぐかな」も楽しい。

「くれなゐの」の歌。「の」のくり返しが心地よい。「やはらかに」が「薔薇の芽の針」――若い芽なので柔かい――と「春雨」の両方を形容するところが繊細である。

「いちはつの」の歌。死の前年の詠である。自分を客観的に見る強さがある。「いちはつの花」は、初夏に咲くアヤメ科の多年草である。惜春と、人生への惜別、両方をこめる。

なお、死の二日前まで書き続けた随筆集『病牀六尺《びょうしょうろくしゃく》』にある、

・悟りといふ事は如何なる場合にも平気で死ぬる事かと思つて居たのは間違ひで、悟りといふ事は如何なる場合にも平気で生きて居る事であつた。（二十一）

・死生の問題は大問題ではあるが、それは極《ごく》単純な事であるので、一旦あきらめてしまへば直《すぐ》に解決されてしまふ。それよりも直接に病人の苦楽に関係する問題は家庭の問題である。（六十五）

・病気の境涯に処しては、病気を楽しむといふことにならなければ生きて居ても何の面白味も

ない。

（七十五）

〔岩波文庫『病牀六尺』〕

といったことばは、深く心に突き刺さるものがあるし、今日のわれわれにも大いに参考になる。

ちなみに、子規もこの時期の知識人の例に漏れず、〈漢〉から入っている。母方の祖父大原観山――松山の明教館の教授――に、七歳から学んでいる。十二歳からは明教館の助教授土屋久明に学んだ。さらに同教授の河東静渓につき、その私塾に通った。『唐宋八大家文読本』『近思録』の講義を受け、『論語』など四書の輪読会に参加している(1)。

与謝野晶子

歌人与謝野晶子《よさのあきこ》（一八七八～一九四二）も、明治のはじまりにおける〈和〉の代表として、そして特に女性の担い手として、外せない。

堺女学校を卒業して、新詩社に加わり、雑誌『明星《みょうじょう》』において奔放で情熱的な歌を詠み、浪漫主義を確立した。『新訳源氏物語』も、谷崎源氏とともに名高い(2)。

処女歌集『みだれ髪』から三首を引こう。

その子二十櫛《はたち》にながるる黒髪のおごりの春のうつくしきかな　（六番）
清水《きよみづ》へ祇園をよぎる桜月夜《さくらづきよ》こよひ逢ふ人みなうつくしき　（一八番）
やは肌のあつき血汐にふれも見でさびしからずや道を説く君　（二六番）
〔和歌文学大系『東西南北　みだれ髪』明治書院〕

「その子二十」の歌。自分の若さ、美しさを誇る女性の気持ちを率直に謳い上げる。「おごりの春」という歌ことばが、得意気な感じをよく表している。黒髪の流れるさまは、性的な行為をも想起させて官能的である。

「清水へ」の歌。桜の美しい月夜の光景を浪漫的に描く。京都の街並みも輝かしい。

「やは肌の」の歌。世俗的な道徳観を乗り越えて、男性を挑発する。上句、とても大胆で躍動的な表現で印象的である。「君」は、夫の鉄幹《てつかん》であろう。

日露戦争の際、旅順で戦っている弟を思って作った「君死にたまふことなかれ」も、訴えて来る力がある。私が特に好きなのは、次の一節である。

君死にたまふことなかれ。
すめらみことは、戦ひに

おほみづからは出でまさね、
互《かたみ》に人の血を流し、
獣の道に死ねよとは、
死ぬるを人の誉れとは、
おほみこころの深ければ
もとより如何で思《おぼ》されん。

〔『定本與謝野晶子全集』第九巻、講談社〕

天皇（「すめらみこと」）が直接戦場に出向くことはない、天皇の御心は深いので、戦死せよなどとはお思いになるまい、天皇もそのようなことは望んでいまい、という言い回しからは、皮肉とも恨み言とも取れる口吻もうかがえる。明治の女性として、晶子には天皇への崇拝の気持ちもあったはずだ。さまざまな感情が入り混じることで、訴えて来る力が生まれるのである。

なお、この詩は大町桂月《おおまちけいげつ》によって、「世を害するは、実にかかる思想也」と批判された（『太陽』一九〇四年十月）が、晶子は「ひらきぶみ」（『明星』一九〇四年十一月）を著して、「私はまことの心をまことの声に出だし候ふとより外に、歌よみかた心得ず候ふ」と述べ、「当節のやうに死ねよ死ねよと申し候ふこと、又なにごとにも忠君愛国などの文字や、畏おほき教育御勅語などを引きて論ずることの流行は、この方却つて危険と申すものに候はずや」と反論している(3)。

鉄幹（一八七三〜一九三五）も、歌人としてすぐれている。『東西南北』から引く。

尾上《をのへ》には、いたくも虎の、吼《ほ》ゆるかな、夕は風に、ならむとすらむ。

（一四五番）

〔和歌文学大系『東西南北　みだれ髪』明治書院〕

詞書に「咸鏡道《かんきようどう》の千仏山《せんぶつざん》にて。」とあり、朝鮮半島北部を旅した時の詠である。鉄幹は二十四歳だった。虎の吼える声が風に溶け込んでいくというところ、歌の構えの大きさを感じさせる。勇壮なその歌々は「虎剣調《こけん》」と呼ばれた。

鷗外・漱石における近代と反近代

〈洋〉が日本人に与えた衝撃は圧倒的であったろう。しかしだからといって、〈和〉〈漢〉が否定的にのみ扱われたわけではない。〈洋〉へのむやみな崇拝に対して疑義を呈した人々もいた。その代表格が、反近代の立場を取った森鷗外《もりおうがい》（一八六二〜一九二二）や夏目漱石《なつめそうせき》（一八六七〜一九一六）であろう。

鷗外は、東京大学医学部卒業。陸軍軍医となり、ドイツに留学した。代表作、『雁』『阿部一族』『山椒大夫』『高瀬舟』『渋江抽斎《しぶえちゆうさい》』。

漱石は、帝国大学英文科卒業。イギリスに留学した。代表作、『吾輩は猫である』『坊つちやん』『それから』『門』『こころ』。

鷗外は、『妄想』（明治四十四年作）の中で、

自分は失望を以て故郷の人に迎へられた。それは無理も無い。自分のやうな洋行帰りはこれまで例の無い事であつたからである。これまでの洋行帰りは、希望に耀《かがや》く顔をして、行李《こうり》の中から道具を出して、何か新しい手品を取り立てて御覧に入れることになつてゐた。自分は丁度その反対の事をしたのである。（中略）食物改良の議論もあつた。米を食ふことを廃《や》めて、沢山牛肉を食はせたいと云ふのであつた。その時自分は「米も魚もひどく消化の好《い》いものだから、日本人の食物は昔の儘《まま》が好《よ》からう、尤《もつと》も牧畜を盛んにして、牛肉も食べるやうにするのは勝手だ」と云つた。

〔『鷗外全集』第八巻、岩波書店〕

と述べているし、漱石は、『私の個人主義』（大正三年〈一九一四〉講演）の中で、

近頃流行《はや》るベルグソンでもオイケンでもみんな向かふの人が兎《と》や角《かく》いふので日本人も其の尻馬に乗つて騒ぐのです。まして其の頃は西洋人のいふ事だと云へば何でも蚊《か》でも盲従して威

張つたものです。だから無暗《むやみ》に片仮名を並べて人に吹聴して得意がつた男が比々皆是《ひひこれ》なりと云ひたい位ごろごろしてゐました。他《ひと》の悪口ではありません。斯《か》ういふ私が現にそれだつたのです。譬《たと》へばある西洋人が甲といふ同じ西洋人の作物《さくぶつ》を評したのを読んだとすると、其の評の当否は丸で考へずに、自分の腑に落ちやうが落ちまいが、無暗に其の評を触れ散らかすのです。つまり鵜呑《うのみ》と云つてもよし、又機械的の知識と云つてもよし、到底わが所有とも血とも肉とも云はれない、余所々々《よそ》しいものを我物顔に喋舌《しやべ》つて歩くのです。然るに時代が時代だから、又みんながそれを賞《ほ》めるのです。けれどもいくら人に賞められたつて、元々人の借着をして威張つてゐるのだから、内心は不安です。手もなく孔雀の羽根を身に着けて威張つてゐるやうなものですから。それでもう少し浮華《ふか》を去つて摯実《しじつ》に就かなければ、自分の腹の中《なか》は何時《いつ》迄経《た》つたつて安心は出来ないといふ事に気がつき出したのです。

〔『定本漱石全集』第十六巻、岩波書店〕

と述べて、そのためにも「自己本位」が必要だと述べている。「摯実」は、まじめ。『吾輩は猫である』（明治三十八～三十九年作）「八」にも、「八木独仙君」のことばとして、次のようにある。

西洋の文明は積極的、進取的かも知れないがつまり不満足で一生をくらす人の作つた文明さ。日本の文明は自分以外の状態を変化させて満足を求めるのぢやない。西洋と大いに違ふ所は、根本的に周囲の境遇は動かすべからざるものと云ふ一大仮定の下《もと》に発達して居るのだ。親子の関係が面白くないと云つて欧洲人の様に此の関係を改良して落ち付きとらうとするのではない。親子の関係は在来の儘《まま》で到底動かす事が出来んものとして、其の関係の下に安心を求むる手段を講ずるにある。夫婦君臣の間柄も其の通り、武士町人の区別も其の通り、自然其の物を観るのも其の通り。——山があつて隣国へ行かれなければ、山を崩すと云ふ考へを起こす代はりに隣国へ行かんでも困らないと云ふ工夫をする。山を越さなくとも満足だと云ふ心持ちを養成するのだ。それだから君見給へ。禅家でも儒家でも屹度《きつと》根本的に此の問題をつらまへる。いくら自分がえらくても世の中は到底意の如くなるものではない。落日を回《めぐ》らす事も、加茂川を逆《さか》に流す事も出来ない。只出来るものは自分の心丈《だけ》だからね。

〔『定本漱石全集』第一巻、岩波書店〕

二人とも〈漢〉の素養によって育ったすぐれて日本的な（そういう意味で〈和〉的な）知性の持ち主であり、もちろん〈洋〉の教養も抜群だった。だからこそ〈和〉〈漢〉と〈洋〉の相容れなさを痛切に実感できたのである。

鷗外は、陸軍軍医をつとめたので、体制的と見なされがちだが、大逆事件後の政府の言論統制を批判したりするなど、山県有朋の人脈を通して体制内部に異見を送る面もあった[4]。

漱石・鷗外の価値について、小林秀雄は江藤淳《えとうじゅん》との対談（「歴史について」一九七〇年十一月）で、次のように語っている。

> 漱石が、なぜあんなに多数の読者を持っているかというと、やはり日本と外国と、「東洋と西洋」との対決という問題からとりくんだというところにあるでしょう。（中略）鷗外ももちろんそうだが、日本の伝統への反省、それも外国語を勉強して、これを通じての反省というところにある。この問題をあの二人は、なんとかしなければ、生きてゆけないと考えた。（中略）この反省というものが、日本人の文明に伝統的なものなんです。聖徳太子の時代から、日本人にはあるんです。（中略）「日出づるところの天子」は有名だが、聖徳太子は、「自分は日本人だからこう書くんだ」という、非常に明瞭な自覚があったんです。（中略）日本人は文明のはじまりから「日本の言葉をどうしようか」という大問題に苦しみ通してきた。それが日本の文化の歴史の最大の特色だと言っても過言ではない。（『小林秀雄江藤淳全対話』中公文庫）

〈漢〉や〈洋〉からの影響を受けながら、〈和〉の伝統をいかに獲得していくかという命題によく答えるものが、漱石・鷗外だったのである。

ちなみに鷗外は、六歳の時に『論語』を習い始め、四書を学んだ後、十歳で五経も済ませ、『春秋左氏伝』『国語』『史記』『漢書』に入っていた。その一方、九歳でオランダ語もまなび始めている。[5]

最後に〈漢〉の教養の例として、漱石の漢詩を一首引こう。明治二十三年（一八九〇）八月から九月にかけて、箱根に行った時の作品である。[6]

函山《かんざん》雑詠

昨夜着征衣　　昨夜　征衣を着け
今朝入翠微　　今朝　翠微《すいび》に入る
雲深山欲滅　　雲深くして　山　滅せんと欲し
天闊鳥頻飛　　天闊《ひろ》くして　鳥　頻《しき》りに飛ぶ
駅馬鈴声遠　　駅馬　鈴声《れいせい》遠く
行人笑語稀　　行人　笑語稀《まれ》なり
蕭蕭三十里　　蕭蕭《しょうしょう》たる三十里
孤客已思帰　　孤客　已《すで》に帰るを思ふ

〔『定本漱石全集』第十八巻、岩波書店〕

【現代語訳】昨夜、旅装を着し、今朝、青い山々に入った。

雲が深くたちこめて、山の姿は消え去り、天は広くて、鳥がしきりに飛ぶ。

宿場に通う馬車の鈴の音が遠くに鳴り、道行く人々の笑い声も稀である。

東京を去ること三十里、あたりは物寂しいので、一人旅する私は、もう家に帰りたいと思う。


「孤客　已に帰るを思ふ」というところ、漱石の小説に出てくる人物たちの孤独感を思い出させる。「行人」も漱石の作品名である。

「三十里」は、はるか遠くと訳してもよいかもしれない。

Coffee break「近代文学の思い出など」

小学校の高学年の時、漱石の『吾輩は猫である』を読んで、迷亭君の不思議な人柄にとても魅かれた。中学三年生の時、『こころ』を読んで、人を信頼することの意味について深く考えさせられた。文章も好きだった。

鷗外も、漱石と同じくらい好きで、『山椒大夫』の文章を読むと、心が高みに押し上げられるように感じた。

有名な近代小説は、中学三年生までにかなり読んだが、特に好きだったのは、芥川龍之介・宮沢賢治《みやざわけんじ》・太宰治《だざいおさむ》である（三島由紀夫もかなり好きだったが、これは現代文学？）。宮沢賢治で一番好きなのは、『注文の多い料理店』。詩も好きだった（ただし、一番好きな詩人は萩原朔太郎である）。

今でもよく覚えているのは、中学三年生の時、帰りの電車の中で『人間失格』を読み始めて、駅に着いても読み終わらなかった。家まで待てなくて、残りはホームのベンチに座って読み終えた。それだけ夢中になっていたということだと思う。

私は、中高一貫校だったので、高校受験の勉強をしなくて済んだ分の時間を、近代小説と野球部に使ったという感じである。

島崎藤村

島崎藤村《しまざきとうそん》（一八七二〜一九四三）は、木曾馬籠《まごめ》に生まれた。明治学院卒業。在学中にキリスト教に入った。自然主義の小説家としても知られ、代表作に『破戒』『夜明け前』などがある。

近代詩が洗練された日本語として歌われる最初が、藤村の詩であったと言ってよい。(7)

「情熱の激動を文語と七五調の外在律によって、たおやかな情緒に組みかえてうたうことで、逆に、純化された青春の感傷が多くの青春をふかい陶酔にさそいこむ」ものだった。(8)

詩の代表作「千曲川《ちくまがわ》旅情の歌」の前半を引こう（もともとはこれ単独で詠まれた）。明治三十三年（一九〇〇）、藤村が二十九歳の時の作である（『破戒』は明治三十九年の作）。

小諸《こもろ》なる古城のほとり
雲白く遊子《ゆうし》悲しむ
緑なす蘩蔞《はこべ》は萌えず
若草も藉《し》くによしなし
しろがねの衾《ふすま》の岡辺
日に溶《と》けて淡雪流る

あたたかき光はあれど
野に満つる香《かをり》も知らず
浅くのみ春は霞みて
麦の色わづかに青し
旅人の群《むれ》はいくつか
畠中《はたなか》の道を急ぎぬ

暮れ行けば浅間も見えず
歌哀《かな》し佐久の草笛《くさぶえ》
千曲川いざよふ波の
岸近き宿にのぼりつ
濁り酒濁れる飲みて
草枕しばし慰む

〔岩波文庫『藤村詩抄』〕

「小諸なる古城のほとり／雲白く遊子悲しむ」という始まりはとてもいい。三好達治は『詩を読む人のために』（一九五二年）でこの詩を取り上げて、「小諸なる古城のほとり」は母音「O」がくり返されるところが快く耳を打つと指摘する。「遊子」という旅人を意味する漢語がとても印象的だが、じつはこの語は李白の「浮雲　遊子の意」（「友人を送る」）から来ている。急所となることばは〈漢〉なのだ。

そして、「いざよふ波」は、『万葉集』巻三に載る「もののふの八十宇治川《やそうぢがは》の網代木《あじろき》にいさよふ波の行くへ知らずも」（二六四番）という柿本人麻呂の歌による。「岡辺」「淡雪」も万葉語である。これらは〈和〉である。

さらに、第二連は、ゴーゴリの「大野のたびね」（上田敏《うえだびん》が訳して、明治三十三年に『帝国文学』に発表した）にある「朗らかなる空にあがりて野辺に温き光はみてり」「大野が緑のかひな、高き草はこの旅人の群をおほひて」などの影響があるとされる。つまり〈洋〉もあるのだ。

近代詩という〈洋〉の概念に基づく詩型を器としつつ、中に盛るのは五七調という〈和〉であり、そこに〈和〉〈漢〉〈洋〉の表現をちりばめつつ、新しい日本の詩を模索していると言えよう。

なお、「しろがねの衾の岡辺」は少しわかりにくいかもしれない。「しろがね」は、銀色を言い、雪の白さを喩えるのに用いられることが多い。「衾」は夜具、布団。銀色に輝く布団のような丘のあたりという、比喩なのである。

「濁り酒濁れる飲みて／草枕しばし慰む」はいかにも甘美で陶酔的である。大伴旅人の讃酒歌「験《しるし》なきものを思はずは一坏《ひとつき》の濁れる酒を飲むべくあるらし」（万葉集・巻三・三三八番）を意識しているか。

芥川龍之介

芥川龍之介《あくたがわりゅうのすけ》（一八九二〜一九二七）は、東京生まれで、東大英文科卒。代表作は、『羅生門』『地獄変』『トロッコ』『杜子春』『舞踏会』など。

個人的には、馬琴の日々を描いた『戯作三昧《げさくざんまい》』（大正六年〈一九一七〉作）が好きで、特にさまざまな懊悩を抱えつつも、創作に集中する以下の場面は、何度読んでも感動する。

> 頭の中の流《ながれ》は、丁度空を走る銀河のやうに、滾々《こんこん》として何処《どこ》からか溢《あふ》れて来る。彼はその凄《すさま》じい勢を恐れながら、自分の肉体の力が万一それに耐へられなくなる場合を気づかつた。さうして、緊《かた》く筆を握りながら、何度もかう自分に呼びかけた。
>
> 「根《こん》かぎり書きつづけろ。今己が書いてゐる事は、今でなければ書けない事かも知れないぞ。」
>
> しかし光の靄《もや》に似た流は、少しもその速力を緩《ゆる》めない。反《かへ》つて目まぐるしい飛躍の中に、あらゆるものを溺《おぼ》らせながら、澎湃《ほうはい》として彼を襲つて来る。彼は遂に全くその虜《とりこ》になつた。さうして一切を忘れながら、その流の方向に、嵐のやうな勢で筆を駆つた。
>
> この時彼の王者のやうな眼に映つてゐたものは、利害でもなければ、愛憎でもない。まして毀誉《きよ》に煩《わづら》はされる心などは、とうに眼底を払つて消えてしまつた。あるのは、唯《ただ》不可思議な悦《よろこ》びである。或は恍惚たる悲壮の感激である。この感激を知らないものに、どうして戯作三昧の心境が味到されよう。どうして戯作者の厳《おごそ》かな魂が理解されよう。ここにこそ「人生」は、あらゆるその残滓《ざんし》を洗つて、まるで新しい鉱石のやうに、美しく作者の前に、輝いてゐるではないか。
>
> 〔『芥川龍之介全集』第三巻、岩波書店〕

「滾々」「澎湃」「毀誉」「残滓」などの印象的な漢語を交えつつ、明解な和語が並び、馬琴の真摯なさまが引き立つところが、とてもよい。

芥川には「漢文漢詩の面白味」という短い文章もあり、その冒頭は、以下のようになっている。

漢詩漢文を読んで利益があるかどうか？　私は利益があると思ふ。我々の使つてゐる日本語は、たとひ仏蘭西《フランス》語の拉甸《ラテン》語に於ける関係はなくとも、可成《かなり》支那語の恩を受けてゐる。これは何も我々が漢字を使つてゐるからと云ふばかりぢやない。漢字が羅馬《ロオマ》字になつた所が、遠い過去から積んで来た支那語流のエクスプレツシヨンは、やつぱり日本語の中に残つてゐる。だから漢詩漢文を読むと云ふ事は、過去の日本文学を鑑賞する上にも利益があるだらうし、現在の日本文学を創造する上にも利益があるだらうと思ふ。

〔『芥川龍之介全集』第七巻、岩波書店〕

谷崎潤一郎

谷崎潤一郎《たにざきじゅんいちろう》（一八八六～一九六五）は、どうだろうか。

東京に生まれ、父が家業に失敗したため、家庭教師・書生をしながら学び、東京帝国大学国文科に進んだものの、授業料未納のため退学した。代表作に『刺青《しせい》』『痴人の愛』『蓼《たで》喰ふ虫』『春琴抄』『細雪《ささめゆき》』などがある。『源氏物語』の訳も名高い。

若い頃は西洋的なものへの憧れが強かった。しかし、関東大震災後、関西に移住してからは、伝統的な文化への回帰を目指した。〈洋〉から〈和〉へと転換した作家である。

日本的な美の再発見という点で画期的な評論『陰翳礼賛《いんえいらいさん》』（昭和十年〈一九三五〉刊）から、厠《かわや》のすばらしさについて論じた箇所を見てみたい。

私は、京都や奈良の寺院へ行つて、昔風の、うすぐらい、さうして而《しか》も掃除の行き届いた厠へ案内される毎《ごと》に、つくづく日本建築の有難みを感じる。茶の間もいいにはいいけれども、日本の厠は実に精神が安まるやうに出来てゐる。それらは必ず母屋《おもや》から離れて、青葉の匂ひや苔の匂ひのして来るやうな植ゑ込みの蔭に設けてあり、廊下を伝はつて行くのであるが、そのうすぐらい光線の中にうづくまつて、ほんのり明るい障子の反射を受けながら瞑想に耽《ふけ》り、又は窓外の庭のけしきを眺める気持ちは、何とも云へない。漱石先生は毎朝便通に行かれることを一つの楽しみに数へられ、それは寧《むし》ろ生理的快感であると云はれたさうだが、その快感を味はふ上にも、閑寂な壁と、清楚な木目《もくめ》に囲まれて、眼に青空や青葉の色を見ることの出来る日本の厠ほど、恰好《かつこう》な場所はあるまい。さうしてそれには、繰り返して云ふが、或る程度の薄暗さと、徹底的に清潔であることと、蚊の呻《うな》りさへ耳につくやうな静かさとが、必須の条件なのである。私はさう云ふ厠にあつて、しとしとと降る雨の音を聴くのを好む。殊に関東の厠には、床に細長い掃き出し窓がついてゐるので、軒端や木の葉からしたたり落ちる点滴が、石燈籠の根を洗ひ飛び石の苔を湿《うる》ほしつつ土に沁み入るしめやかな音を、ひとしほ身に近く聴くことが出来る。まことに厠は虫の音によく、鳥の声によく、月夜にも亦ふさはしく、四季をりをりの物のあはれを味はふのに最も適した場所であつて、恐らく古来の俳人は此処から無数の題材を得てゐるであらう。されば日本の建築の中で、一番風流に出来てゐるのは厠であるとも云へなくはない。総《す》べてのものを詩化してしまふ我等の祖先は、住宅中で何処《どこ》よりも不潔であるべき場所を、却つて、雅致のある場所に変へ、花鳥風月と結び付けて、なつかしい連想の中へ包むやうにした。これを西洋人が頭から不浄扱ひにし、公衆の前で口にすることをさへ忌むのに比べれば、我等の方が遥かに賢明であり、真に風雅の骨髄を得てゐる。強ひて欠点を云ふならば、母屋から離れてゐるために、夜中に通ふには便利が悪く、冬は殊に風邪を引く憂ひがあることだけれども、「風流は寒きものなり」と云ふ斎藤緑雨《さいとうりよくう》の言の如く、ああ云ふ場所は外気と同じ冷たさの方が気持ちがよい。

〔『谷崎潤一郎全集』第十七巻、中央公論新社〕

「或る程度の薄暗さと、徹底的に清潔であることと、蚊の呻りさへ耳につくやうな静かさ」があることで、厠は精神的な慰安を与えてくれるものになっており、日本の建築の中で最も風流にできていると言うのである。

そして、西洋人は厠を不浄なものとして扱うのに対して、日本人は賢明にもそれを「雅致のある場所」とし、詩的なものにしている点で、〈和〉が〈洋〉に優越するとする。

明治時代は、富国強兵、殖産興業、立身出世を目指す男性中心主義であるのに対して、その反動として、大正時代にはより緩やかで自由を謳歌するようになる。谷崎の右のような日本回帰の考え方も、そういった時代思潮と関連しているのであろう。そして、たんなる復古主義ではなく、流行から距離を取ったものの方が文化遺産として長く愛されるはずだという戦略に基づいて発信されたものと言えよう(9)。

なお、斎藤緑雨は、明治時代の評論家。

第二節　〈漢〉の世界

教育勅語

明治初期の行き過ぎた西洋崇拝の風潮を押しとどめるべく作り出されたのが、「教育に関する勅語」（教《きょう》育《いく》勅《ちょく》語《ご》）である。

井上毅《いのうえこわし》と元田永孚《もとだながざね》を中心として起草された。井上・元田ともに熊本出身。井上は政治家で、伊藤博文に重用され、大日本帝国憲法の起草にも参画した。元田は儒学者で、明治天皇の側近である。

明治二十三年（一八九〇）十月三十日に発布された。

その全文を引こう。

朕惟《ちんおも》フニ我カ皇祖皇宗《こうそこうそう》国ヲ肇《はじ》ムルコト宏遠《こうえん》ニ徳ヲ樹《た》ツルコト深厚ナリ。我カ臣民克《よ》ク忠ニ克ク孝ニ億兆心ヲ一《いつ》ニシテ世々厥《そ》ノ美ヲ済《な》セルハ此レ我カ国体ノ精華ニシテ、教育ノ淵源亦《また》実ニ此《ここ》ニ存ス。爾《なんぢ》臣民、父母ニ孝ニ兄弟《けいてい》ニ友《ゆう》ニ夫婦相和シ朋友《ほうゆう》相信シ恭倹己《きょうけんおの》レヲ持《じ》シ博愛衆《しゅう》ニ及ホシ、学ヲ修メ業《ぎょう》ヲ習ヒ以テ智能ヲ啓発シ徳器《とくき》ヲ成就シ、進《すすん》テ公益ヲ広メ世務《せいむ》ヲ開キ、常ニ国憲ヲ重《おもん》シ国法ニ遵《したが》ヒ、一旦緩急《いったんかんきゅう》アレバ義勇公《こう》ニ奉シ以テ天壌無窮《てんじょうむきゅう》ノ皇運ヲ扶翼《ふよく》スヘシ。

是《かく》ノ如キハ独《ひと》リ朕カ忠良ノ臣民タルノミナラス、又以テ爾祖先ノ遺風ヲ顕彰スルニ足ラン。

斯《こ》ノ道ハ実ニ我カ皇祖皇宗ノ遺訓ニシテ子孫臣民ノ倶《とも》ニ遵守《じゅんしゅ》スヘキ所、之《これ》ヲ古今ニ通シテ謬《あやま》ラス、之ヲ中外ニ施シテ悖《もと》ラス、朕爾臣民ト倶ニ拳々服膺《けんけんふくよう》シテ咸《みな》其徳ヲ一ニセンコトヲ庶幾《こひねが》フ。

明治二十三年十月三十日

御名《ぎょめい》　御璽《ぎょじ》　〔官報二二〇三号〕

その内容を検討していこう。(10)

「父母ニ孝ニ」といった儒教道徳（『六諭』などが参考とされた）や、「博愛衆ニ及ホシ」といったキリスト教的な倫理観などが混在する。「天壌無窮」は『日本書紀』神代巻に見られる、天照大神が天津彦彦火瓊瓊杵尊《あまつひこひこほのににぎのみこと》に下した神勅にあることばである（そのもとは『淮南子《えなんじ》』）。

すなわち〈和〉〈漢〉〈洋〉が意識的に織り交ぜられて作られていると言えるだろう。

「天壌無窮ノ皇運ヲ扶翼スヘシ」――天地とともに無限に続く皇室の運命を力を添えて助けるべきである――や「斯ノ道ハ実ニ我カ皇祖皇宗ノ遺訓ニシテ子孫臣民ノ倶ニ遵守スヘキ所」という箇所からもわかるように、天皇の権威を政治的、宗教的に強調したものとなっている。軍国主義を大衆に浸透させ、国民を戦場に送り出すのに、大きな役割を果たした。

文の構造に着目してみると、道徳や学業云々を説くくだりは、すべて「天壌無窮ノ皇運ヲ扶翼スヘシ」につながっていくので、「朋友相信シ」とか「学ヲ修メ」といった一部だけを取り出して教育勅語全体を肯定的に捉えることは難しい。

教育勅語は、全国の学校に頒布され、式日などに奉読された。図7・1は、『風俗画報』一八九四年一月号に掲げられたものである。勝海舟作詞・小山作之助作曲『勅語奉答』という唱歌も

図7・1　『風俗画報』64号　M-1(1894)

歌われた。

民間にも、掛軸・掛図・双六などの出版物が出回った。(11)

昭和二十三年、衆参両院において排除と失効が確認されている。(12)

なお、昭和五年生まれの義父は、これを暗記していた。義父は特別な思想の持ち主ではなく、そういう人でも暗記してしまうくらい浸透していたのである（とても暗記力のある人ではあった）。

乃木希典

日露戦争で第三軍司令官として旅順（現在、遼寧省大連市）攻撃に当たった乃木希典《のぎまれすけ》（一八四九～一九一二）は、数万人の死傷者を出した末、ようやく陥落させ、凱旋した。まだ満州に滞在している時に詠んだのが次のような詩だった。

皇師百万征強虜
野戦攻城屍作山

皇師　百万　強虜《きようりよ》を征す
野戦《やせん》　攻城　屍《しかばね》　山を作《な》す

愧我何顔看父老　愧《は》づ　我《われ》　何の顔《かんばせ》かあつて　父老《ふろう》に看《まみ》えん
凱歌今日幾人還　凱歌《がいか》　今日《こんにち》　幾人か還《かへ》る

〔和田正雄『乃木将軍詩歌集』鶴書房〕

【現代語訳】我が国の百万の軍隊は、強国ロシアの兵と戦うため、出征した。

　野山での戦いや要塞攻略のため戦死者の屍は山を成した。

私は恥ずかしく思う。いったい何の面目があって、死んだ戦士たちの父兄に会うことができよう。

　勝利を祝う歌を歌っているからといって、今日、何人が無事帰ってくることができたというのか。


「皇師」は、帝王の率いる軍隊。「虜」は、敵を罵ることば。「野戦攻城」は、野原で戦い、城を攻めること。

旅順陥落後、稀代の名将としてもてはやされた乃木だったが、長野での「戦役講演」で「諸君、私は諸君の兄弟を多く殺した者であります」と言ったまま、頭を垂れ、はらはらと涙を流したという。(13)「我　何の顔かあつて　父老に看えん」は、そのような気持ちを述べたものである。

乃木はこののち七年間生きて、明治天皇が崩御した際、妻静子とともに自殺してしまう。

この詩が踏まえる中国漢詩文について指摘しておこう。

転・結句は、『史記』項羽《こうう》本紀で、項羽が垓下《がいか》の戦いに敗れて烏江《うこう》まで逃れてきたところ、その地の長が、船で江東《こうとう》の地へと逃げるよう勧めたのに対して、

籍、江東の子弟八千人と、江を渡りて西せしも、今一人の還るもの無し。縦《たと》ひ江東の父兄、憐《あはれ》みて我を王とすとも、我何の面目ありて之《これ》に見《まみ》えん。縦ひ彼言はずとも、籍独り心に愧ぢざらんや。

【現代語訳】私――籍は項羽の名――は、江東の若者八千人とともに長江を渡って西へと向かった。今、誰一人として生還した者はいない。かりに江東の父兄が私を不憫に思って王にしてくれても、私はいったい何の面目があって、彼らに顔向けできよう。もし彼らが何も言わなくても、私は心の中で深く恥じずにはいられないのだ。

というふうに心情を吐露したことを踏まえている。

この時の乃木にとっては、〈戦いに若者を駆り出して、戦死させてしまった将の、親たちへ顔向けできない気持ち〉という点で、自分の思いと共通するこの場面を下敷きにして詩を詠むことで、自らの慙愧の念を形にすることができたわけだ。

そのくらい、『史記』という古典が、乃木ひいては明治時代の日本人にとって血肉化していた

と言えるだろう。〈漢〉の枠組みがあって、初めて自己認識が可能になるという精神構造が、この頃の日本人にはまだ残存していたとも言える。

他にも、起句「野戦　攻城」は『戦国策』や『史記』廉頗藺《りん》相如《しょうじょ》伝に見える語である。結句は王翰《おうかん》「涼州詞《りょうしゅうし》」（『唐詩選』）の結句「古来　征戦　幾人か回る」を踏まえていよう。

乃木が殉死したことについての、大正天皇の詩も引こう。

満腹誠忠世所知　　満腹の誠忠　世の知る所
武勲赫赫遠征時　　武勲　赫赫《かくかく》たり　遠征の時
夫妻一旦殉明主　　夫妻　一旦　明主に殉じ
四海流伝絶命詞　　四海　流伝す　絶命の詞

「赫赫」は、功績が著しいさま。「一旦」は、ある朝。

「絶命の詞」とは、乃木の辞世歌「神あがりあがりましぬる大君のみあとはるかにをろかみまつる」「現《うつ》し世を神去りましし大君のみあと慕ひて我はゆくなり」、静子夫人の歌「出でましてかへります日のなしときくけふの御幸に逢ふぞかなしき」を言う[14]。

漱石の『こころ』（大正三年作）でも、乃木の殉死に触発された先生が自殺を決意する。先生の父も死期が迫った時、「乃木大将に済まない。実に面目次第がない。いへ私もすぐ御後《おあと》から」と、うわ言で言っていた。

なお、乃木は、明治の楠木正成と謳われ、彼自身は山鹿素行と素行を尊崇した吉田松陰を模範とした。(15)楠木正成から吉田松陰へ、そして乃木希典と続く、軍神的な系譜は根強いと言えるだろう。

内藤湖南

戦前の東洋史学の第一人者と言えば、やはり内藤湖南《ないとうこなん》(一八六六〜一九三四)であろう。

湖南は、秋田の儒学者の家に生まれた。(16)晩年になって、自分が最初におもしろいと思った漢文は『日本外史』であったと語っている(『日本外史』の影響はやはり大きい!)。県立秋田師範学校を卒業し、『日本人』『大阪朝日新聞』『台湾日報』などで記者をつとめた。その間も、中国に関する研究を行い、明治四十年(一九〇七)、四十二歳の時に、京都帝国大学史学科開設にともない講師として招かれた。その後、教授に昇進している。京大では、狩野直喜《かのなおき》とともに京都の「支那学」と呼ばれる学風を打ち立てた(狩野が哲学・文学、湖南が史学)。

その業績の紹介は、吉川幸次郎が語るところに任せよう。「内藤虎次郎」という文章から引く。

絶倫の博学であり、また記憶力であった。古代史に関する大胆な仮説、満州史に対する極度に実証的な研究、いずれも前人未到であった。中国史の時代を三つに区分する説は、少なくとも文学史思想史に関する限り、卓見である。絵画史については、牧渓《もっけい》風のくすんだ水墨画のみが、中国画の伝統でないことを明確にし、色彩感覚の美しさを日本に紹介した。

〔『吉川幸次郎全集』第二十巻、筑摩書房〕

その人となりについても、吉川の同じ文章から引く。

蔵書の質と量が、同僚に冠絶することも、有名であり、大学の俸給はすべて本代になるというわさもあった。（中略）氏の学問の継承者はあちこちにいる。すべての資料を収集し、しかもそのすべてをいつかは役立てようという気迫、それは継承者が見当たらない。

ところで、湖南が現代中国について論評した『支那論』『新支那論』についてはさまざまな論評がなされている。前者が大正三年（一九一四）に著され、辛亥革命後の中国に期待を寄せているのに対し、同十三年の後者では中国停滞論を唱えて、日本の中国侵略を正当化したというのである。そのような批判は、戦後に根強くあったけれども、現在では、再評価もなされている(17)。たとえば、与那覇潤氏は、『新支那論』には今日の価値基準に照らしてみて、政治的に正しくない言説があることを認めつつ、湖南は人類史を普遍的に見る中に中国を置くという射程の長い視点も提示していることをもって評価もしようとする(18)。

そもそも戦前の言説を今日的に見て一方的に断罪することには慎重であらねばならない。物事には光と影の両面がある。中国侵略を正当化するような言説にも目を逸らさず批評した上で、内藤史学の総合的な意義もきちんと掬い上げていくことが必要だ。

大正天皇の漢詩

大正天皇（一八七九〜一九二六）の漢詩は、素朴な佇まいだが、ほのかな味わいがある。二首読んでみたい。

学習院の学生に示す

修身習学在文園　身を修め　学を習つて　文園に在り
新固宜知故亦温　新　固《もと》より宜《よろ》しく知るべし　故も亦《ま》た温《たづ》ねよ
勿忘古人蛍雪苦　忘るる勿《なか》れ　古人蛍雪の苦
映窓灯火郭西村　窓に映ずる灯火　郭西《かくせい》の村

〔石川忠久『大正天皇漢詩集』大修館書店〕

【現代語訳】身を修め、学問に励んで、学園に過ごす。

新しい物事はもちろんよく知らなければならないし、古い物事もまた学ばなくてはいけない。

忘れてはならない、昔の人が蛍の光や雪明かりで書物を読む苦労をしたことを。

窓には灯火が映っている、城の西の村、この目白に。

大正三年（一九一四）、学習院の卒業式における詠である。
承句は、『論語』為政の「故《ふる》きを温ねて新しきを知る」による。なお、ここは「句中式」という形式で、字数の制約上、「宜」が省かれている。意味上は、「新は固より宜しく知るべし　故も亦た（宜しく）温ぬべし」と対になるべきところである。[19]
転句は、『蒙求《もうぎゅう》』「孫康映雪、車胤聚蛍」による。

飛行機

凌空倏忽天程渺　　空を凌《しの》いで　倏忽《しゆくこつ》　天程渺《びよう》たり
上下四方随意行　　上下四方　随意に行く
此物如今称利器　　此の物　如今《じよこん》　利器と称す

応期戦陣博功名　応《まさ》に戦陣に功名を博するを期すべし

【現代語訳】空を乗り越えると、たちまち空の道が果てしなく広がる。

上下四方へと思うままに飛んで行く。

この飛行機というものは、只今ではすぐれた兵器と言われる。

きっと戦場では手柄を立て名をあげるものと期待される。

飛行機がライト兄弟によって発明されたのは、一九〇三年（明治三十六年）なので、飛行機を漢詩に詠むのはかなり新しい。第一次世界大戦以降の戦争を思う時、結句については複雑な気持ちになる。

なお、「如今」は、『史記』項羽本紀に「如今、人は方《まさ》に刀俎《とうそ》たり、我は魚肉たり」――今、彼らは包丁と俎板であり、われわれは料理される魚肉である――とある。

中島敦

中島敦《なかじまあつし》（一九〇九〜四二）は、東京に生まれ、父は中学校の漢文教師で、父方の祖父中島撫山は漢学者だった。東京帝国大学国文学科に学び、同大学院で森鷗外を研究した。昭和十六年（一九四二）、南洋庁の国語編集書記としてパラオに赴任したが、同十七年、喘息のため死去した。享年、三十四歳である。

代表作に『山月記』『李陵』『名人伝』などがある。個人的には『牛人』の「己《おのれ》を殺さうとする一人の男に対する恐怖ではない。寧《むし》ろ、世界のきびしい悪意といつた様なものへの、遜《へりくだ》つた懼《おそ》れに近い」という表現がとても好きだ。

『山月記』（昭和十六年作）冒頭は、漢文を現代的に応用した最もすばらしい文章だと思う。引用してみたい。

隴西《ろうさい》の李徴《りちよう》は博学才穎《さいえい》、天宝の末年、若くして名を虎榜《こぼう》に連ね、ついで江南尉《こうなんい》に補せられたが、性、狷介《けんかい》、自《みづか》ら恃《たの》む所頗《すこぶ》る厚く、賤吏《せんり》に甘んずるを潔《いさぎよ》しとしなかつた。いくばくもなく官を退いた後は、故山《こざん》、虢略《かくりやく》に帰臥《きが》し、人と交はりを絶つて、ひたすら詩作に耽《ふけ》つた。下吏《かり》となつて長く膝を俗悪な大官の前に屈するよりは、詩家としての名を死後百年に遺《のこ》さうとしたのである。しかし、文名は容易に揚《あ》がらず、生活は日を逐《お》うて苦しくなる。李徴は漸《やうや》く焦躁に駆《か》られて来た。この頃から其の容貌も峭刻《しようこく》となり、肉落ち骨秀《ひい》で、眼光のみ徒《いたづ》らに炯々《けいけい》として、曾《かつ》て進士に登第した頃の豊頬《ほうきよう》の美少年の俤《おもかげ》は、何処《どこ》に求めやうもない。数年の後、貧窮に堪《た》へず、妻子の衣食のために遂《つひ》に節を屈して、再び東へ赴き、一地方官吏の職を奉ずることになつた。一方、之《これ》は、己《おのれ》の詩業に半ば絶望したためでもある。曾ての同輩は既に遥か高位に進み、彼が昔、鈍物《どんぶつ》として歯牙《しが》にもかけなかつた其の連中の下命を拝さねばならぬことが、往年の儁才《しゆんさい》李徴の自尊心を如何《いか》に傷つけたかは、想像に難《かた》くない。彼は快々《おうおう》として楽しまず、狂悖《きようはい》の性は愈々《いよいよ》抑へ難くなつた。一年の後、公用で旅に出、汝水《じよすい》のほとりに宿つた時、遂に発狂した。或る夜半、急に顔色を変へて寝床から起き上がると、何か訳の分からぬことを叫びつつ其《そ》の儘《まま》下にとび下りて、闇の中へ駈《か》け出した。彼は二度と戻つて来なかつた。附近の山野を捜索しても、何の手掛かりもない。その後李徴がどうなつたかを知る者は、誰もなかつた。

（『中島敦全集』第四巻、文治堂書店）

「博学才穎」「虎榜」「狷介」といった具合に漢語を連ねつつ、漢文訓読調の文体によって語るこの文章を（特に声に出して）読んでいくと、自分の感情が浄化されていくようで、心地よい。唐代伝奇『人虎伝《じんこでん》』に取材したものの、「詩家としての名を死後百年に遺さうとした」ことと「妻子の衣食」という両者の葛藤に悩むという人間的な苦しみを描くところに訴えて来るものがある。[20] その苦しみは、芸術家としての狂気――それは中島敦自身のものでもあったろう――とも言える。

なお、変身譚としては、カフカの『窖《あなぐら》』やガーネットの『狐になった夫人』の影響もあった。〈漢〉だけではなく〈洋〉の影響もあったのだ。

『大漢和辞典』

日本最高の漢和辞典は、昭和の初期に編集された。諸橋轍次《もろはしてつじ》（一八八三〜一九八二。東京文理科大学教授）の編纂による『大漢和辞典』（大修館書店）である。

昭和三年（一九二八）に編纂が開始され、同十八年に第一巻が刊行されたものの、戦争により中断。同三十年に復刊第一巻が出て、同三十五年の索引刊行により完結した。収録された親字約五万字、熟語約五十二万語と膨大な量に及び、語彙の解説の正確さと、用例の豊富さは空前絶後である。

原田種成『漢文のすゝめ』（新潮選書、一九九二年）に記されている、その作業の一端をうかがってみよう。

まず原文に朱線を施した語彙を縦十四センチ、横五センチ、頭部に穴をあけてある小型のカードに書き入れ、書名はゴム印を捺し、ページ数、行数を記入した。『漢書』や『文選』など採取語彙の朱線でページが赤く見えるほどたくさん採った。そのようにして出来たカードの数は正確な記録はないが約四十万枚に及んだものと思われる。

次にそれらのカードの語彙を『康熙字典《こうきじてん》』の部首順・画数順に分類することである。（中略）その上、多くが学生（引用者注・文理大と大東文化学院）だから、作業は夏休みがいちばん能率があがるはずである。ところが当時は冷房の設備などはなく、扇風機をつければカードが飛んでしまうし、窓を開ければ風が吹き込んで折角並べたカードの順序が狂ってしまう。私は、閉めきった部屋の中で、裸になって汗をたらしながら分類したという最初のころの苦労話を先輩たちから聞かされた。私が編集に関係したときにはこれら分類のできたカードがすでに原本に貼込まれていて、そのカードによって新たな語彙と語釈と引用文とが原本に記入されていた。桂湖村《かつらこそん》著の『漢籍解題』も原本に貼込んで解説に手を加えていた。

今ならコンピューターが難なくやってしまう作業であっても、当時は手作りであったのだ。気の遠くなるような営みを経て、浩瀚な漢和辞典が成って、〈漢〉の伝統は今日にまで伝えられているのである。

修訂版を作る時の苦労を、鎌田正氏が述べているところも引こう。(21)

『大漢和』第九巻五百七十九頁四段の「苦行」の出典として、旧版には「〔資治通鑑《しじつがん》 唐紀〕衣食居處、一如苦行沙門」とあるが、調査された方から、これは『唐紀』にはないということで、早速調査にかかった。確かに『唐紀』には見えないので、『通鑑』の全文に当たらなければならない。『通鑑』は全部で二百九十四巻、さあ本腰を入れて調査しなければならん。第一巻の『周紀』威烈王二十三年から開始したが、その語句は容易に出てこない。引用文中の「衣」か「一」を含む箇所を丹念に調査を続く。かくして第一日は終了し、第二日目に一百六十巻目の『梁紀』にはいる。まだまだ見えない。思案投げ首、果たして『通鑑』が出典かと思った瞬間、第一百六十四巻、梁の簡文帝の大寶二年、五月の条に、その語句が厳然として存するではないか、正に一国一城を得たる喜びにて、『唐紀』を改めて『梁紀』と為し、「簡文帝　大寶二年」を加えて修訂作業が完了した。

一語の出典だけで、膨大な修訂作業がなされた。もちろん旧版が間違っていない場合も多いのだろうが、それにしても壮絶な営みである。

戦前の漢文教育

昭和初期、当時の若者たちにとって〈漢〉的な教養はどのように取り入れられたのだろうか。そのことに関連する文章を二つ掲げておこう。(22) いずれも超一流の文化人が、自身の中学校（旧制）での経験を書き綴ったものである。

加藤周一《かとうしゅういち》（一九一九〜二〇〇八）は、東京帝国大学医学部を卒業し、福永武彦、中村真一郎らとともに「マチネ・ポエティク」という文学集団を結成し、創作活動を行った。評論家としても活躍し、特に国際的な視点から日本文化を論じた点に切れ味を感じる。『日本文学史序説』もよく知られている。大江健三郎らと憲法九条を守るため、「九条の会」を結成してもいる。

自伝的回想『羊の歌』（岩波新書、一九六八年）に出てくる府立一中――現在の都立日比谷高校――での漢文の授業風景の描写を引こう。

（白髪の漢文の教師は）「これから論語を読むが」といいながら、「これは諸君などにわかる本ではごわせん」と宣言した。そして一行読む毎に、私たちにはほとんど全く通じない感想をいつまでも独言《ひとりごと》のように喋《しゃべ》っていた。「この字を簡野《かんの》はこういって居るが、簡野などにわかることではごわせん」。――しかし、簡野道明《みちあき》にわからぬことが私たちにわかるはずはなかった。碁の研究が殊にさかんに行われていたのも、その漢文の授業の最中であった。子供には「どうせわからぬ」と確信していた老人は、私語さえしなければ、生徒が何をしていようと一切構わなかった。

私は、加藤周一の文章をけっこうたくさん読んだと思う。文体も論理展開もきびきびしていて、その基盤には〈漢〉的な教養がまだかなり生きていると感じさせられた。右の文章からは、漢文の教師の超然とした振る舞いに半ば辟易したことを、なつかしく思い出す気持ちも感じ取れよう。「箇野道明にわからぬことが私たちにわかるはずはなかった」というところ、ほのかに笑いが含まれていて楽しい。ちなみに簡野道明（一八六五〜一九三八）は漢学者で、東京女子高等師範――現在の、お茶の水女子大学――教授をつとめ、漢和辞典『字源』を編纂したことで知られる。「白髪の漢文の教師」は、簡野にかなりの対抗意識を抱いていたのであろう。

もう一人、今度は、『風土』『草の花』『死の島』などの小説で知られる福永武彦《ふくながたけひこ》（一九一八〜七九）の文章を取り上げてみよう。福永は、東大仏文科の卒業であり、さきほど述べたように「マチネ・ポエティク」を結成した。結核のため療養所暮らしも長かった（私は、大学生の時、福永の評論『愛の試み』の読書会を友人たちとした。愛は「星雲的」かどうかなどと議論したのがなつかしい）。

さて、その福永の随筆集『夢のように』（新潮社、一九七四年）には、開成中学――同級生には中村真一郎もいた――の経験として、次のような一節がある。

私は東京の道灌山《どうかんやま》の近くにある私立の中学校に通った。それは由緒のある学校で、従って名物の先生も少なくなかったが、その一人に原先生というお爺さんが漢文を教えていた。顔色は渋柿の皮の如く、眼は小さく、背は低く痩せぎすで、謹厳寡黙、教壇にある姿は孔子さまの塑像《そぞう》のようである。その教えかたは、まず自分が読み、しかる後に教室の生徒全員に復誦させる。その他に語句の説明もあっただろうし、また一人ずつ当てられて読むということもあったに違いないが、私の記憶では、この生徒全員が一斉に雛《ひよこ》のように嘴《くちばし》をそろえて読む場面が、昨日のことのように鮮やかに思い浮かぶ。原先生は語句の細かい解釈なんかよりも読書百遍義オノズカラ見《あら》ワルことを重んじる、古風な型の先生だったのであろう。（中略）原先生は御老人のせいもあるが、一度も怒った顔を見せられたことはない。雛どもに難しいことを教えてもどうせ馬の耳に念仏と諦めていられたのだろうか。とにかく生徒一同に音読を命じて、それが終わるまでの間じっと眼を閉じていられた。その音読だが、先生が「はい」と合図をされると、雛の嘴がそれとばかりにさえずり始める。それは一人一人の競争なので全員が声を合わせて読むわけではない。早く読み終わった者が得意になってあたりを見まわし、やがて一人ずつ終わって、最後の一人が声を出さなくなるまで、先生ひとり沈思黙考、ひょっとしたら居眠りでもされていたのではないかと、疑う節もある。自慢を言えば、私は最も早く読み終わる一人に属していた。早く正確に読むためには、何としてでも予習を充分にし、殆ど文章を暗記するまでになっていなければならない。私は今でも早口の方だが、その頃は早言葉《はやことば》などを真面目に実習したものである。早言葉はまた繰言葉《くりことば》とも言って、当時私たちが愛読していた少年倶楽部によく載っていた。

〔『福永武彦全集』第十四巻、新潮社〕

「雛の嘴がそれとばかりにさえずり始める」という比喩表現は、とても臨場感がある。漢文教育は、江戸時代からずっと「読書百遍義オノズカラ見ワル」で変わりがなかったのかもしれない。けれども福永のこの文章においても、漢文の教師の孤高さを貴び、なつかしく思う気持ちが看取される。

そういえば、彼らの盟友である中村真一郎《なかむらしんいちろう》（一九一八〜九七）にも、『頼山陽とその時代』（中央公論社、一九七一年→ちくま学芸文庫）という名著があったことも思い出される。

加藤周一、福永武彦、中村真一郎といった人たちの受けた漢文の授業は、古色蒼然たる雰囲気が残っていたものの、こういった最高級の知性の持ち主たちにはまだ受け入れられる余地があったと感じる。

第三節　〈洋〉の世界

福沢諭吉

西洋的な思想を日本に移入し、大衆を啓蒙した明治の思想家と言えば、誰もが福沢諭吉《ふくざわゆきち》（一八三四〜一九〇一）の名を挙げるであろう。ここでは、その大体に触れておきたい（前章「福沢諭吉と英語」を先にお読みいただければ幸いである）。

その最も代表的な著作は『学問のすすめ』（明治五〜九年〈一八七二〜七六〉刊）と『文明論之概略』（明治八年刊）であろう。この二書について、まず述べたい。

『学問のすすめ』のきわめて有名な初編のはじまりを引こう。

天は人の上に人を造らず、人の下に人を造らずと云へり。されば天より人を生ずるには、万人は万人皆同じ位《くらゐ》にして、生まれながら貴賤《きせん》上下の差別なく、万物の霊たる身と心との働きを以て天地の間にあるよろづの物を資《と》り、以て衣食住の用を達し、自由自在、互いに人の妨げをなさずして各《おのおの》安楽にこの世を渡らしめ給ふの趣意なり。されども今広く此の人間世界を見渡すに、かしこき人あり、おろかなる人あり、貧しきもあり、富めるもあり、貴人もあり、下人《げにん》もありて、其の有様雲と泥との相違あるに似たるは何ぞや。其の次第甚《はなは》だ明らかなり。実語教《じつごきよう》に、人学ばざれば智なし、智なき者は愚人なりとあり。されば賢人と愚人との別は学ぶと学ばざるとに由《よ》つて出《い》で来たるものなり。〔『福澤諭吉全集』第三巻、岩波書店〕

まず、人は生まれながらにして「同じ位」であるという天賦《てんぷ》人権――天がすべての人に平等に与えた権利――の考え方が示される。そして、その上で、学ぶことによって、精神的にまた経済的に自立した人間になることの重要性も説かれる。その「学問」とは「人間普通日用に近き実学」であり、さらに地理学・究理学――物理学――・歴史学・経済学・修身学なのである。

なお、「実語教」は江戸時代の寺子屋で用いられた教科書。

『文明論之概略』の要点については、小室正紀氏の整理するところを列挙しておく。(23)

・西洋文明を当面の文明の模範と考え、それを目的とすると同時に日本の独立のための手段とする。
・文明を、軍事力、工業力、社会・政治制度、教育制度などの外形的なものではなく、「天下衆人の精神」あるいは社会の「智徳」が発達していく状態と考える。
・西洋文明を課題としながらも、決して実態としての西洋を理想化したりしない。
・文明を妨げる決定的な障害として「権力の偏重」を挙げる。
・個人的な道徳――「私徳」――を重視する儒学を批判する。

このようにして、文明開化の日本は、〈洋〉の思想を取り入れて行った。

明治十八年に『時事新報』――諭吉が創刊した新聞――の社説に発表された「脱亜論《だつあろん》」も引いておきたい。

我が日本の国土は亜細亜《アジア》の東辺に在《あ》りと雖《いへど》も、其の国民の精神は、既に亜細亜の固陋《ころう》を脱して、西洋の文明に移りたり。然《しか》るに爰《ここ》に不幸なるは、近隣に国あり、一を支那と云ひ、一を朝鮮と云ふ。（中略）此の二国の者共は、一身に就《つ》き、又一国に関して、改進の道を知らず、交通至便の世の中に、文明の事物を聞見《ぶんけん》せざるに非ざれども、耳目《じもく》の聞見は以て心を動かすに足らずして、其の古風旧慣に恋々《れんれん》するの情は、百千年の古《いにしへ》に異ならず。（中略）左《さ》れば今日の謀《はかりごと》を為すに、我が国は隣国の開明を待て共に亜細亜を興《おこ》すの猶予ある可《べ》からず、寧《むし》ろ其の伍《ご》を脱して西洋の文明国と進退を共にし、其の支那朝鮮に接するの法も、隣国なるが故にとて特別の会釈《えしやく》に及ばず、正《まさ》に西洋人が之に接するの風に従ひて処分す可きのみ。悪友を親しむ者は、共に悪友を免《まぬ》かる可からず。我は心に於いて亜細亜東方の悪友を謝絶するものなり。

〔『福澤諭吉全集』第十巻、岩波書店〕

「伍」は、仲間、組、同類。「会釈」は、思いやり。

西洋文明を取り入れた日本に比べて、中国・朝鮮は旧態依然としており、ともに歩むことはできない、欧米の国々と肩を並べて進むべし、との主張である。諭吉は、自分が支援していた朝鮮開化派が甲申《こうしん》事変で失敗したこと（一八八四年）によって、このように考えたとされる。

この主張が日本のアジア侵略に理論的根拠を与えたとの説も根強いものの、当時、特に話題に

もならず、また諭吉は「脱亜」という語をこの時しか用いていないことから、慎重になるべきという意見もある。(24)

今日でも多くの人々の尊敬を集めている。キッコーマン取締役・名誉会長の茂木友三郎氏（一九三五～。慶応義塾大学卒）は、子どもの頃、父親が買ってくれた本の中に偉人伝があり、その中の福沢について読んで、「独立自尊」ということばなどを知り、福沢を尊敬するようになった（読売新聞二〇一五年十月七日）。

大隈重信

幕末から活動を始め、明治の世に政治家として活躍した大隈重信《おおくましげのぶ》（一八三八～一九二二）についても、見てみよう。

佐賀藩士の子として生まれた大隈は、藩校弘道館に入ったが、その『葉隠《はがくれ》』的なありかたに嫌気が差し、蘭学寮に移り、さらに英学を学んだ。長崎に蕃学稽古所（「致遠館」）を設立し、宣教師フルベッキに学んだ。

大隈は次のように回想している。

余はまたフルベッキについて算術を学べり。即ち学べりと言うも、その実は唯《ただ》その初歩を学びしに過ぎず、今日の小学科を卒《お》えしものにだも比すべからざりし。然りといえども、これまで算盤《そろばん》をつつくは士君子の恥ずる事という諺《ことわざ》のまた脱却せぬ当時に在《あ》りては、他に一人のこれを知るものなくして、余は実に唯一の算学者にてありしなり。而《しか》して余はこれがために利益を得たること少なからず、後日に余が自ら財政の衝《しょう》に当たりて多少の規画を為し得たるも、職としてこれに由来せずんばあらざるなり。

〔岩波文庫『大隈重信自叙伝』〕

西洋的な算術の実用的な価値を確かめるというようなことを積み重ねて、〈洋〉の重要性を認識していったのであろう。

右の文章にもあるように、新政府では主に財政に関与した。明治十四年（一八八一）の政変によって、政府を追放され、立憲改進党を結成し、東京専門学校——のちの早稲田大学——を開校した。同二十一年、第一次伊藤博文内閣で外務大臣となり、黒田内閣でも留任し、条約改正交渉に当たったが、爆弾を投げられて右足を切断した。同三十一年、日本初の政党内閣である第一次大隈内閣を組織したものの、四ヶ月で総辞職した。その後、早稲田大学総長に就任した。大正三年（一九一四）、第二次大隈内閣を組織した。

大隈の〈洋〉と〈漢〉とについての考えは以下の通り。『大隈重信自叙伝』から引く。

されば、余等の心中に経画したる事は頗《すこぶ》る多端なりしも、英学研究はまた毫《ごう》も怠ることなかりしかば、面々《めんめん》歳月とともに進歩して漸《やうや》くその何物たるを解するに至りぬ。蓋《けだ》し学問は一歩を進む毎《ごと》に益々その滋味を解する深きものにて、世の好学の徒が書に対すれば疲れを忘るるもまた故なしとせず。

余等も益々英学の滋味を解するに従い、愈々《いよいよ》その有益なるを感じたり。その記するところは広く且つ深く、多く実際的にして、ほとんど人類の為すべき事を網羅せざるなし。則ち歴史上、社会上、経済上の事は勿論、兵制、軍術、通商、貿易、航海、築造その他諸般の工芸に至るまで、尽く学理を以て整然たる規定を為さざるなし。ここにおいて、余等は初めて、かつて忽諸《こつしょ》に付し来りしものの、却《かへつ》て人事の上に至大の関係を有したることを知り、以為《おもへ》らく、これこそ活学なりと。

余等はこの理を知ると同時に、我が国現在の教育に対して益々《ますます》遺憾の念を鬱興《うつこう》せり。以為らく、「漢学はこれ空理空論を旨とするものにて、もとより以て活動社会の人材を養成するに足らず。ただにこれを養成するに足らざるのみならず、却て有為の材を無用の徒に変化せしむるものなり。見よ、現に儒者なるものは人類社会に如何《いかが》の地歩を占むるものにや。彼等は一種の活字引《いきじびき》にして唯不消化なる文学を胸中に貯え、常に迷妄の夢を見るに過ぎず。政治上、社会上、実業上に於て寸毫《すんごう》の利益を発揮することなく、また一個の計画を為してその目的を達するの方法を講ずることなく、只迂闊《うかつ》の言辞を並べて自ら得たりと為すのみ。その言説方針は、もとより以て人生処世の大道を指示するに足らざるなり。故に目下の急務は、将来為すあらんとするの青年をして漢学を止めて英学を学ばしむるに在り。偏僻頑迷《へんぺきがんめい》の思想を打破して天高く地厚きの実相を知らしむるに在り。彼等にしてこの途に由りて漸《やうや》く進行せんか、我が国の将来は兵事にまれ、政事にまれ、教育にまれ、はた商工業にまれ、必ず能《よ》く改革の成果を収むるを得べきなり」と。

英学は、「実際的」で「活学」であり、漢学は、「空理空論を旨とする」「迷妄の夢を見るに過ぎず」「迂闊の言辞を並べて自ら得たりと為す」「偏僻頑迷の思想」と手厳しい。しかし、明治時代の〈洋〉への評価の典型的な例と言えるのではないだろうか。

なお、「忽諸」は、いいかげんにすること。

首相経験者で早稲田大学卒の海部俊樹《かいふとしき》(一九三一~二〇二二)は、大隈を尊敬し、その「大衆を侮るな」ということばを大切にしてきた(『日経ビジネス』二〇一六年四月二十二日)。

徳富蘇峰

平民主義を唱えた徳富蘇峰《とくとみそほう》（一八六三〜一九五七）についても見ていこう。

蘇峰は文久三年に肥後国水俣の郷士の長男として生まれた。弟は、小説家の蘆花《ろか》である。熊本洋学校に学んだのち、同志社英学校に転入学し、新島襄《にいじまじょう》の洗礼を受ける。明治二十年（一八八七）に民友社を設立し、総合雑誌『国民之友』を創刊し、平民主義を唱えた。同二十三年には『国民新聞』を創刊する。

しかし、同二十七・二十八年の日清戦争後の三国干渉に憤ったことを契機として、国権主義に転換する。同三十年には、内務省参事官に就任した。桂太郎《かつらたろう》との連携を強め、『国民新聞』は御用新聞と謗られた。大正二年（一九一三）に桂が没すると、政界を離れた。同十二年に『近世日本国民史』によって、日本学士院賞恩賜賞を受けた。皇室中心主義を唱え、帝国主義的な思想を推進し、昭和十七年（一九四二）には大日本文学報国会・大日本言論報国会の会長となった。

敗戦後、A級戦犯容疑に問われ、公職追放の身となり、熱海に蟄居した。

さて、その平民主義とは、「武備主義ヲ一変シテ生産主義トナシ、貴族社会ヲ一変シテ平民社会トナス」（『将来の日本』）というもので、「農夫、職工、労役者、商人、兵卒、小学教師、老翁、寡婦、孤児、等数ず限りもなき無名の英雄」（「無名の英雄」『基督教新聞』一八八七年六月二十二日）に光を当てるものだった。[25]

私が卓見だと思うのは、『新日本之青年』（一八八七年）の中で、日本人は、西洋の道徳的な精神文明は取り入れず、拝金主義に陥り競争に明け暮れる西洋の物質文明ばかり礼賛すると批判していることである。(26)これは、今日の日本にも当てはまることではないか。

また終戦後まもなく、蘇峰は『終戦後日記』を刊行し、その中で、陸海軍の軍人、官僚たちの道義的頽廃、帝国大学から陸士・海兵まで含めた教育の失敗を指摘することも、とても興味深い。戦前の日本の教育は、点数主義になっていて、知識を実際に生かしていく知恵に欠けていたというのである。(27)これも今日の日本に当てはまることだろう。

蘇峰はやはりすぐれた文明批評家だと思う。

なお、蘇峰の〈漢〉にも触れておく。熊本洋学校に入学する頃（九歳）までに、四書五経の他、『春秋左氏伝』『史記』『歴史綱鑑補』『国史略』『日本外史』『唐宋八大家文読本』などを読んでいた。(28)〈漢〉が土台にきちんとあったからこそ、〈洋〉の摂取も可能になったのだ。

小括

徳富蘇峰が、日清戦争を契機として平民主義から国権主義へと変貌を遂げたことに象徴的なように、明治・大正・昭和前期と時間が経つにつれて、日本は軍国主義が高まり、戦争への道を進んで行く。福沢諭吉の脱亜論、内村鑑三の教育勅語をめぐる不敬事件や戦争廃止論、内藤湖南の

『新支那論』、河上肇の投獄といった、本書でも取り上げる事柄は、その流れに対して反応したものの一端である。

なぜ戦争へと突き進んでしまったのか。その理由はいくつも考えられるだろうが、一つには〈漢〉が衰退し――特に日露戦争以降に顕著となる――、明治維新の時には〈洋〉を取り込むために〈和〉と〈漢〉の力が発揮され、〈和〉〈漢〉〈洋〉の均衡が取れていたのに、徐々にそれが崩れてしまった、つまり教養のバランスが取れていなかった、ということを挙げてみたい。〈和〉は国粋主義の高まりとして残り、その中に〈漢〉も含まれはするけれども、しかし、そのような〈和〉だけでは、〈洋〉に拮抗するためには弱い。〈洋〉すなわち西洋文明を受け止めるには、〈漢〉すなわち中国（東洋）文明の力が大切で、〈和〉はその両者をつなぐ接着剤のように機能するものだ（このことは、決して〈和〉を過小評価するものではない）。

この点は、本書巻末で再度論じることにしたい。

内村鑑三

近代日本を代表するキリスト教の指導者と言えば、内村鑑三《うちむらかんぞう》（一八六一～一九三〇）である。万延二年（一八六一）に高崎藩士の長男として生まれた。明治十年（一八七七）に札幌農学校に入学し、クラークの影響を受けて、キリスト教に入信した。同十七年、渡米し、アマースト大学で学んだ。

『余はいかにしてキリスト教徒となりしか　How I Became a Christian:Out of My Diary』には次のようにある。

> カミは私たちの父であり、私たちがカミに対する以上に熱心にカミは私たちを愛すること、その恵みは宇宙に充ちあふれているので、私たちはただ心を開いて「押し寄せる」カミの真情を受け容れるだけでよいこと、私たちのほんとうの過ちはカミ自身を除いてはだれも清められないのに、私たちはみずから清くなろうと努めていること、真に自己を愛する人はまず自己を憎んで自己を他者に与えなくてはならないから、自己中心とはほんとうは自己を憎むこと、等々——これらをはじめとする貴重な教えを、偉大な学長（引用者注・J・H・シーリー）はその言行を介して私に教えたのでありました。私を支配していたサタンの力が、その人を知って以来ゆるみはじめたことを告白します。
>
> （岩波文庫『余はいかにしてキリスト教徒となりしか』、鈴木範久訳）

帰国後、第一高等中学校の嘱託教員の時、勅語奉読式（明治二十四年一月九日）にて、敬礼をしなかったため、「内村鑑三不敬事件」を引き起こした。

明治三十六年には、戸水寛人《とみずひろんど》――東大教授――らによる七博士意見書が日露開戦を主張したのに対して、以下のような戦争廃止論を述べた。

余は日露非開戦論者である許《ばか》りでない。戦争絶対的廃止論者である。戦争は人を殺すことである。爾《さ》うして人を殺すことは大罪悪である。爾うして大罪悪を犯して個人も国家も永久に利益を収め得《え》やう筈はない。世には戦争の利益を説く者がある。然《しか》り、余も一時は斯《か》かる愚《ぐ》を唱へた者である。然《しか》しながら今に至つて其の愚の極《きょく》なりしを表白する。戦争の利益は其の害毒を贖《あがな》ふに足りない、戦争の利益は強盗の利益である。（中略）近くは其の実例を二十七、八年の日清戦争に於いて見ることが出来る。二億の富と一万の生命を消費して日本国が此の戦争より得しものは何である乎《か》。（中略）其の目的たりし朝鮮の独立は之《これ》がために強められずして却《かへつ》て弱められ、支那分割の端緒《たんしょ》は開かれ、日本国民の分担は非常に増加され、其の道徳は非常に堕落し、東洋全体を危殆《きたい》の地位にまで持ち来《きた》ったではない乎。（中略）勿論サーベルが政権を握る今日の日本に於いて余の戦争廃止論が直《ただち》に行はれやうとは余と雖《いへど》も望まない。然しながら戦争廃止論は今や文明国の識者の輿論《よろん》となりつつある。

（『万朝報《よろずちょうほう》』明治三十六年六月三十日）

〔『内村鑑三全集』第十一巻、岩波書店〕

このことは、今こそ日本人も考えるべきところである。

「サーベルが政権を握る」とは、陸軍大将桂太郎が首相であったことを言う。

内村は二つのＪ（Jesus と Japan）に自己を捧げることを使命とし、武士の子としての自覚も持ち続けて、「武士道に接木《つぎき》された基督教」を提唱した。〈洋〉だけではなく、〈和〉もあったのだ。

その墓碑銘は、次の通りである。

I for Japan/ Japan for the World/ the World for Christ/ And All for God

Coffee break「キリスト教と私」

高校生の時、修道女マリ・テレーズとの恋を描いた、辻邦生《つじくにお》の『北の岬』を読んで、「こんな恋がしたい！」と思った。

大学生の時、クリスチャンだった友人に連れて行ってもらい、マザー・テレサの記録映画を観て大変感銘を受けた。

キリスト教に関わる文化――絵画や音楽――には強い憧れを抱いている。結婚式に呼ばれて、教会で賛美歌を歌うのは好きだ。パリに行った時に、フランス人の友人が案内してくれたサン・セブラン教会はとても素敵で、敬虔な気持ちにさせられた。

ここで示したような、内村鑑三の戦争廃止論は、キリスト教徒ならではは精神の強靱さから来るものなのかもしれない。ひそかに尊敬する、アフガニスタンで用水路を引いた医師の中村哲（一九四六〜二〇一九）もクリスチャンであった（中村の愛読書は、内村の『後世への最大遺物』だったと聞く）。

ただ自分としては、一神教的な考えには、どうしても馴染めないものがある。やはり日本の風土と結び付いた多くの神仏に祈ることによってこそ心が癒されるように感じるのだ。

河上肇

マルクス主義の経済学者として知られる河上肇《かわかみはじめ》（一八七九〜一九四六）についても触れておきたい。明治十二年に山口に生まれた河上は、その土地柄、吉田松陰の影響を受けている。東京帝国大学法科大学政治学科を卒業し、同四十一年、三十歳の時、京都帝国大学講師となる。大正二年（一九一三）、ヨーロッパに留学した。同四年に教授に昇進し、マルクス主義の研究を進める一方、次第に実践運動と関わっていった。昭和三年（一九二八）、大学を辞職して、政治運動に入り、同八〜十二年、獄中生活を送った。晩年は、漢詩を詠み、陸游《りくゆう》の詩を研究し、『自叙伝』を執筆した。

大正五年に著された『貧乏物語』は、経済格差が広がっている今日でも、それを解消するにはどうしたらよいかを考える上で参照されるべき著述である。(29) 中編の要点として挙げられているのは以下の通りである。

(一) 現時の経済組織にして維持せらるる限り、
(二) また社会にはなはだしき貧富の懸隔を存する限り、
(三) しかしてまた、富者がその余裕あるに任せて、みだりに各種の奢侈《しゃし》ぜいたく品を購買し需要する限り、貧乏を根絶することは到底望みがない。

〔岩波文庫『貧乏物語』〕

そして、河上は次のような処方箋を示す。

第一に、世の富者がもし自ら進んでいっさいの奢侈ぜいたくを廃止するに至るならば、貧乏存在の三条件のうちその一を欠くに至るべきがゆえに、それはたしかに貧乏退治の一策である。

第二に、なんらかの方法をもって貧富の懸隔のはなはだしきを匡正《きょうせい》し、社会一般人の所得をして著しき等差なからしむることを得るならば、これまた貧乏存在の一条件を絶つゆえんなるがゆえに、それも貧乏退治の一策となしうる。

第三に、今日のごとく各種の生産事業を私人の金もうけ仕事に一任しおくことなく、たとえば軍備または教育のごとく、国家自らこれを担当するに至るならば、現時の経済組織はこれがため著しく改造せらるるわけであるが、これもまた貧乏存在の一条件をなくするゆえんであって、貧乏退治の一策としておのずから人の考え至るところである。

贅沢を廃止し、格差を縮小し、経済体制を国家が管理する、こういった姿勢が後のマルクス主義研究への傾倒へとつながっていくわけだ。

出獄後の漢詩世界も紹介しておきたい。(30)〈和〉で育ち、〈洋〉に傾倒して、最後は〈漢〉に安らぎを求めたのである。

辞世に擬す

多少波瀾　　多少の波瀾

六十七年　　六十七年

浮沈得失　　浮沈と得失は

任衆目憐　衆目の憐むに任す
俯不耻地　俯して地に耻《は》ぢず
仰無愧天　仰いで天に愧《は》づる無し
病臥及久　病臥　久しきに及んで
気漸坦然　気　漸《やうや》く坦然《たんぜん》
已超生死　已《すで》に生死を超え
又不繋船　又　船を繋がず

〔『一海知義著作集5　漢詩人河上肇』藤原書店〕

訳は、高橋睦郎『漢詩百首』（中公新書、二〇〇七年）から引こう。

波　瀾多少《おおなみこなみいくばく》ともしれぬ六十七年。浮かび沈みや得たところ失ったところは衆目《せけん》の憐れむが任《まま》。俯《したをみ》て地に耻じないし仰《めをあ》げて天にも愧じることはない。病んで臥《とこにふ》すこと久しく及《な》って、気《きもち》は漸く坦然《たいらか》。已に生と死とは超《どうでもよ》く、又《たと》えば船を繋《つな》ぐことなくながれにまかせるこころもちだ。

最後は、『荘子』列禦寇《れつぎょこう》の「巧者は労し、知者は憂ふ。無能なる者は、求むる所なく、飽食して遨遊《ごうゆう》す。汎として繫がざる舟の若《ごと》く、虚にして遨遊する者なり」による。

大正教養主義

大正教養主義とは、大正期において、文学や哲学の理解を通して、人格の向上を目標とした思想運動を言う[31]。物質的な文明の摂取に明け暮れた明治の旧世代を意識して、それとは異なる、高尚な文化を追求するという自負に裏打ちされたものであった[32]。

筒井清忠氏の作成した年表[33]に基づいて、そのおおまかな流れを確認したい。

大正三年　阿部次郎《あべじろう》『三太郎《さんたろう》の日記』刊。
同　岩波書店、本格的に出版開始（夏目漱石『こころ』）。
大正四年　岩波書店、「哲学叢書」刊行開始（編集、阿部次郎・上野直昭《うえのなおてる》・安倍能成《あべよししげ》）。
大正六年　岩波書店、雑誌『思潮』創刊（同人、阿部次郎・石原謙《いしはらけん》・安倍能成・小宮豊隆《こみやとよたか》・和辻哲郎）。
同　岩波書店、『漱石全集』刊行開始。
同　倉田百三《くらたひゃくぞう》『出家とその弟子』刊。
同　西田幾多郎『自覚に於ける直観と反省』刊。
大正八年　和辻哲郎『古寺巡礼』刊。

大正十年　倉田百三『愛と認識との出発』刊。

以上は、すべて岩波書店の刊行物であり（『三太郎の日記』第一は東雲堂刊。第二、合本は、岩波書店刊）、同書店がこの教養主義を牽引したことが知れる(34)。

その内容はどのようなものだったのか。たとえば『三太郎の日記』の次のような一文を見よう。

与えられたる素質と与えられたる力のいっさいをあげて、専心に、謙遜に、純一に、無邪気に、その内部的衝動の推進力に従う。（中略）私は逡巡をもって始めたことの思いがけぬ熱を帯びて燃えあがる驚きを経験する。悲観と萎縮との終局に、不思議なる力と勇気とが待ち受けていて、窮窘《きゅうきん》の中にも新しい路を拓《ひら》いてくれることを経験する。そうして私は意識の測定を超越する私の無意識の底力を思う。

〔『新版合本三太郎の日記』角川選書〕

克己的に自己を練磨することが、陶酔とともに語られるという趣である。「窮窘」は、苦しむこと、行き詰まること。

ちなみに『戦時期早稲田大学学生読書調査報告書』（不二出版、二〇一一年）では、昭和十七年（一九四二）に調査したところ、「座右に置き屡々繙読する如き愛読書」の「現代日本文学」の第一位は『三太郎の日記』である（第二位は漱石の『草枕』）。『哲学叢書』は非常によく売れた。特に、速水滉《はやみひろし》の『論理学』は戦後初めまでに十八万冊売れている。ちなみに、編集した三人は岩波書店社長の岩波茂雄《いわなみしげお》（一八八一～一九四六）の第一高等学校以来の親友である。(35)

『思潮』には、「古寺巡礼」が連載された。東京帝国大学で哲学や西洋古典学を講じたラファエル・フォン・ケーベル（一八四八～一九二三）も随筆を寄稿した。

大正教養主義は、昭和に入ると、左派のマルクス主義と右派の「日本精神」論の台頭によって、衰退してしまう（上質な中庸を得た文化は、極端な思想に対してもろいのかもしれない）。

和辻哲郎

大正教養主義の旗手のうち、今日最もその業績が読まれている和辻哲郎《わつじてつろう》（一八八九～一九六〇）について、もう少し触れておこう。

明治二十二年（一八八九）、姫路に医者の次男として生まれた。東京帝国大学文科大学哲学科を卒業した。ニーチェやキルケゴールを研究した。大正十四年（一九二五）、京都帝国大学文学部助教授になり、倫理学を担当した。昭和二～三年（一九二七～二八）にドイツに留学し、ハイデガーを学んで『風土』（一九三五年）を著した。昭和九年、東京帝国大学文学部教授となり、やはり倫理学を担当した。昭和二十七年には、『日本倫理思想史』を刊行した。〈洋〉に学び、それへの造詣を基盤としつつ、日本的なものへの思索を深めた〈和〉の人でもあった。

『日本精神史研究』（一九二六年）には、理知的な論理と鋭い感性が共存している。たとえば本居宣長の「もののあはれ」を、ドイツ・ロマン派的な「無限性の感情」という概念によって説明しようとするように、〈洋〉の学問をもって〈和〉を語ったのであった。(36)『古寺巡礼《こじじゅんれい》』（一九一九年）には、若い頃の和辻の感性があますところなく発揮されている。その一部を引こう。

そこを出て中宮寺《ちゅうぐうじ》へ行く。寺というよりは庵室と言った方が似つかわしいようなこぢんまりとした建物で、また尼寺らしい優しい心持ちもどことなく感ぜられる。ちょうど本堂（と言っても離れ座敷のような感じのものであるが）の修繕中で、観音さまは厨子《ずし》から出して庫裏《くり》の奥座敷に移坐させてあった。わたくしたちは次の室に、お客さまらしく座ぶとんの上にすわって、へだての襖《ふすま》をあけてもらった。いかにも「お目にかかる」という心地であった。

なつかしいわが聖女は、六畳間の中央に腰掛けを置いて静かにそこに腰かけている。うしろには床の間があり、前には小さい経机、花台、綿のふくれた座ぶとんなどが並べてある。右手の障子で柔らげられた光線を軽く半面にうけながら、彼女は神々しいほどに優しい「たましいのほほえみ」を浮かべていた。それはもう「彫刻」でも「推古仏」でもなかった。ただわれわれの心からな跪拝《きはい》に価する――そうしてまたその跪拝に生き生きと答えてくれる――一つの生きた、貴い、力強い、慈愛そのものの姿であった。われわれはしみじみとした個人的な親しみを感じながら、透明な愛着のこころでその顔を見まもった。

どうぞおそば近くへ、と婉曲に尼君は、「古美術研究者」の「研究」を許した。われわれはそれを機会に奥の六畳へはいって、「おそば近く」いざり寄ったが、しかしその心持ちは、尼君が親切に推測してくれたような研究のこころもちではなくて、全く文字通りに「おそば」に近づくよろこびであった。

（『和辻哲郎全集』第二巻、岩波書店）

ここには、研究者としての理知的な分析だけではなく、鑑賞者としての、あるいは一人の人間としての感動がある。また、仏像を「なつかしいわが聖女」と言ってしまうところが、いかにも近代的な愛着表現である。

こういった抒情的な語り口は、「京都の三高へはいると、『古寺巡礼』は、友人何人かのバイブル」（吉川幸次郎「和辻哲郎博士と私」）であったというように、旧制高校の学生たちの多感な心に強く訴えて来るものがあった。(37)

和辻が〈洋〉への率直な思いを述べた例として、座談会「日本文化の検討」（『改造』一九四〇年一月）での一場面を引こう。「今井」は、西洋史学の今井登志喜《いまいとしき》（東京大学教授。一八八六～一九五〇）である。

和辻　しかし、今井君、明治以後日本が西洋文化を十分摂り入れたという前提を。
今井　かならずしも前提としてではない。非常に入れたけれども……。
和辻　本当に入れておるか。
今井　摂り入れておるとはいえると思う。
和辻　本当に!?
（中略）
和辻　僕は、西洋文化を本当に摂り入れてないと思う。摂り入れたのは表面《うわつら》だけで、本当に西洋の文化を理解していない。

〔中公文庫『和辻哲郎座談』〕

〈洋〉を深く学んだ和辻にして初めて言える重みのある発言である。徳富蘇峰も述べていたように、明治以降の日本人は〈洋〉の物質文化を拝跪して、その精神文化を十分に学んだとは言えない。

近代になって、それまで〈和〉と〈漢〉が基盤にあった日本人の教養に、〈洋〉がどのくらい本質的な影響を与えたのか、現代日本のありかたを考える上でも欠かせない問題意識がすでにここに現れている。

なお、〈漢〉にも触れておこう。『日本倫理思想史』の頼山陽について記す前に、和辻は十九世紀前半にあった日本人の漢文的教養がもはや自分にはないと述べている。たしかに大正教養主義には〈漢〉の要素は稀薄である（と言っても今日に比べれば、ずっとあるが）。

その点も、注意しておく必要がある。ちなみに、和辻哲郎の父瑞太郎の愛読書は『日本外史』だった。

女子教育

昭憲皇太后《しょうけんこうたいごう》（明治天皇の皇后。一条美子《はるこ》。一八五〇～一九一四）は女子教育にも熱心で[38]、明治四年（一八七一）に日本初の女子留学生五名――津田梅子や山川捨松《やまかわすてまつ》ら――を宮中に呼び寄せて、「業成りて帰朝せば婦女の亀鑑たらんことを期し、以て日夜勉励すべし」との詞と緋紋縮緬一匹を与えた。同八年には、東京女子師範学校――現在のお茶の水女子大学――の開校式に行啓し、「みがかずば玉も鏡も何かせむまなびの道もかくこそありけれ」の歌を下賜した。同十八年には、華族女学校――後の女子学習院――の開校式にも行啓した。その後、「金剛石」の歌――金剛石もみがかずばたまの光はそはざらん、ひとも学びて後《のち》にこそまことの徳はあらはるれ（下略）――

を贈っている。

明治三十三年には、津田梅子《つだうめこ》（一八六四〜一九二九）が女子英学塾――現在の津田塾大学――を開いた。卒業生で女性運動家の山川菊栄《やまかわきくえ》（一八九〇〜一九八〇）は、津田について、

> 先生はこの当時の女子教育家に珍しく、文部省がなんといっても賢母良妻主義をいっさい口にせず、女子の職業教育を正面から旗じるしとして進んだ先駆者だけに、女大学的奴隷道徳と無気力な忍従主義を排撃し、自分自身自主的、積極的な性格でもあり、教師としてすぐれた天分もあった方でした。
>
> 〔山川菊栄『おんな二代の記』平凡社・東洋文庫〕

と回想している。(39)

同三十四年には、日本で最初の総合的な女子高等教育機関として、日本女子大学校が開学する。初代校長は、成瀬仁蔵《なるせじんぞう》である。最初は、家政、英文、国文の三学部だった。当時の進歩的な女性が集まる場ともなった。初期の卒業生に、女性運動家の平塚らいてう（一八八六〜一九七一）がいる。

太平洋戦争

昭和十二年（一九三七）、盧溝橋《ろこうきょう》事件をきっかけとして日中戦争に突入し、やがて泥沼化する。

同年には、国民精神総動員運動によって、軍国主義が強力に推進される。翌十三年には、国家総動員法が制定され、国民生活も政府の統制下に置かれた。

思想も全体主義的な傾向が強まり、大東亜共栄圏論などが展開されていった。その一方、昭和初期にさかんだったプロレタリア文学は弾圧された。自由な表現行為は認められにくくなっていく。

昭和十四年、第二次世界大戦が始まり、翌十五年、大政翼賛会が生まれ、同十六年の末、ハワイ真珠湾を奇襲攻撃し、日本はアメリカ・イギリスに宣戦布告した。アジア解放、大東亜共栄圏建設を目指して進軍し、当初は勝利を重ねて戦線は拡大していった。しかし、昭和十七年のミッドウェー海戦で敗北を喫し、劣勢に転じた。

昭和十八年には学徒動員・勤労動員の体制も確立し、翌十九年にはアメリカ軍による本土空襲が激しくなり、翌二十年には、沖縄戦や広島・長崎への原子爆弾の投下を経て、日本は無条件降伏した。

全体として、戦況が徐々に悪化し、思想統制も強まり、経済も逼迫して、教養的なものが生動する場は極度に失われていった時期である。

注

（1）井上泰至『正岡子規』ミネルヴァ書房・日本評伝選、二〇二〇年、八〜一八頁。
（2）神野藤昭夫『よみがえる与謝野晶子の源氏物語』花鳥社、二〇二二年。
（3）石丸久「「君死にたまふこと勿れ」論争」『國文學』一九六四年十二月。
（4）大塚美保「森鷗外と大逆事件」『聖心女子大学論叢』二〇〇八年二月など。
（5）出口智之『森鷗外、自分を探す』岩波ジュニア新書、二〇二二年、七〜九頁。
（6）『定本漱石全集』第十八巻、興膳宏氏の注をはじめ、佐古純一郎『漱石詩集全釈』（二松学舎大学出版部、一九八三年）、中村宏『漱石漢詩の世界』（第一書房、一九八三年）を参照した。
（7）近代詩の流れについての見取り図を、私なりに述べておく。淵源は、江戸時代の長歌、漢詩、俳詩、歌謡、訳詩などの、いわゆる「長詩」全般にある。明治初期には、軍歌や唱歌の影響も受けた。『新体詩抄』から始まり、藤村に至って、日本語としてこなれたものになって一定の達成を見た。それがさらにこなれていくのは、高村光太郎や萩原朔太郎に至ってである。
（8）三好行雄『日本の近代文学』塙新書、一九七二年、一六九頁。
（9）島田雅彦『100分de名著　痴人の愛・吉野葛・春琴抄・陰翳礼讃』NHK出版、二〇二〇年。
（10）高橋陽一『くわしすぎる教育勅語』（太郎次郎社エディタス、二〇一九年）、小島毅『子どもたちに語る日中二千年史』（ちくまプリマー新書、二〇二〇年）などを参考にした。
（11）勝又基『親孝行の日本史』中公新書、二〇二一年、一八〇〜一八五頁。
（12）二〇一八年度の東京大学の入試問題（日本史）でも、戦後まもなく新たな勅語が模索されたものの実現せず、その排除と失効の決議が国会でなされた理由について、日本国憲法における主権在民や基本的人権の尊重と関連させながら答えさせる設問があった。
（13）佐々木英昭『乃木希典』ミネルヴァ書房・日本評伝選、二〇〇五年、三六頁。

(14) 石川忠久『大正天皇漢詩集』大修館書店、二〇一四年、一四五頁。
(15) 注(13)佐々木書。
(16) 小川環樹「内藤湖南の学問とその生涯」(『日本の名著』第四十一巻、中央公論社、一九七一年)を参考にした。
(17) 小松浩平「内藤湖南における東アジア観の再検討」『教育論叢(名古屋大学大学院)』二〇一二年。
(18) 与那覇潤『荒れ野の六十年』勉誠出版、二〇二〇年、一〇一～一七三頁。
(19) 注(14)石川書、一七五頁。
(20) 以下、新潮文庫『李陵・山月記』(一九六九年)「解説」(瀬沼茂樹氏)、『読んでおきたい日本の名作　山月記・李陵ほか』(教育出版、二〇〇三年)「解説」(佐々木充氏)などを参考にした。
(21) 鎌田正『大漢和辞典と我が九十年』大修館書店、二〇〇一年、二三一頁。
(22) 菊地隆雄「昭和期戦前の漢文環境」(『講座　近代日本と漢学』第五巻、戎光祥出版、二〇二〇年)を参考にした。
(23) 『福沢諭吉事典』慶應義塾、二〇一〇年、六三四～六三五頁。大久保健晴『福澤諭吉』講談社現代新書、二〇二三年、一一二～一一六頁も参照。
(24) 注(23)『福沢諭吉事典』二三〇～二三一頁。都倉武之氏執筆。
(25) 木村洋『変革する文体』名古屋大学出版会、二〇二二年、五〇～五三頁。
(26) 苅部直「「文明」と近代日本」『世界哲学史7』ちくま新書、二〇二〇年。
(27) 山内昌之・佐藤優『大日本史』文春新書、二〇一七年、二三四頁、山内氏の発言。
(28) 注(25)木村書、五二頁。
(29) 佐藤優『貧乏物語　現代語訳』講談社現代新書、二〇一六年。

(30) 入谷仙介『近代文学としての明治漢詩』(研文出版、一九八九年)、『一海知義著作集5 漢詩人河上肇』(藤原書店、二〇〇八年)などを参考にした。
(31) 以下に注した参考文献以外に、竹田志保『吉屋信子研究』(翰林書房、二〇一八年)、筒井清忠・佐伯啓思(対談)「「近代」と「日本人」の情念」(『ひらく』二〇二一年十二月)を参考にした。
(32) 注(26)苅部論文。
(33) 筒井清忠『日本型「教養」の運命』岩波書店、一九九五年→岩波現代文庫。
(34) 十重田裕一『岩波茂雄』ミネルヴァ書房・日本評伝選、二〇一三年。
(35) 注(34)十重田書、九一頁。
(36) 岩波文庫『日本精神史研究』の加藤周一の解説。
(37) 大野晋『日本語の源流を求めて』(岩波新書、二〇〇七年)には、「その頃(引用者注・昭和十三年)は和辻哲郎の『古寺巡礼』を抱えて大和の寺々をめぐり、仏教芸術に親しむのが高校生の間に流行っていた。私もその中の一人だった」とある。大野晋(学習院大学教授。一九一九~二〇〇八)は、第一高等学校の出身。
(38) 小田部雄次『昭憲皇太后・貞明皇后』ミネルヴァ書房・日本評伝選、二〇一〇年、九九~一〇四頁。
(39) 古川安『津田梅子』東京大学出版会、二〇二二年、一一三頁。

第八章　昭和時代後期
――〈洋〉の圧倒

昭和二十年（一九四五）、終戦。同二十六年、サンフランシスコ平和条約の調印により、日本の独立が承認される。日米安全保障条約（通称「日米安保」）の調印。同三十年、自由民主党の結党。日本社会党との二代政党制となる。同三十五年、新日米安全保障条約の調印。安保闘争。その後、高度成長の時代が到来する。同四十七年、沖縄返還。日中国交正常化。同四十八年、第一次石油危機。同五十一年、ロッキード事件。同六十三年、リクルート事件。同六十四年、昭和天皇の崩御。

平成七年（一九九五）、阪神・淡路大震災。東京地下鉄サリン事件。同十三年、アメリカ同時多発テロ。同二十一年、自民党から民主党への政権交代（同二十四年まで）。同二十三年、東日本大震災。

第一節 〈和〉の世界

三島由紀夫

現代の〈和〉を代表する作家と言えば、まず三島由紀夫《みしまゆきお》（一九二五〜七〇）を思い出す。

三島は、大正十四年に生まれた。父は、農林省に務める官吏だった。学習院で初等科から高等科まで学び、高等科を首席で卒業した。東京大学法学部に入学し、卒業後、大蔵省に勤務したものの九ヶ月で退職し、創作活動に専念する。昭和四十五年、四十五歳の時に、自衛隊市ヶ谷駐屯地にて自決した。

「みやび」を意識しつつ、日本語の可能性を究極まで追究し、〈和〉の伝統を現代に継承した、現代最高の小説家である。

三島にとっては、「まづ言葉が訪れて、ずつとあとから、甚《はなは》だ気の進まぬ様子で、そのときすでに観念的な姿をしてゐたところの肉体が訪れた」（『太陽と鉄』(1)）。

ノーベル文学賞を望みながらも、それに媚びへつらわず、しかし川端が受賞したことに大きな衝撃を受けた(2)。

『金閣寺』（昭和三十一年刊）は、小林秀雄に「小説っていうよりむしろ抒情詩だ」（『文藝』一九五七年一月号における対談「美のかたち」）と言わしめたほど、美しいことばに満ちている。

『潮騒』（昭和二十九年刊）も、若い男女の素直で一途な感じを爽やかに描いて、読んでいて飽きることがない。ギリシャの古典的な物語『ダフニスとクロエ』を下敷きにしたものとされる。(3)『近代能楽集』（昭和三十一年刊）は、特に「卒塔婆小町《そとばこまち》」が耽美的ですばらしい。『豊饒《ほうじよう》の海』四部作（昭和四十四〜四十六年刊）は、「見る人」本多繁邦が老いていくところがよい。転生の行方を見失い、綾倉聡子に過去の自分を否定され、「記憶もなければ何もないところ」へ来てしまったと思うところ、とても美しい。『午後の曳航《えいこう》』の春日依子、『美しい星』の大杉暁子、『豊饒の海』の久松慶子、『サド侯爵夫人』など、女性の登場人物も魅力的である。

日本語として洗練されていて、感情に訴えるところも大きい、三島の文章の例として、『豊饒の海』の第一部『春の雪』で主人公松枝清顕が二十歳の若さで死ぬところを挙げよう。

「どうした」

「胸が痛い。刃物で刺されるやうな痛みなんだ」

と清顕《きよあき》は切迫した息で途切れ途切れに言つた。なす術《すべ》も知らず、本多は痛みを訴へる左の胸の下のはうを軽く擦《さす》つてやつてゐたが、仄暗《ほのぐら》い灯火の端がわづかに及んでゐる清顕の顔はいたく苦しんでゐた。

しかし苦しみに歪《ゆが》んだその顔は美しかつた。苦痛がいつにない精気をそこに与へ、顔に青銅のやうな厳しい稜角をも与へてゐた。美しい目が涙に潤んで、険しく寄せた眉根のはうへ引き寄せられてゐるさまは、眉の形が引き絞られて一そう雄々しくなつてゐるために、瞳の点滴の黒い悲愴な輝やきを増してゐた。形のよい鼻翼は、空中に何ものかをとらへようとするかのやうにあがき、熱に乾いた唇から、前歯の燦《きら》めきが阿古屋貝《あこやがひ》の内側の光彩を洩《も》らしてゐた。

やがて清顕の苦しみは鎮《しづ》まつた。

「眠れるか。眠つたはうがいいぜ」

と本多は言つた。彼は今しがた見た清顕の苦しみの表情を、何かこの世の極みで、見てはならないものを見た歓喜の表情ではなかつたかと疑つた。それを見てしまつた友に対する嫉妬が、微妙な羞恥と自責の中ににじんできた。本多は自分の頭を軽く揺すつた。悲しみが頭を痺《しび》れさせてしまつて、次々と、自分にもわからない感情を、蚕の糸のやうに繰り出すのが不安になつた。

一旦、つかのまの眠りに落ちたかのごとく見えた清顕は、急に目をみひらいて、本多の手を求めた。そしてその手を固く握り締めながら、かう言つた。

「今、夢を見てゐた。又、会ふぜ。きつと会ふ。滝の下で」

本多はきつと清顕の夢が我が家の庭をさすらうてゐて、侯爵家の広大な庭の一角の九段の滝を思ひ描いてゐるにちがひないと考えた。

――帰京して二日ののちに、松枝《まつがえ》清顕は二十歳で死んだ。

〔『決定版三島由紀夫全集』第十三巻、新潮社〕

情熱的だが端正な表現が流れるように進んで行き、いつまでもそこにとどまっていたいという気持ちと、先へ進みたいという気持ちに挟まれながら、読み進めていくことになる、とてもすてきな文章だ！

また、『文化防衛論』（昭和四十四年刊）の中で御歌所について記した一節を引いておこう。

とはいへ、保存された賢所《けんしよ》の祭祀と御歌所《おうたどころ》の儀式の裡《うち》に、祭司かつ詩人である天皇のお姿は活《い》きてゐる。御歌所の伝承は、詩が帝王によって主宰され、しかも帝王の個人的才能や教養とほとんどかかはりなく、民衆詩を「みやび」を以て統括するといふ、万葉集以来の文化共同体の存在証明であり、独創は周辺へ追ひやられ、月並《つきなみ》は核心に輝いてゐる。民衆詩はみやびに参与することにより、帝王の御製の山頂から一トつづきの裾野につらなることにより、国の文化伝統をただ「見る」だけではなく、創ることによつて参加し、且《か》つその文化的連続性から「見返」されるといふ栄光を与へられる。その主宰者たる現天皇は、あたかも伊勢神宮の式年造営のやうに、今上であらせられると共に原初の天皇なのであつた。大嘗会《だいじょうえ》と新嘗祭《にひなめさい》の秘儀は、このことをよく伝へてゐる。〔『決定版三島由紀夫全集』第三十五巻、新潮社〕

「独創」よりも「月並」が求められる、「みやび」の「文化共同体」において、時間的にも空間的にも一体感が生まれ、それを統べるのが天皇だという見解は、御歌所の特質をよく言い当てていよう。

なお、『文化防衛論』において、天皇と軍隊と結びつけようとするところは短絡的で、賛成できない。

「日本はなくなつて、その代はりに、無機的な、からつぽな、ニュートラルな、中間色の、富裕な、抜目がない、或る経済的大国が極東の一角に残る」（「果たし得てゐない約束」サンケイ新聞、一九七〇年七月七日）と予言した三島が、現在の日本を見たら、何と思うだろうか。（「中間色の」までは当たっていて、そのあとは当たらなかった。）

小林秀雄

近代批評を確立した評論家の小林秀雄《こばやしひでお》（一九〇二〜八三）は、東京生まれで、東京帝国大学文学部仏文科卒業。『ドストエフスキイの生活』『モオツァルト』『ゴッホの手紙』『本居宣長』など、天才的な仕事をした人々の思考に迫る論考で知られる。

戦中の古典論を集めた『無常といふ事』（昭和二十一年刊）からは、個人的に最も影響を受けた。「徒然草」「平家物語」等々、どれもすばらしい文章だが、ここでは「当麻《たえま》」の最後の有名な部分を引こう。


美しい「花」がある、「花」の美しさという様なものはない。彼（引用者注・世阿弥《ぜあみ》）の「花」の観念の曖昧さに就《つ》いて頭を悩ます現代の美学者の方が、化かされているに過ぎない。肉体の動きに則《のっと》って観念の動きを修正するがいい、前者の動きは後者の動きより遥かに微妙で深淵だから、彼はそう言っているのだ。不安定な観念の動きを直ぐ模倣する顔の表情の様なやくざなものは、お面で隠して了《しま》うがよい、彼が、もし今日生きていたなら、そう言いたいかも知れぬ。

僕は、星を見たり雪を見たりして夜道を歩いた。ああ、去年《こぞ》の雪何処《いづこ》に在りや、いや、いや、そんなところに落ちこんではいけない。僕は、再び星を眺め、雪を眺めた。

〔『小林秀雄全作品』14、新潮社〕

「美しい『花』」を希求するというように、対象そのものを愛でる心が大切なのであって、「『花』の美しさ」という観念的、抽象的なものに煩わされている現代人の病理に捕らわれてはならないというのである。「そんなところ」とは、「去年の雪何処に在りや」というように観念的に雪を捕らえることであって、それは忌避され、現実の「星を眺め、雪を眺め」ることへと心を向かわせるべきだというのである。

小林にとって、考えるということは物事に対して親身になって入り込むことなのである。それは『学生との対話』（新潮文庫、二〇一七年）に載る、次のような発言からもうかがわれる。「信ずることと考えること」後の学生との対話（昭和四十九年）から引く。

> 物事を抽象的に考える時、その人は人間であることをやめているのです。自分の感情をやめて、抽象的な考えにすり替えられています。けれど、人間が人間の分際を守って、誰かについて考える時は、その人と交わっていますよ。〈子を見ること親に如《し》かず〉というだろう。親は子どもと長いあいだ親身に付き合っているから、子どもについて知っているのです。この〈知る〉というのは、子どもについて学問的に、抽象的に考えたわけではない。本当の〈知る〉というのはそういうことだ。本当に〈考える〉というのは、そういうことなのです。母親は子どもに対して、観点など持っていません。彼女は科学的観点に立って、心理学的

観点に立って、子どもの心理を解釈などしていません。母親は、子どもをチラッと見たら、何を考えているか、わかるのです。そういう直観は、交わりから来ている。交わりが人間の直観力を養うのです。精神感応だとか、やかましいことを言わなくとも、僕らは感応しているのです。まるで千里眼みたいに、人間が一目でわかるということもあるのですよ。

右のような小林の考えに私はとても魅かれる。それは自分も観念的、抽象的な思考に捕らわれて、苦しんでいるからなのだろう。それは、〈洋〉の呪縛でもあるのかもしれない。

なお、戦後に批判を浴びた「戦争について」（昭和十二年）という文章の一節も挙げておきたい。

戦争に対する文学者としての覚悟を、或る雑誌から問われた。僕には戦争に対する文学者の覚悟という様な特別な覚悟を考える事が出来ない。銃をとらねばならぬ時が来たら、喜んで国の為に死ぬであろう。僕にはこれ以上の覚悟が考えられないし、又必要だとも思わない。一体文学者として銃をとるなどという事がそもそも意味をなさない。誰だって戦う時は兵の身分で戦うのである。

文学は平和の為にあるのであって戦争の為にあるのではない。文学者は平和に対してはどんな複雑な態度でもとる事が出来るが、戦争の渦中にあっては、たった一つの態度しかとる事は出来ない。戦いは勝たねばならぬ。そして戦いは勝たねばならぬという様な理論が、文学理論の何処を捜しても見附からぬ事に気が附いたら、さっさと文学なぞ止めて了《しま》えばよいのである。

〔『小林秀雄全作品』10、新潮社〕

小林は、体制に阿ってこれを書いたようには思えない。江藤淳の分析によれば、小林は日本の勝利を信じており、敗戦を期待しながら生きる知識人たちを不誠実だと思っていた。それはむしろ個人的な生き方の問題に収斂していくものであった。(4)

茨木のり子

「現代詩の長女」と評される茨木《いばらぎ》のり子（一九二六〜二〇〇六）は、どのようなことばを用いて、なにを表現したのか。

茨木のり子は、大阪で生まれた。父は医師だった。十一歳の時に日中戦争が起こり、十五歳で太平洋戦争が始まり、十九歳で敗戦を迎えた。帝国女子医学薬学理学専門学校（現在の東邦大学薬学部）を卒業し、二十三歳で医師の三浦安信と結婚した。茨木のり子は筆名。

最も有名な詩「わたしが一番きれいだったとき」を引こう。

わたしが一番きれいだったとき
街々はがらがら崩れていって
とんでもないところから
青空なんかが見えたりした

わたしが一番きれいだったとき
まわりの人達が沢山死んだ
工場で　海で　名もない島で
わたしはおしゃれのきっかけを落《おと》してしまった

わたしが一番きれいだったとき
だれもやさしい贈物を捧げてはくれなかった
男たちは挙手の礼しか知らなくて
きれいな眼差だけを残し皆発《た》っていった

わたしが一番きれいだったとき

わたしの頭はからっぽで
わたしの心はかたくなで
手足ばかりが栗色に光った

わたしが一番きれいだったとき
わたしの国は戦争で負けた
そんな馬鹿なことってあるものか
ブラウスの腕をまくり卑屈な町をのし歩いた

わたしが一番きれいだったとき
ラジオからはジャズが溢れた
禁煙を破ったときのようにくらくらしながら
わたしは異国の甘い音楽をむさぼった

わたしが一番きれいだったとき
わたしはとてもふしあわせ

わたしはとてもとんちんかん
わたしはめっぽうさびしかった
だから決めた　できれば長生きすることに
年とってから凄く美しい絵を描いた
フランスのルオー爺さんのように
ね

〔岩波文庫『茨木のり子詩集』〕

「わたしが一番きれいだったとき」、平和な時代なら「恋をした」というような肯定的なことばが続くのだろうが、戦時中を回想したこの詩では、否定的なことばが並ぶ。そのようにして戦争の悲惨さが浮き彫りになっていくわけだ。けっして露骨な言い方はしない。むしろ抑制のきいたことばを連ねつつ、苦しくつらかったありようを浮き彫りにしていくのである。特に「男たちは挙手の礼しか知らなくて／きれいな眼差だけを残し皆発っていった」は、とてもきれいなことばの響きが連なっているために、かえって切ない。

そして、くり返される「わたしが一番きれいだったとき」という表現自体が清冽な感じをもたらすために、詩全体に凛とした雰囲気がまとう。そこが、よい。

他にも、「鄙ぶりの唄」の一節では、

なぜ国歌など
ものものしくうたう必要がありましょう
おおかたは侵略の血でよごれ
腹黒の過去を隠しもちながら
口を拭って起立して
直立不動でうたわなければならないか
聞かなければならないか
　　私は立たない　坐っています

というように戦争への嫌悪感を露わにする。さらに、昭和天皇を批判した「四海波静」という詩もある。

夫の死後、韓国語を学び、翻訳詩集『韓国現代詩選』を刊行してもいる。

社会的な題材を、日本語の美しさに乗せて、鮮明に描き出した詩人と言える。(5)

司馬遼太郎

歴史を楽しみつつ、勉強もできる、そんなふうにして教養を大衆へと開いた人、それが司馬《しば》

遼《りよう》 太郎《たろう》（一九二三〜九六）である。

大正十二年に、大阪に生まれた。昭和十六年に、大阪外国語学校蒙古語部に入学したが、学徒出陣で招集され、満州で戦車兵として駐在した。新聞社勤務を経て、小説家になる。代表作として『竜馬《りようま》がゆく』『国盗り物語』『坂の上の雲』などがある。

ここでは『坂の上の雲』（昭和四十四〜四十七年刊）を取り上げよう。日露戦争の時代を中心に、松山で青春を送った正岡子規、秋山好古《あきやまよしふる》（陸軍大将）・真之《さねゆき》（海軍中将）兄弟の人生を主として描いたものである。

すぐれた文明批判であるとともに、明治の日本人の優秀さを描き、高度成長期の日本人の自尊心をくすぐるものでもあったと言えよう。

たとえば、次のような箇所。

この秋山好古という若者は、のち軍人になり、日本の騎兵を育成し、日露役《にちろえき》のとき、世界でもっとも弱体とされていた日本の騎兵集団をひきい、史上最強の騎兵といわれるコサック師団をやぶるという奇蹟を遂げた。

この勝利は日露の一騎ごとの実力によるものではないであろう。要するに好古の用兵とかれの対コサック戦術の研究の勝利であったといえるが、そういうことなどをさまざま思いあわせると、この秋山好古以外の者が日本の騎兵をうけもっていたならばどういう結果になったかわからない。

（『春や昔』）（文春文庫『坂の上の雲』）

前半では、圧倒的なロシア軍を破った日本の軍人がいたというところから、日本人の優越性を示す。後半では、歴史の可能性に思いを致す。

弟の真之がアメリカで戦術について学んだ時の描写は、こうだ。

——それ（引用者注・過去の戦史、兵書、雑多な記録類など）から得た知識を分解し、自分で編成しなおし、自分で自分なりの原理原則をうちたてることです。自分でたてた原理原則のみが応用のきくものであり、他人から学んだだけではつまりません。

とも、マハンはいった。

「おれの考えとよく似ている」

と真之はおもった。（中略）

夜は夜で、公使館の三階の私室で、寝るまで読書した。夜の読書時間は、公刊書を読むことにあてた。最近公刊されたものに、マハンの論文全集があった。ほとんどはかつて読んだものだが、あらためて読みかえした。日露戦争の海軍戦術はこのワシントンの日本公使館の三階からうまれたといっていいであろう。

（「渡米」）

「マハン」は、海軍軍人アルフレッド・マハン。海軍大学校で戦略を教えた。そのようにすぐれた人物の教えを「おれの考えとよく似ている」と真之が思うくだり、日本人の優越意識を十分掻き立てよう。

内閣総理大臣をつとめた橋本龍太郎は、この部分を引いて「まったく私も同感だ。（中略）私はこういう考え方を司馬さんに教えられたような気がしている」と述べている。[6]

次のような箇所はどうか。「権兵衛」は、海軍大将山本《やまもと》権《ごんの》兵衛《ひょうえ》。

権兵衛は、万策つきた。西郷になにか智恵はないものかと訪ねると、西郷は事情をききおわってから、

「それは山本サン、買わねばいけません。だから、予算を流用するのです。むろん、違憲です。しかしもし議会に追及されて許してくれなんだら、ああたと私とふたり二重橋の前まで出かけて行って腹を切りましょう。二人が死んで主力艦ができればそれで結構です」

三笠は、この西郷の決断でできた。

西郷と権兵衛とは、海軍建設においてはそういう関係だった。

（「権兵衛のこと」）

明治の人が持っていた心意気、もっと言うと、国家を背負った人間の凄みのようなものが伝わって来る逸話である。司馬は、こういう表現がうまい。ただ、こういった描写は、その人物や事件を美化することにもつながりかねないのだが。

山内昌之氏の文章(7)を引いて、『坂の上の雲』についての言及を終える。

司馬遼太郎の『坂の上の雲』の凄いところは、その後の日本人が直面する弱さや欠点をすべて指摘していることだ。それは、リアリズム、合理性、情報などを軽視するか、自分の信念に都合の悪いものを見たがらない性癖である。空気や幻想のように自分が主観的に思い浮かべる夢だけで理想が実現できると思い込むのは、軍国主義だけではない。司馬さんは、歴史の条件を無視して軍事的な教養や知識をもつことを忌避する傾向を危険と考えた。「現実をきちっと認識しない平和論は、かえっておそろしいですね」という司馬さんの言葉は、二十一世紀の容易ならざる歴史のリアリティを予感する私などには黙示的な預言のように響くのである。

では最後に、これからの日本人は、国際化の波の中で、どのように生きたらよいのかについて指針を与えてくれる、講演「踏み出しますか」(平成三年)での司馬のことばを引いて、この節を終えたい。

ともかくも、日本が閉鎖的でありえた段階は、いまがぎりぎりいっぱいのところだろうと思います。あとは、多様性のなかで、根幹になる日本の炉心のようなものが溶けてしまうか、つまり骨なしの多様性になって泥沼のようになるか（そういう国はほろびるでしょう）、それとも日本の炉心（アメリカでいえば、初期のプロテスタンティズムのようなものです。日本の場合は、武士道とうけとってもよく、江戸っ子の心意気とうけとってもいいでしょう。江戸っ子の心意気は、流入してくる他地方のひとびとのなかで、普遍性として、醸しだされたものです）をたかだかとのこして、のこすことによって多様性に堪《た》えられる精神的体力をつくっておいて、日本を普遍化させてゆくしかないのではないでしょうか。

〔朝日文庫『司馬遼太郎全講演』4〕

滅びるかもしれない危険を負いつつ、多様な世界へと開いていかなくてはならない。そんな覚悟が今の私たちにあるだろうか。

Coffee break 「漫画の効用」

小学校三年生の時、私は同級生の一人にほのかな憧れを抱いていた。彼女のお父さんは、理科の先生だった。そのせいかどうかわからないが、彼女はある時、学校に学習漫画『光・音・熱の魔術師』（集英社）を持って来て、友だちに見せていた。私はそれがとてもよいもののように思えて（もともと漫画好きだったということもある）、母にねだって買ってもらって読んだ。その結果、それまでより理科という科目が身近に感じられたと思う。

漫画で勉強することができると知った私は、今度は和歌森太郎考証・解説『学習漫画日本の歴史』（集英社）全十八巻を買ってもらった。これはとてつもなく面白くて、私は何度も何度もくり返し読んで、ほとんど暗記できるほどになった。このあと、社会の授業で日本の歴史が出てきても、初見のものはほぼなかったと思う。

本好きになった私は、漫画と並行して、図書館にあった偉人伝を残らず読んだ。今、覚えているのは、『御木本幸吉《みきもとこうきち》』で赤潮が来てせっかく養殖した真珠がだめになった場面や、『湯川秀樹』で先生がお父さんに向かって「あの子は天才ですよ」と言う場面などだが、当時はもっと覚えていた。

それまでも社会は嫌いではなかったが、漫画と偉人伝によってこの科目がかなり好きになったのは間違いない。

まだ三年生の私には、いい成績を取ろうという意識はあまりなく、楽しいものを読んで知識が蓄積されていくのがひたすら嬉しかった。

第二節 〈漢〉の世界

吉川幸次郎

中国文学研究の泰斗吉川幸次郎《よしかわこうじろう》（一九〇四〜八〇）を取り上げよう。

吉川は、神戸生まれで、京都帝国大学文学部文学科を卒業した。「何とかして中国人になりたい。それが当時の私のねがいであった」（『決定版吉川幸次郎全集』第十六巻自跋、筑摩書房）という吉川は、昭和三年（一九二八）から四年間、中国に留学する。その後、京都大学教授をつとめ、元雑劇・杜甫の詩についての研究をはじめ、数多くの業績を残した。

私は中学生の時に、岩波新書の『新唐詩選』（三好達治との共著。一九五二年）を読んで、とても感動した。杜甫の「絶句」――江《こう》は碧《みどり》にして鳥は愈《いよい》よ白く／山は青くして花は然《も》えんと欲す／今《こ》の春も看《ま》のあたりに又過ぐ／何の日か是れ帰る年ぞ――を評する時のすばらしい文章を引こう。

碧《へき》の字の本来の意味は、碧玉《へきぎょく》である。従ってこの「江は碧にして」も、碧玉のようなふかみどりの水面である。ふかみどりの水面のひろがりを、日本の川のはばで想像してはいけない。瀬戸内海の諸海峡ぐらいのはばで考えるとよい。中国は大国である。自然の規模が日本とはちがう。（中略）「山は青くして花は然えんと欲す」。むろん「江」にのぞむ山山である。「青《せい》」、これはさみどり。前の「碧」が碧玉を原義とし、凝集的な、従って沈静な青さであるのに対して、これは発散的な、いきおいのよい青さである。音声的にも、前の碧が、bikと、みじかい、ひきしまった音であるのに対して、青はchingと、はねあがる。

なるほど、「碧」「青」といった色彩語を日本人の感覚で捉えてはいけないのか！　日本と中国の違いを意識することで、むしろ世界の拡がりを確かめることができて、中学生の私は非常に興奮した。

吉川のあふれるような教養は、厳しい研鑽の末に得たものであった。中国文学研究者はどうあらねばならないかについて記した文章（「蒭議《すうぎ》一篇」）を読もう。

正統の文学である詩文の文学は、「五経」「四書」の全文を暗記している作者が、やはり同じく「五経」「四書」の全文を暗記している読者を予想して、書いたものである。「興来《き》タッテ今日ゾ君ガ歓《もてなし》ヲ尽クサン」という杜甫の句は、「君子ハ人ノ歓ヲ尽クサズ」という「礼記《らいき》」の句を思い浮かべつつ下されており、読者もまたそれを思い浮かべることを要求されている。もっとも今のわれわれは、もはや江戸時代の儒学のように、また民国以前の中国の人人のように、「四書」「五経」の全文を丸暗記しているというわけにはもとより行かぬ。しかし「尽歓」という二字が出れば、うろ憶えにもこの言葉はどこかにあったと、「礼記」を繰って見る位の用意がなければ、一人前の中国文学者、それも今の世のそれとしてせいぜい点を甘くしての一人前であり、それ位まで点を甘くしないと私自身も落第しそうであるが、とにかく一人前の学者としては、認めにくい。

（『決定版吉川幸次郎全集』第十九巻、筑摩書房）

中国文学の表現は、四書五経に基づいているがゆえに、その素養がないとわからない。すなわち研究する資格がないと言う。まことに厳しい学問の世界である（私は、江戸時代の和歌の研究者として四十年以上過ごしているが、『万葉集』『古今和歌集』『新古今和歌集』をすべて覚えているとはとても言えない。ただ、未知の和歌作品に出会った時、これはあの歌集にある表現に基づいているのではないかという勘が働く時も、三回に一回くらい（？）ある。和歌研究者の端くれくらいにはなっているだろうか）。

吉川の教え子で、『三国志』を中心に中国文学の魅力を発信し続けたすぐれた研究者井波律子（一九四四〜二〇二〇）の回想（『ラスト・ワルツ』〈岩波書店、二〇二一年〉所収「空間を言葉で満たせ」）も引いておこう。

周知のごとく吉川先生の授業は大変きびしく、何もわからない無知の権化だった三回生のころは、うろたえるばかりであった。このときの演習のテキストは、現代作家巴金《パーチン》の長篇小説『寒夜』。このときは大量に読むトレーニングを受けた。ついで四回生のテキストは杜甫の詩集『杜《と》詩《し》鏡《きよう》銓《せん》』。このときはうってかわって、一字一字、丹念に凝視しながら熟読するトレーニングだった。大学院に入りたて、修士課程一回生のテキストは、『春秋《しゅんじゅう》公羊伝《くようでん》注疏《ちゅうそ》』。この演習は大先輩の博士課程の人々もいっしょだったが、世の中にはこんな難解な文章もあるのかと、衝撃をうけた。(中略)先生は翻訳をするとき、書いてないことは一字も付け加えてはいけない、書いてあることはすべて訳すように、とよく言われた。あれから四十年近くたった今になっても、翻訳をするとき、私はいつもこの言葉を思い返し、「正確に、正確に」と自分に言い聞かせる。

このような教育によって、教養的なものは師から弟子へと受け継がれていくのである。

〈和〉に関わる吉川の分析も紹介しておこう。「国語の長所」(『決定版吉川幸次郎全集』第十八巻)という、台湾がまだ日本の統治下にあった時、一人の台湾出身の学生に対して、日本語を学ぶことの長所を語った文章である。

吉川が取り上げたのは、紀貫之《きのつらゆき》の、

袖ひちてむすびし水のこほれるを春立つ今日の風やとくらん　（古今和歌集・春上・二番）

【現代語訳】夏に袖が濡れるほど両手で掬ったあの水が、冬になって凍っていたのを、立春の今日の風が解かしていることだろうか。

である（吉川は「袖ひぢて」とするが、今日では「袖ひちて」とするのが一般的である。「ひつ」は室町時代までは清音だった〈『岩波古語辞典』〉）。この歌は、上二句が昨夏、三句目が冬、下句が春というふうに、四季を三十一文字に詠み込んだものである。吉川は、「袖ひちてむすびし水」を英語で言うと、**that**とか**which**を用いて、「いつか袖をぬらしてむすんだところの水」と言わねばなるまいと述べ、次のように指摘する。

「袖ひぢてむすびし水」といえば、袖をぬらしつつむすんだかつての日の影像は、水そのものの中に映っているように感ぜられます。そうして春立つきょうの風に、氷からとけて、また水になった水がほかならぬかつての日の水であることが、最も密接な形で指示されていると感じます。

このような日本語における「結びつきの意欲」は、中国語にも見られない。「袖ひちてむすびし水」は、中国語なら「蘸着袖子掬着的水」となり、密接な感じは失われる、吉川はそう言うのである。

大岡信のまとめに従えば、

吉川氏がここで説いていることは、事の順序をいちいち論理的に整序して語る西洋のことばでは伝えることのできない、時間の集中的な重ね合せ、融合の感覚が、日本語では、語そのものの構造からして可能であるということであり、つまり言語そのものの「結びつきの意欲」において、日本語はいちじるしく立ちまさっているということである(8)。

となろう。〈漢〉に沈潜した吉川が〈和〉の価値も認めていた、一つの例として掲げておく。

なお、池澤一郎氏は、吉川の業績のすばらしさを称えつつ、訓読を廃し北京語で直読すること、日本漢詩文を蔑棄することなどの風潮が若き日の吉川によって生まれたことには否定的な評価を下している(9)。

『三国志』人気

現代における『三国志《さんごくし》』人気の基盤を作ったのは、吉川英治《よしかわえいじ》の『三国志』である。(10) 昭和十四年から十八年にかけて、まさに日中戦争のさなかに連載された。

吉川の『三国志』は、曹操《そうそう》・諸葛亮《しょかつりょう》を中心に描いている。吉川は、明代の李卓吾《りたくご》本を下敷きにした『通俗三国志』によっている。

ちなみに、『三国志演義』には清代の毛宗崗《もうそうこう》本がある。清代には関羽《かんう》が関聖帝君として中国全土で祭られるようになった。そのため毛宗崗本は、曹操・諸葛亮に加えて関羽も高く評価している（曹操はむしろ「悪」になっていく）。つまり、関羽への熱狂が毛宗崗本にはあり、李卓吾本に基づく吉川『三国志』にはない。現代の日中における『三国志』の受けとめられ方の違い——関羽人気の度合いの差——は、ここから生まれている。(11)

漫画では、やはり何といっても横山光輝の『三国志』が根強い人気がある。昭和四十六年から連載が開始された。最近では、四葉夕卜《よつばゆうと》原作・小川亮漫画『パリピ孔明』（講談社、二〇一九年〜）がある。現代に蘇った諸葛亮（孔明）が、若い女性歌手を売り出すために、『三国志』で用いた計略などを次々と繰り出していく。

NHKの人形劇で『三国志』が放送されたのは、昭和五十七年からだった。人形を制作したのは、川本喜八郎である。テーマ曲は、細野晴臣が作曲した。声の出演はすべて俳優が担当した。

三代目市川猿之助《いちかわえんのすけ》（二代目猿翁）によるスーパー歌舞伎で『新・三国志』が上演されたのは、平成十一年（一九九九）である。そこでは劉備《りゅうび》が女性だったという設定になり、関羽を主人公として二人の恋の物語に仕立てられていた。金文京氏の『三国志演義の世界』（東方書店、一九九三年）に、女性が用いる二丁剣を劉備が使っていることから、その女性性を指摘していることをよりどころとしているそうである。三代目猿之助はこう語る、「思えば『三国志』とは終わりのない物語でもある。人は生きては死に、国は興っては亡び、誰もがゴールに到達することなく志半ばに斃《たお》れていく。そうしたエンドレスなドラマを象徴させるとともに、夢を追い続ける姿にこそ夢があるというテーマを表現したつもりである」と。(12)

また、吉川幸次郎の教え子である井波律子が『三国志』に関わる上質でわかりやすい著書を書いたのも、その普及に貢献した。講談社学術文庫に『三国志演義』の訳を刊行したのをはじめ、岩波新書『三国志演義』（一九九四年）、岩波セミナーブックス『『三国志』を読む』（二〇〇四年）、『三国志名言集』（岩波書店、二〇〇五年→岩波現代文庫）など、数多くの業績がある。

最近の新聞記事から。朝日新聞二〇二三年一月十八日の記事で、立憲民主党から自民党に所属を変えた若い政治家を取り上げ、「同じ頃、××氏を立憲から引きはがす『離間《りかん》の計』が実行されようとしていた。小説『三国志演義』などに度々登場するもので、敵対勢力に仲間割れを生じさせ、利を得ようとする計略だ」と書かれている。

現代中国での例も挙げておこう。

毛沢東《もうたくとう》が死んだ後、元帥の葉剣英《ようけんえい》が北京郊外の香山にこもって、文化大革命を推進した「四人組」を逮捕する作戦を立てるために、『三国志』『三国志演義』を読んで参考にした。[13]『三国志』は今も生きる古典なのだ。

新釈漢文大系

『大漢和辞典』とともに〈漢〉的な教養の基盤を提供する重要な書物として、明治書院が刊行した新釈漢文大系という注釈叢書を挙げておきたい。[14]
同叢書は、執筆者が約一三〇名にも及ぶ、大規模なものである。五十八年の歳月をかけて、全百二十巻（別巻一冊）が、平成三十年（二〇一八）に完結したが、その時、過去の執筆者の七割は鬼籍に入っていたというから、完成までに費やした期間もじつに長きに渡る。
刊行の開始は、昭和三十五年（一九六〇）で、戦後になって、漢文に馴染みのない世代が増えたため、中国古典の全体像を改めて紹介しようと企図されたものだという。『論語』『大学・中庸』『老子・荘子』、『古文真宝』『文選』、『史記』『十八史略』、『唐詩選』『白氏文集』、『唐代伝奇』『世説新語』など中国の主要古典を網羅している（『日本漢詩』二巻も含み、これも重宝である）。
私も、中国の古典が出てくると、まずそれが、この叢書に入っているかを確認する。入っていれば、語釈や現代語訳が読めるということでもあり、じつに心強い。平均五百頁、六六〇〇～一二五〇〇円で、累計一六五万部を販売したというから、今日では信じられない。

当初の編集委員は、漢文学者の内田泉之助、林秀一、目加田誠、吉田賢抗、宇野精一であり、この五人によって内容や執筆者が決められた。内田は、生前、発刊に寄せて、「わが国の伝統文化を培養してきた漢文典籍である」「殊に若い世代の人々に読んでいただきたい」などと書き残したという。個人的に愛用している『唐詩選』は目加田の著によるものである。

執筆者の一人である堀池信夫氏（筑波大学名誉教授）は「並外れた息の長さだ。各先生方は後世に残す『決定版』の覚悟で書いた」と語ったという。こういった尊い努力によって、〈漢〉は今日にも読み継がれているのである。

第三節　〈洋〉の世界

首相経験者の読書

吉田茂《よしだしげる》（一八七八～一九六七）の読書については、長男で評論家の健一（一九一二～七七）が、『父のこと』（中公文庫、二〇一七年）で語っている。それによれば、吉田茂は「英米風の読書家である」。第一次世界大戦当時のイギリスの外相だったグレイの随筆集を愛読しており、アガサ・クリスティも好んで読んだ。また、日本の大衆文学も好み、円朝《えんちょう》全集と落語全集を持ち、直木三《なおきさん》十五《じゆうご》と大仏次郎《おさらぎじろう》を最も多く読んだ。健一によれば、茂の読書態度は「面白くて、更に品格があるものを求めること」だった。

吉田の蔵書は、外交史料館別館に収められており、約八百冊のうち日本語の本は百四十冊程度で、残りの大部分は英語の本であるという。史書、戦史、外交史、ルーズベルトやマッカーサー、チャーチルらの回想録や伝記を読み込んでいた。(15)

福永文夫『大平正芳』（中公新書、二〇〇八年）によれば、大平正芳《おおひらまさよし》（一九一〇～八〇）は、大蔵省に入って読書会をした。その時に読んだのは、マルクスの『経済学批判』やヒルファーディングの『金融資本論』、山田盛太郎《もりたろう》の『日本資本主義分析』といったマルクス経済学のものと、ケインズの『貨幣論』といった近代経済学のものと、多岐に亘っていた。

大平の蔵書は、香川県立図書館に「大平文庫」として約八六〇〇冊が収められ、ギリシャ哲学、仏典、中国の古典から自然科学まで、広範囲に渡っている。(16)

中曽根康弘《なかそねやすひろ》（一九一八～二〇一九）が学生時代に読み耽ったのはカントであった。(17)『実践理性批判』にある「それを考えることしばしばにしてかつ長ければ長きほど常に新たにして増し来る感歎と崇敬とを以って心を充たすものが二つある。それはわが上なる星の輝く空とわが内なる道徳律とである」という言葉を反芻し続けたという。中曽根は、従軍中、聖書などを携えていた（ちなみに渡邉恒雄氏〈一九二六〜。読売新聞グループ本社代表取締役主筆〉は、『実践理性批判』とブレイクの詩集とポケット英和辞典だった）。

村山富市《むらやまとみいち》氏（一九二四〜　）は、次のように語っている。(18)

――『資本論』なんかを読んでいたんですか。

村山　いやいや、『資本論』は読んでない。河上肇の『貧乏物語』はちょっとかじった。荒《あら》畑寒村《はたかんそん》さんや山川均《やまかわひとし》さんの本はだいぶ読んだね。それから政党の出しているパンフレットやらも読んだね。

哲学

西洋哲学といえば、近代に限っても、デカルト、カント、ヘーゲル、ニーチェ、ハイデガーと綺羅星のごとく巨人がいる。中でも、私が圧倒的な影響を受けたのは、ジャン・ポール・サルトル（一九〇五〜八〇）だった。

その思想を一言でまとめるのは困難だが、あえて言うと、「実存が本質に先立つ」という命題を重視し、他者と関わりつつ行動する中で、揺れ動きつつ自己を修正していくことによって、自己存在を見出す意義を主張した、となろうか。(19) アンガジュマン（社会参加）を鍵語として、社会に関わろうとした（ベトナム戦争では、解放戦線を支持している）。一九六〇年代を中心に、日本でも多くの若者がサルトルの思想を参照しつつ、思考したり、行動した。

個人的には、『文学とは何か』が最も好きである。古典を勉強し始める以前に読んで、とても感動した一節を引こう。

批評家の大部分は、よい機会に恵まれず、絶望しそうになったときに、墓場の守衛という静かでささやかな職をみつけた人間であるということを、想起しなければならない。果たして墓場が平和であるかどうかは誰にもわからぬが、書斎以上に愉快な墓場はあるまい。そこには死者がいる。死者たちは絶えず書いた。彼らは、もうながい間、生きるという罪を洗いおとしているので、彼らの人生は、他の死者たちが彼らについて書いた他の本によってしか知られない。（中略）批評家の生活は苦しい。（中略）しかし、いつでも、書斎へ入ることはできるし、棚の上の一冊の本をとり、それをひらくことはできる。（中略）死んだ人間が死んだものについて書いた本は、この地上にもういかなる場所も持たず、直接にわれわれの関心をひく何事も語らない。放っておけば、堆積して、崩れ、かびの生えた紙の上のインクのしみだけが残る。そのしみは、批評家によって、生命をあたえられ、文字やことばとされるときに、はじめて批評家が感じているのではない情念によって、対象のない怒りや、恐怖や、失われた希望について彼に語りかけるのである。批評家をとりまいているのは非肉体化した世界であり、そこでは人間的感情が、もはや人を動かさないので、模範的感情に、価値にまで高められる。

〔『文学とは何か』人文書院、加藤周一・白井健三郎・海老坂武訳〕

そうか、過去の作品を鑑賞し、分析して、批評することは、「墓場の守衛」になることだったんだ！　そして、本を読みさえすれば、死者たち――見ぬ世の友――がいつでも語りかけてくれる。彼らのことばを現代に蘇らせるのは、「墓場の守衛」の仕事なのだ。そう思って、二十歳の頃の私はとても感動した。

（ちなみに、江戸時代の詩人菅茶山《かんちゃざん》も、「冬夜読書」の題で、「雪は山堂を擁して樹影深し／檐鈴《えんれい》　動かず　夜沈《ちん》沈《ちん》／閑《しづ》かに乱帙《らんちつ》を収めて疑義を思ふ／一穂《いつすい》の青灯《せいとう》　万古《ばんこ》の心」と詠んでいる。）

実存主義の作家アルベール・カミュ（一九一三〜六〇）の『シーシュポスの神話』の次の一節は、私が生きていく上での拠り所となっている。

「神々がシーシュポスに課した刑罰は、休みなく岩をころがして、ある山の頂まで運び上げるというものであったが、ひとたび山頂にまで達すると、岩はそれ自体の重さでいつもころがり落ちてしまう」。そのことについて、カミュはこう言う。

ぼくはシーシュポスを山の麓にのこそう！　ひとはいつも、繰返し繰返し、自分の重荷を見いだす。しかしシーシュポスは、神々を否定し、岩を持ち上げるより高次の忠実さをひとに教える。かれもまた、すべてよし、と判断しているのだ。このとき以後もはや支配者をもたぬこの宇宙は、かれには不毛だともくだらぬとも思えない。この石の上の結晶のひとつひとつが、夜にみたされたこの山の鉱物質の輝きのひとつひとつが、それだけで、ひとつの世界をかたちづくる。頂上を目がける闘争ただそれだけで、人間の心をみたすのに十分たりるのだ。いまや、シーシュポスは幸福なのだと想わねばならぬ。

〔新潮文庫『シーシュポスの神話』清水徹訳〕

山頂にまで持ち上げた岩は必ずころがり落ちる、それは世界を支配する不条理なのだ。しかし、だからこそ積極的に生きる価値がある。このことばに、若い私はとても励まされた。

文化人類学

サルトルの実存主義を否定し、新しい思想の潮流になったのは構造主義だった。その旗手となったのは、文化人類学者クロード・レヴィストロース（一九〇八〜二〇〇九）である。

ヤコブソンの構造言語学に学びつつ、文化の基本構造を言語体系のように捉えていくことで、

「未開」社会にも「文明」社会と同様の構造があることを見出し、西欧の優越性という視点を批判したのである。

『悲しき熱帯』は、興味深い具体例が豊富で、かつ鋭い文明批評も記される。

『野生の思考』は、比較したり喩えたりする中に豊かな意味を見出そうとする「ブリコラージュ」という手法や、文明社会と未開社会を「冷たい社会と熱い社会」として把握することなどについて論じる。

日本についても関心を持ったレヴィストロースは、次のように述べている。

> 日本の偉大な力は「二重の規格」と呼ばれるものだ。外国の影響に対し自国を定期的に開放すると同時に、独自の価値や伝統的精神に対しても忠実な点だ。この均衡性は西欧にはない。われわれはこの偉大な教訓を日本から学ぶべきだ。しかし日本が将来もずっとこの二重規格に忠実であるかは不明だ。私は五回、訪日したが、初訪日の一九七七年から最後に訪ねた一九八八年の間だけでも非常に変化した。この変化を分析する能力は私にはないが、現在はまだ二重の規格を維持している。
>
> 〔産経新聞一九九三年五月十八日〕

「外国の影響に対し自国を定期的に開放する」のは、古くは〈漢〉の摂取であり、近代的には

〈洋〉の摂取である。「独自の価値や伝統的精神に対しても忠実な点」とは、〈和〉の固持であろう。

ここで重要なのは、「この均衡性は、西欧にはない」と述べられていることである。もしそうなら、日本人は〈和〉を決して捨てたりせず、〈洋〉に盲従もせず、かつ〈漢〉も持ったまま「均衡性」を保ち続けるべきだ。

心理学・精神医学

毎日それなりに多忙な中で、思考や感情を適切に制御していくためには、物事をなるべく多面的に捉え、やるべきことを冷静に判断していく必要がある。心理学や精神医学は、そのための生きた知恵を与えてくれるものだ。

自分の経験上、最も有益だった二冊の書物について記しておきたい。

ユング心理学を日本に紹介した河合隼雄《かわいはやお》（一九二八〜二〇〇七）には多くの著述があり、ユングの考え方を昔話研究に応用した『昔話と日本人の心』（岩波書店、一九八二年。岩波現代文庫）なども味わい深いが、私が何度もくり返し読み、生きていく上での羅針盤としたのは『こころの処方箋』（新潮社、一九九二年）である。読みどころはたくさんあるのだが、「ふたつよいことさてないものよ」を取り上げてみたい。急所と言うべき箇所を以下に引く。

「ふたつよいことさてないものよ」というのは、ひとつよいことがあると、ひとつ悪いことがあるとも考えられる、ということだ。抜擢《ばってき》されたときは同僚の妬《ねた》みを買うだろう。宝くじに当るとたかりにくるのが居るはずだ。世の中なかなかうまくできていて、よいことずくめにならないように仕組まれている。このことを知らないために、愚痴を言ったり、文句を言ったりばかりして生きている人も居る。その人の言っている悪いことは、何かよいことのバランスのために存在していることを見抜けていないのである。

それでも、人間はよいことずくめを望んでいるので、何か嫌なことがあると文句のひとつも言いたくなってくるが、そんなときに、「ふたつよいことさてないものよ」とつぶやいて、全体の状況をよく見ると、なるほどうまく出来ている、と微笑するところまでゆかなくとも、苦笑ぐらいして、無用の腹立ちをしなくてすむことが多い。〔新潮文庫『こころの処方箋』〕

私自身、現実に直面するさまざまな状況に焦りや不安、不満を抱くこともままある。ややもすると、感情的なものが先行して、それを抑えられず、かえって苦しむことも多い。そんな時、「ふたつよいことさてないものよ」とつぶやいてみると、なんとなく暢気な口調のせいもあって、亢進していた感情がどこかで沈静化される。完全にではないまでも、かなりましになるのだ。それだけでも十分ありがたい。

もう一冊。「死の受容のプロセス（もしくは、喪のプロセス）」を、否定↓怒り↓取引↓抑うつ↓受容として提示し、代表的な著作として『死ぬ瞬間』（中公文庫）がある、精神科医エリザベス・キューブラ・ロス（一九二六〜二〇〇四）の『ライフ・レッスン』（デーヴィッド・ケスラーとの共著）である。同書における「恐れのレッスン」から一文――ここは、デーヴィッド・ケスラーの担当箇所――を抜く。

つくられた恐れはすべて過去か未来にかかわるものであり、愛は現在のなかにある。いまというときは唯一のリアルな瞬間であり、愛は唯一のリアルな感情である。なぜなら、愛は現在という瞬間に生じる唯一のものだからだ。恐れとは、過去におこったなにかにもとづき、われわれが未来におこるかもしれないとおもっているなにかを怖がる気もちにさせるものである。だから、現在に生きていれば愛に生きることになり、恐れのなかで生きることではなくなる。愛に生きる。それがわれわれの目標である。そしてわれわれは、自己を愛するすべを身につけることによって、その目標をめざして前進することができる。恐れを洗いながす作業は、愛にめざめることからはじまるのだ。

〔角川文庫『ライフ・レッスン』、上野圭一訳〕

自分でいうのもおかしいが、私は「ちゃんとやらねば」という気持ちがけっこう強い。その結果として、先へ先へと心配することが多く、やはり心が苦しくなる。そういう時に、現在に集中して、愛に生きよという この教えには、とても救われるものがある。

心理学・精神医学に関わる知恵の中には、〈和〉や〈漢〉の書に似たようなことが書かれている場合もある。しかし全体としては、〈洋〉の方が科学的、合理的であろう。

アメリカ文化

戦後において大衆に浸透したアメリカ文化はじつに多種多様である。

その一端を列挙しつつ、影響の大きさを確認しよう。

映画。ディズニー映画（『百一匹わんちゃん』）、西部劇（ジョン・ウェイン）、『ゴッドファーザー』（一九七二年）、『スティング』（一九七三年）、『JAWS』（一九七五年）、『スター・ウォーズ』（一九七七年）、『サタデイ・ナイト・フィーバー』（一九七七年）。

音楽。フランク・シナトラ（一九一五〜九八、『マイ・ウェイ』）、エルヴィス・プレスリー（一九三五〜七七）、ボブ・ディラン（一九四一〜、『風に吹かれて』）、カーペンターズ（一九八三年活動停止）、マイケル・ジャクソン（一九五八〜二〇〇九）。

私は、中学生の時、カーペンターズとビートルズにはまった。今でも『イエスタディ・ワンス・モア』を聴くと、なつかしくて涙が出そうになる。

美術・漫画。アンディー・ウォーホル（一九二八〜八七）。スヌーピー。

小説。フォークナー（一八九七〜一九六二、『八月の光』）、ヘミングウェイ（一八九九〜一九六一、『老人と海』『武器よさらば』）、サリンジャー（一九一九〜二〇一〇、『ライ麦畑でつかまえて』）。

食べ物。コカ・コーラ。マクドナルド。ケンタッキー・フライド・チキン。

私は、初めてマックシェイクを飲んだ時、世の中にはこんなおいしい食べ物があるのかと驚愕した。

その他。マリリン・モンロー（一九二六〜六二）、自由の女神、ヘレン・ケラー（一八八〇〜一九六八）、『プレイボーイ』（一九五三年創刊）、ヒッピー（一九六〇年代後半）、アポロ十一号の月面着陸（一九六九年）。

ベトナム戦争（一九六〇〜七五）が日本に与えた影響は大きい。

私は『奥様は魔女』（一九六四〜七二年放映）をよく観ていて、エリザベス・モンゴメリー演じる魔女のサマンサが、魔法をかける時の鼻を動かす仕草がとてもかわいくて、憧れた。

Coffee break「愛読した児童書」

私が愛読した児童文学はというと、ほとんど〈洋〉だった気がする。非常に面白く読んだ書名を挙げていくだけでも、

エーリッヒ・ケストナー『飛ぶ教室』
Ａ・Ａ・ミルン『くまのプーさん　プー横町にたった家』
モンゴメリ『赤毛のアン』
アレクサンドル・デュマ・ペール『三銃士物語』
ルイス・キャロル『不思議の国のアリス』
ジュール・ベルヌ『八十日間世界一周』
ロフティング『ドリトル先生航海記』
コナン・ドイル『緋色《ひいろ》の研究』『赤毛連盟』『まだらの紐』

などというように、今日でも読まれているものばかりである。

小学校低学年から中学年にかけての自分を作ったのは、〈洋〉一色の児童文学と、漫画――『サイボーグ009』『巨人の星』『あしたのジョー』『おばけのQ太郎』など、ここは〈和〉だ――と、さきほど挙げた学習漫画と偉人伝、それと江戸川乱歩などであったかと思う。

注

（1）三島は、「自分がいまここにいるというのは虚妄で、ほんとうはいないのではないかという、冷え冷えとした自らへの疑問」を抱いていた（高橋睦郎『在りし、在らまほしかりし三島由紀夫』平凡社、二〇一六年、一六四頁）。
（2）井上隆史『暴流の人三島由紀夫』平凡社、二〇二〇年。
（3）新潮文庫『潮騒』（一九五五年）の佐伯彰一の解説。
（4）新潮文庫『モオツァルト・無常という事』（一九六一年）江藤淳の解説。
（5）「基本的に茨木さんは正しいことを書く詩人で、詩というものは正しいことだけを書くものじゃないと思っていたから、ちょっと肌に合わないところがあった。『わたしが一番きれいだったとき』という有名な詩がありますよね。あれなんかでも僕は書き過ぎていると思う。この行は切っちゃえばいいのになんて直接言ったりして、茨木さんは苦笑してました。（中略）やっぱり戦争体験なんかがあって、自分がちゃんと社会に対して発言しなきゃいけないという意識があったんでしょう。それで演劇や韓国語にひかれたんでしょうね」（谷川俊太郎氏へのインタビュー「生活の形を変えなかった人」『文藝別冊　茨木のり子　増補新版』河出書房新社、二〇二二年）。
（6）橋本龍太郎「秋山好古との縁」『司馬遼太郎の世界』文藝春秋、一九九六年。
（7）山内昌之『歴史家の羅針盤』みすず書房、二〇一一年、一五八頁。
（8）大岡信『日本詩人選7　紀貫之』筑摩書房、一九七一年、一〇二頁。
（9）池澤一郎「吉川幸次郎先生と日本漢学」『比較文学年誌』二〇二三年三月。
（10）柄谷行人氏は、小学生の時、くり返し読んだ。ちなみに中学生の時にはドストエフスキーをほとんど読んだというから、すごい（「賞金1億円の使い途」『文藝春秋』二〇二三年四月）。

(11) 渡邉義浩『三国志』中公新書、二〇一一年、四~八頁。
(12) 市川猿之助『スーパー歌舞伎』集英社新書、二〇〇三年。
(13) 高原明生「リーダーの本棚　勉強しすぎず考える」『日本経済新聞』二〇二二年十一月五日。
(14) 毎日新聞(大阪朝刊)二〇一八年五月二十三日の記事によった。
(15) 池上彰・佐藤優『無敵の読解力』文春新書、二〇二一年、一九六頁。
(16) 注(15)池上・佐藤書、一九六頁。
(17) 渡邉恒雄「わが友、中曽根康弘との六十年」(文藝春秋、二〇二〇年二月)、豊永郁子「人間の良識信じた風見鶏」(朝日新聞、二〇二〇年二月二十日)を参考にした。
(18) 『村山富市回顧録』岩波書店、二〇一二年、一〇頁。
(19) 『世界大百科事典』(平凡社、一九五五~五九年)の「サルトル」(鈴木道彦執筆)と、読売新聞二〇〇五年六月二十・二十一日の記事「サルトル生誕100年」を参考にした。

終章　日本人にとって教養とは何か？

日本的教養の展開

本書で描いてきた流れをもう一度確認しておこう。

奈良時代以前には〈漢〉を摂取していたものが、平安時代に和風化が進み〈和〉が確立し、鎌倉・室町時代には〈和〉〈漢〉が併立する。応仁の乱などによる文化的断絶を経て、安土桃山時代、江戸時代初期には〈和〉〈漢〉が復興する。このあたりから〈洋〉も姿を見せ始める。そして江戸時代には、文化が大衆に流布・浸透していく。〈和〉〈漢〉の浸透である。〈洋〉も徐々に注目されるようになっていく。幕末、明治時代初期には、〈和〉〈漢〉に対して〈洋〉が大きく台頭し、〈和〉〈漢〉〈洋〉のありかたが変容する。明治・大正時代、昭和時代前期は〈和〉〈漢〉

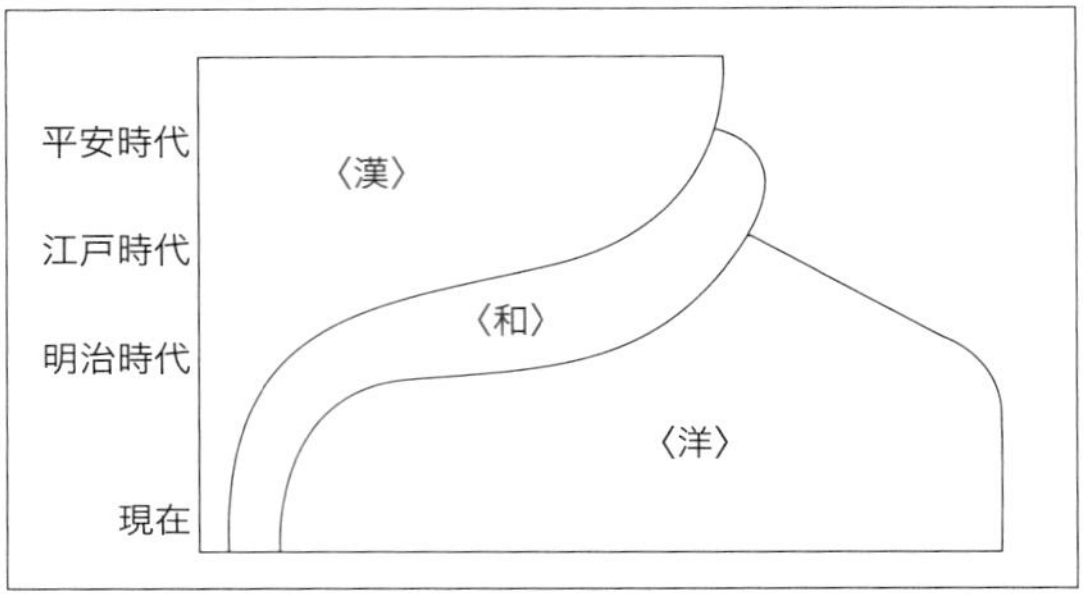

図Ⅰ

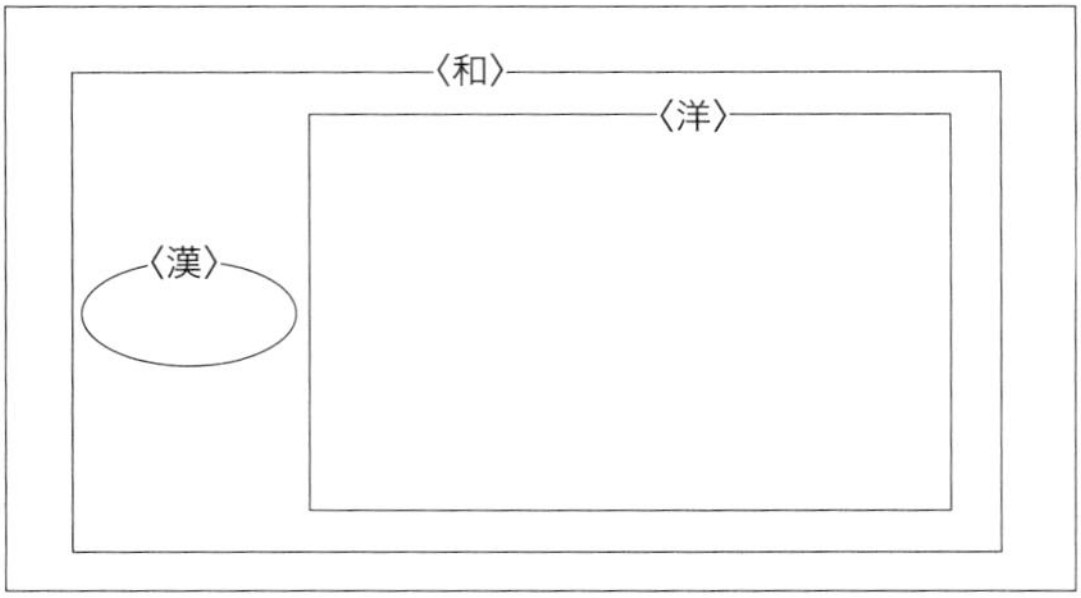

図Ⅱ

〈洋〉の折衷である。そうして、太平洋戦争の後、すなわち昭和時代の後期には〈洋〉が圧倒していく。

つまり、最初は〈漢〉だけがあったのに、徐々に〈和〉が成り立ち、そののち少しずつ〈洋〉が加わり、幕末から明治初期にかけて、〈漢〉と〈洋〉という大きな文明二つが日本において衝突した。〈和〉は、その緩衝地帯としてあったのだというふうにも言える。

試みに図Ⅰのように図示してみた。

〈和〉が融通無碍に受けとめる力を持っているからこそ、大きな文明を常に受けとめていくことができたとも言えるだろう。

もちろん、こうも言える。〈漢〉の基盤がしっかりしていたからこそ、論理性や合理性が日本人の中に培われていて、そのため〈洋〉をすんなり受け入れることができたのだ、と。

〈洋〉の受けとめ方が、〈和〉はより情緒的で、〈漢〉はより合理的であったとも言える。

ただ現在は、図Ⅱのように〈漢〉の割合は減っている。これでは、東アジア文化圏の一員である日本のよさが生かせないのではないかというのが本書の問題意識である。

地政学的には、東アジア文化圏の一隅を占めることから逃れられない。その特質を認めた上で、広い世界へと目を向けていくことが必要なのだ。

〈和〉が形成する基盤

ここからは、〈和〉〈漢〉〈洋〉について、それぞれ吟味してみたい。

〈和〉の特質とは、何だろうか？

二つ考えてみた。

一つは、やわらかく受け入れること、あるいは曖昧さを許容することである。それによって、〈漢〉や〈洋〉といった、外から来た文明をさまざまに取り込んでいったのだ。

すぐ思い付くのは、神仏習合――たとえば大黒天《だいこくてん》が大国主命《おおくにぬしのみこと》と習合した――とか、和洋折衷――明治時代の洋館――という例であろう。こういった事柄は、必ずしも日本独自のものとは言えないかもしれないが、〈和〉の持つ特質だとは言える。

ここでは、和漢混淆文を例にして、そのことにこだわってみよう(1)。典型的と言える一文を、仁治三年(一二四二)の旅を記した紀行文『東関紀行《とうかんきこう》』から引こう。

音に聞きし醒《さめ》が井《ゐ》を見れば、蔭暗き木の下岩ねより流れ出《いづ》る清水《しみづ》、あまり涼しきまですみわたりて、誠に身にしむばかりなり。余熱いまだつきざる程なれば、往来の旅人おほく立ち寄りてすずみあへり。班婕妤《はんしようよ》が団雪の扇、岸風に代へてしばらく忘れぬれば、末遠き道なれども、立ちさらむ事は物うくて、さらにいそがれず。西行《さいぎよう》が、「道の辺《べ》の清水ながるる柳蔭しばしとてこそ立ちとまりつれ」とよめるも、かやうの所にや。

〔新日本古典文学大系『中世日記紀行集』岩波書店〕

近江の国の歌枕「醒が井」から湧き出る清水のすばらしさを称揚し、そこで思い出すのは、

班婕妤が団雪の扇、岸風《がんぷう》に代へて長く忘れたり

班捷妤団雪之扇　代岸風兮長忘

(和漢朗詠集・納涼・大江匡衡・一六二番)

【現代語訳】班婕妤――漢の成帝の愛妃――が(夏にはもてはやされても秋になると忘れ去られ

ると）嘆いた団雪の扇は、岸辺の涼しい風に取って代わられて、長いこと忘れられてしまった。

という漢詩句だった。「長く」は、現実に合わせて「しばらく」となっているところが繊細である。さらに、西行の「清水」を詠んだ歌――新古今和歌集・夏・二六二番――を思い起こす。そのようにして、〈和〉が〈漢〉を取り囲むような形で文章が定位している。〈漢〉の理知的な感じを取り込み、それをやわらかく受けとめているのである。

〈和〉の持つもう一つの特質として、自然の豊かさ、それを受けとめる繊細さといったものを挙げてみたい[2]。

古代的な自然崇拝――アニミズム――に端を発して、平安時代に、年中行事と歳時意識が発達して四季の移ろいが規格化され、和歌・連歌から俳諧へと推移していく中で歳時記が創り出されて、それらは展開した。

もちろん、暦という概念自体は〈漢〉のものだから、全く日本独自のものではない。

しかし、主に詩歌を通して培われた四季折々の情感は、〈和〉の持つ特質として指摘しておきたい（急いで付け加えておくが、歳時意識には平安時代から江戸時代までの厚い歴史を誇る日本漢詩――〈和〉

に内包される〈漢〉――も大きく貢献している。いずれにしても事態は複層的なのだ）。

四季の順に、そのありかたを辿っていこう。

春の到来は、霞が棚引くことで感じる。そして、梅の香りや鶯の鳴き声によって、春の喜びが高まっていく。さらに、桜が咲いて、華やかさが頂点に達する。しかし、それも長くは続かない。それがまた、よい。

散ればこそいとど桜はめでたけれ憂き世になにか久しかるべき　（伊勢物語・八十二段）

さまざまの事おもひ出す桜かな　芭蕉　（笈の小文）

そして、去りゆく春を惜しむのは、蛙、山吹、藤などである。

夏の到来は、時鳥《ほととぎす》の一声によって知る。橘の香りを嗅いで昔を思い、蛍を見ては星かと疑う。

五月待つ花橘の香《か》をかげば昔の人の袖の香ぞする　（古今和歌集・夏・読人不知・一三九番）

秋の到来は、颪。そして、何といっても月が美しい。

久方の月の桂も秋はなほ紅葉《もみぢ》すればや照りまさるらむ　（古今和歌集・秋上・壬生忠岑・一九四番）

風は清し月はさやけし夜もすがら踊りあかさむ老いのなごりに　（はちすの露・良寛・三〇番）

他にも、虫・鹿・萩・荻・女郎花など挙げていけば切りがない。冬の到来は、時雨。そして、桜・月と並ぶ景物として、雪がある。

駒とめて袖うちはらふかげもなし佐野のわたりの雪の夕暮れ

（新古今和歌集・冬・藤原定家・六七一番）

私が心からきれいだと思う光景を一つだけ挙げておこう。春休み、三月の後半に箱根の登山鉄道に乗って、あたりの山々を見ると、うっすらと紫がかっている。草木が芽吹こうとしている状態なのだ。季語だと「山笑ふ」である。これを見ると、この国に生まれてよかったと思うし、心から解放された気持ちになる。

さて、〈和〉の特質——やわらかく受け入れること、あるいは曖昧さを許容すること——は、外から来た文明を受け入れるのには具合がよいが、その融通無碍さは、同時に、

・きちんとした議論ができない。
・お上主義になって思考停止に陥りがち。
・均質さを他者に要求する同調圧力を生む。一色に染まりやすい。

といった弊害を生みやすい。「世間」というものが大きく立ち現れて、冷静に、客観的に考えるのを拒絶しようとさせるのだ。

海軍ＯＢによる「海軍反省会」が導き出した、日本海軍の体質としては、「縦割りのセクショナリズム」「問題を隠蔽する体質」「ムードに流され意見を言えない空気」「責任の曖昧さ」があったという(3)。

日本国憲法の草案に男女平等を書き込んだ、ベアテ・シロタ・ゴードンは、「軍国主義時代の日本で育った私は、心配だったのだ。日本民族の付和雷同的性格と、自分から決して意見を言い出そうとしない引っ込み思案的な性格、しかも過激なリーダーに魅力を感じる英雄待望的な一面は、昭和の誤った歴史を生み出した根源的なもののように思う。日本が本当に民主主義国家になれるのかという点で不安を持っていた。だからこそ、憲法に掲げておけば安心といった気持ちから、女性や子供の権利を饒舌に書いたのだった」と記している(4)。

これらは現代の日本にもあると思う。そういった〈和〉の負の部分も意識しておかないといけないだろう。

ところで、本書で見て来たように、私たちは、前近代において、〈和〉と〈漢〉を併用してきた。

加藤周一の指摘(5)によれば、十六世紀、ラブレー（一四九四?〜一五五三?　フランスの物語作家）の時代まで、ヨーロッパでは抽象的な議論はラテン語で書かれ、抒情詩はドイツ語やフランス語で書かれていた。このことは、日本でも同様であって、すなわち抽象的な議論は漢文で書かれ、感情生活は和歌や和文で書かれていた。

そして、抽象概念と感情を違う言語で表現するという二重構造が、文化に歴史性と多様性・柔軟性を与えていたのだと思う。

ちなみに大野晋は、「日本人は漢文そのもの、その訓読系の文章によって明晰、簡明、論理的な組織化の重要さを学び、和文系の表現によって優しい心、自然を感受する心、情意のはたらきを受けとる能力を養って来た」とする(6)。

くどいようだが、ここを強調しておきたい。〈和〉と〈漢〉は棲み分けをしつつ共存していたからこそ、そこに豊かさが生まれていたのだ、と。

〈漢〉の持つ働き

では、〈漢〉の特質について、改めて見つめ直してみよう。

四つ考えてみた。

一つ目は、構想力。その大きさ、豊かさ。

だからこそ『源氏物語』も、「長恨歌《ちょうごんか》」をはじめとする白居易の文学に多くを学んで成り立った。

江戸時代にも、読本《よみほん》と称される分野では、中国小説からの摂取が甚だしかった。『雨月物語』『南総里見八犬伝』などの名作もそこから生まれた。

『三国志』が日本人に愛されるのは、その構想力の大きさゆえであったろう。

二つ目は、論理性である。

私は、『論語』や『孟子』を読むたびに、そこに認められる論理構造の強靭さに舌を巻く。

三つ目は、硬質さ――なよやかな和語に骨格を与え、引き締まった文体にすること――である。

四つ目は、情報をより多く盛り込むことである。

三つ目と四つ目の証として、頼山陽『日本外史』の例を挙げてみよう。川中島の合戦の一場面である。

まず、白文を挙げる。

有一騎、黄襖騮馬、以白布裹面、抜大刀、来呼曰、「信玄何在」。信玄躍馬乱河、将逃。騎亦乱河罵曰、「豎子、在此乎」。挙刀撃之。信玄不暇抜刀。以所持麾扇扞之。扇折。又撃斫其肩。甲斐従士欲救之、水駛不可近。

これを訓読すると、次のようになる。だいたい二倍である。

一騎あり、黄襖騮馬《こうおうりゅうば》、白布《はくふ》を以て面《おもて》を裹《つつ》み、大刀を抜き、来《きた》り呼んで曰く、「信玄、何《いづ》くに在《あ》る」と。信玄、馬を躍らせて河を乱《わた》り、将に逃れんとす。騎も亦た河を乱り、罵つて曰く、「豎子《じゅし》、ここに在るか」と。刀を挙げてこれを撃つ。信玄刀を抜くに暇《いとま》あらず。持つ所の麾《き》扇《せん》を以てこれを扞《ふせ》ぐ。扇折《を》る。また撃つてその肩を斫《き》る。甲斐の従士、これを救はんと欲すれども、水駛《はや》くして近づくべからず。

現代語訳をすると、このようになるだろう。さらに分量としては多くなる。

一騎の武者が、黄色の陣羽織を来て、栗毛の馬に乗って、白い布で顔をすっぽり包み、大刀を抜いて、やって来て呼んで言うことには、「信玄はどこにいるのか」と。信玄は、馬を躍らせて川を渡って逃げようとした。武者もまた川を渡って、罵つて言うことには、「お前、ここにいたか」と。刀を振りかざして信玄を撃った。信玄は刀を抜く暇もない。持っていた軍扇によってその攻撃を防いだ。軍扇は折れてしまった。再び撃って、肩を斬った。甲斐の従者たちは信玄を助けようとしたが、水の流れが速くて近づくことができなかった。

もとが漢文であるだけに、訳してみても、そのきびきびした感じは残っている。これらの例を挙げるだけでも、〈漢〉の持つ、引き締まった硬質さや、情報を多く盛り込めることについては首肯されるのではないだろうか。

その一方、〈漢〉の持つ限界というか、欠点は何だろうか。

二つ考えられる。いずれも、現代的な意義に関わることである。

一つは、一般的に、今日の日本人にとって、漢文は難しくてとっつきにくいというイメージができあがっていることである。なぜそうなったのかは、一概には言えない。中学・高校の漢文教育に内在する問題なのか、それとも〈洋〉の圧倒に伴い〈漢〉が衰退したという社会的な問題なのか、理由は一つには絞れないであろう。大学の共通テストにもし漢文がなかったら、ほとんどの高校生は漢文を学ばないだろうとも思う。

本書では、すでに失われつつある〈漢〉のよさを何とかして取り戻そうということを主張しているわけであるが、それへの道は険しいと言わねばなるまい。どうしたらよいか。それへのささやかな処方箋については後述することにしたい。

もう一つは、現代において〈漢〉は、正式、厳格性、男性性、マッチョを象徴する傾向があり、それだけ適用範囲が狭くなっているということである。この点は、漢文を難しくてとっつきにくいと感じる人が多いことと連動していよう。

こちらも今日克服することはかなり厳しい状況にある。考えられるのは、〈和〉や〈洋〉とともに柔軟に用いていくことで、〈漢〉のそういったイメージを希釈していく必要があるだろうということである。

〈漢〉について、もう一言。

地政学的な観点も、強調しておきたい。

日本という国が、朝鮮半島の東に位置し、中国やロシアとも近接している、アジアの島国だということは変えようがない。私たちは、ここで生きていくしかないのだ。

そして、日本において〈漢〉の教養は今日消え入りつつあるように見えるが、世界全体から見たら、日本も漢字文化圏の一員なのだ。

その点でも、〈和〉〈漢〉〈洋〉をバランスよく保持することには意味があるはずだ。

〈洋〉がもたらすもの

〈洋〉については、三つ挙げておく。

一つ目は、ロマンチックさ。

個人的には、『ロミオとジュリエット』などの文学作品も、ショパンやモーツァルトなどの音楽も、ルノアールなどの印象派の絵画も、圧倒的に私の心を捉える。

二つ目は、自由さ、平等さ。

一七八九年、日本がまだ江戸時代だった頃、フランス革命では、自由・平等や主権在民、言論の自由などを求めた人権宣言が議会で採択された。

もっとも、その後の帝国主義を主導したのも〈洋〉だから、決してよい面ばかりがあるとは言えない。ただやはり、人種平等や男女平等という考え方は、〈洋〉から湧き起こっていると言えるし、意識の高さは学ぶべきことも多い。

三つ目は、その科学性、数値化、そこから生まれる公平性、そういったものによって、社会的な価値を圧倒的に占めている。

欠点としては、競争的になりすぎることだろうか。

私の大学では、毎年、教員の業績調査が行われるが、そこでは、特許の数や、自分の論文が他者の論文にどのくらい引用されているか（「インパクトファクター」）が問われる。成果を数量によってのみ評価しようとするありかたが、人文科学の（あるいはすべての）研究者にとってよいことなのか、疑問を感じる。

アメリカでは、子どもの頃から、自分の意見を主張し、それが尊重される経験を積み重ねており、彼ら彼女らが成長していった時に、抗議や文句の形ではなく、普通の会話の中で当たり前の相談事のようにして、自分の意見を伝えられるようになる。(7) そういう話を聞くと、やはりうらやましいと思うし、〈洋〉の持つ明晰さを称揚したくなる。

ただ、そのような国においても、リベラルと保守の間で深刻な分断が起こっている。「正しい」議論を行えるはずの人たちが、なぜ対立して深い溝ができてしまうのか。〈洋〉だけが絶対ではないのではないか。そのようなことも考えてみたくなる。

〈和〉〈漢〉〈洋〉を持つこと

くどいようだが、私がいちばん主張したいことを、再度ここでまとめておく。

それは、〈和〉〈漢〉〈洋〉を三つとも持って、それらのよさをきちんと意識し、振る舞うことである。

この三つは対立する部分もあるが、共存もできるものである。

国際化の波が激しく押し寄せてきて、何につけ欧米基準――〈洋〉――がまかり通っている。

たしかにこれだけ世界が狭くなっている以上、国際性を持つことは必要だろうし、異なる国同士が相互に交流することで互いの価値が高まっていく部分も見逃せない。

ただ、国際化するということは、基準が単一になるということだ。

そこでは、合理性を追究し数量化されやすい〈洋〉のみが正当化されてしまいがちである。

しかし、日本語で育った私たちが〈和〉〈漢〉を捨ててしまったなら、根無し草のように頼りなく漂流するだけだろう。

まして最近流行の英語重視の流れに乗って日本語まで捨ててしまったら、日本人というものの同一性まで失うことになる。

〈和〉〈漢〉のよさを持ったまま、〈洋〉の基準にも即しつつ、国際化の中で自分たちのよさ――融和性、協調性、穏便さ、譲り合い――をいかに発揮するか、こそが、進むべき目標なのではないだろうか。

そのためにも、欧米との絆も深めつつ、東アジアの漢字文化圏の一員としてもきちんと振る舞うべきである。

少し視点を変えて、具体例を見てみる。

藤原正彦氏によると、(8)「ある商社マンがロンドンに赴任していた時、取引先の家に招かれた。そこで尋ねられたのは「縄文式土器と弥生式土器はどう違うのですか」だった。「元寇は二度ありましたが、二つはどう違ったのですか」とも尋ねられたという。こういう質問に答えられないと、知的につまらない人と思われ、次に招いてもらえなくなり商談も進まなくなる」というのだ。やはり、日本人は日本のことを知っていなくてはいけないし、いたずらに〈洋〉の知識を貯めこめばいいというものではない。

もっとも急いで、佐藤優氏(9)の指摘した例も挙げておこう。

外務省条約局・欧亜局局長だった東郷和彦氏（一九四五〜）は、「英語、フランス語、ロシア語が堪能で、相当困難な交渉を通訳の助けを借りずにできるロシア語力をもつ」。それだけではない。「プラトンをよく読み込んでいるので、ロシアの知識人と仕事を離れたところでも楽しく付き合うことができる」というのである。日本人が〈洋〉の教養を蓄えることでも、その価値が認められることは十分ありうる。

先の商社マンも〈洋〉についての知識は持っていたろうし、東郷氏には〈和〉の教養も備わっていたにちがいない。そう考えてみると、やはり教養にはバランスが必要なのではないかと思う。

もう一例。薬について考えてみる。西洋の薬には、すべて科学的根拠（エビデンス）がある。そして、それらは局所的にじつに効果的に働く。一方、漢方薬には、いわゆるエビデンスはない。しかし、体全体をじんわりと治す働きを有している（漢方薬にも、麻黄のように局所的に効くものももちろんある）。

私の通っている耳鼻科の先生も、ふだんは西洋の薬を処方して下さるが、喉の調子がいまひとつよくない時など、漢方薬（麦門冬湯《バクモンドウトウ》）を出して下さる。これが私にはよく効く。

そう考えると、〈漢〉〈洋〉両方あってよいように思う。これもバランスなのだ。

なにから始めるか——ことばにしぼって

〈和〉〈漢〉〈洋〉が揃ったバランスのよい教養人になるにはどうしたらよいか。

さまざまな方法が考えられうるだろうが、日本文学研究者としての経験から、ささやかな提案をして、本書を閉じたい。

ひとつは、【日本語を正確に理解する】よう心がけることである。

母語こそが、発想の基盤であり、精神的な拠り所でもある。

日本で最初にノーベル化学賞を受賞した福井謙一（一九一八〜九八）は、ある研究者の研究成果を説明されて、「そんな細かいことを私は聞きたいのではない。その人の研究の成果を、縦書き一行で言ってごらん」と言い、さらに「横書きの専門用語は使わず、縦書きの一行だ」と付け加えたという。[10] 最高級の理系の研究者も、基本は〈和〉で考えていたのである。湯川秀樹が〈和〉〈漢〉の教養にすぐれていたこともよく知られている。

私の拙い経験からは、ちょっとでも疑問をもったら、すぐに辞書を引くことをお薦めする。私自身、「あれ、このことばはどういう意味だっけ？」と思ったら、すぐに電子辞書の『広辞苑』や『日本国語大辞典』――あるいは紙媒体の『岩波国語辞典』――を引くようにしている。こういった積み重ねが結局とても大切なのだと思う。

それから、【漢字、漢語に積極的に触れる】ことである。これもまめに辞書を引くことから始めたい。

また、私自身が本を書く時に心がけているのは、ルビをたくさん振ってもよいから、ある程度難しい漢字を使うことである。

自分がすてきだと思う漢語を積極的に使ってみるのもいい。

これも自分の経験で恐縮だが、かつて森鷗外の『妄想』で「容喙《ようかい》」――「くちばしを容《い》れること。横合いから口を出すこと」『広辞苑』――ということばを覚えて、かっこいい、いつか使ってみたいと思っていた。（その後、何度か使ったが、あまりうまく行かなかった。機嫌の悪い同僚の先生に「ぼくは先生のなさることに容喙するわけではありませんが」云々と話し掛けたら、「容喙してるじゃないか〜」と怒鳴られたことがある。）

それから、澁澤龍彥の『フローラ逍遙』の「梅」のところで「的皪《てきれき》」――「白くあざやかに光り輝くさま」『広辞苑』――ということばを素敵だと思い、手紙の書き出しに時折使っている。これへの反応は特にないが、自分で使っていて、とても楽しい。

次に、【外国語を学ぶ】こともちろん大事である。そのことは、日本語への感覚も鋭敏にしてくれる。

日本人全体が英語のみを学べばいいわけではない。フランス語、ドイツ語、ポルトガル語、スペイン語、ロシア語、中国語、韓国語、ベトナム語などもきちんと学ぶ人がいた方がいい。それらの言語理解を通して、異文化と交渉する能力も持っておかなくてはならない。

そして、小学校では、国語と算数をしっかり教えてほしいし、中学校では、国語と数学と英語をしっかり教えてほしい。【国語をしっかり固めてから英語をやるべき】だと思う。

教育予算を増やし、先生の給料を上げ、かつ人数を増やして、一学級あたりの生徒数を減らしてほしい。

以上、ささやかだが、自分の提案を記してみた。

そうして、究極的には、日々の生活の中で、ことばのもつ感覚に鋭敏になり、そこから、他者の感情も思いやれるようになることが大事だと思うし、それを保証するのが〈和〉〈漢〉〈洋〉の教養をバランスよく持つことなのではないかと思う。

自分がそれをやれているとは到底思わないけれども、そんな人でありたいと思う。

注

（1）三角洋一『中世文学の達成』（若草書房、二〇一七年）を参考にした。
（2）鈴木宏子『「古今和歌集」の創造力』（NHK出版、二〇一八年）、高橋睦郎『季語百話』（中公新書、二〇一一年）、金田房子「俳諧の歳時記」（『浸透する教養　江戸の出版文化という回路』勉誠出版、二〇一三年）など参照されたい。
（3）澤地久枝・半藤一利・戸髙一成『日本海軍はなぜ過ったか』岩波現代文庫、二〇一五年。
（4）ベアテ・シロタ・ゴードン『1945年のクリスマス――日本国憲法に「男女平等」を書いた女性の自伝』朝日文庫、二〇一六年、二二五頁。
（5）『加藤周一講演集Ⅱ　伝統と現代』かもがわ出版、一九九六年、二二一～二二九頁。
（6）大野晋『日本語の教室』岩波新書、二〇〇二年、一四一頁。
（7）内田舞『ソーシャルジャスティス』文春新書、二〇二三年、一一〇～一一六頁。
（8）「『英語教育』が国を滅ぼす」『文藝春秋』二〇二〇年一月。

(9) 『国家の罠　外務省のラスプーチンと呼ばれて』新潮文庫、二〇〇七年、八六頁。
(10) 山本尚『日本人は論理的でなくていい』産経新聞出版、二〇二〇年、一四六頁。

あとがき

令和六年度（二〇二四）から、学習院大学は一コマ一〇五分授業となり、五時限目の始まりが午後五時五分、終了が午後六時五十分となった。そして、その時間帯に講義を入れたところ、二十七名しか登録がなかった。あまりに終了時刻が遅いのと、テーマが江戸時代の和歌というマイナーさのせいであろう。

この人数の少なさは、ミネルヴァ評伝選を書くために林羅山を取り上げた平成二十三年（二〇一一）以来のことで、いつも百名近くいる私の講義としては異例のことだ。

最初はとても寂しいと感じたが、一人一人の顔が見えるという点ではよい機会だと思い、毎回書いてもらう感想（通称リアクションペーパー）に対して、丁寧に取り組むことにした。おもしろいところ、大事なところにはラインマーカーを引き、すぐれた意見には「excellent!」「good question」などと書き、質問には答え、全員にロフトやハンズで買った楽しいシールを一枚ずつ貼って、毎回返却したのである。

六十四歳になった私は学生と四十歳以上差があり、近年では彼ら彼女らの存在を遠く感じないではなかったけれども、この作業によって学生との距離が縮まったように感じたし、彼ら彼女らの感想にも（全員ではないが）熱がこもった気がした。

教養の伝達は、一方通行の講義によっても可能なのだろうが、アナログな手作業を伴う、丁寧な応対によって、より円滑になされるのではないか。

いささか時代遅れの感想かもしれないが、ここに記しておく。

本書の執筆について、下記の方々にご教示を賜った。記して感謝申し上げる。

安部清哉　関原彩　田中仁　津田眞弓　古庄るい　溝部優実子　吉田慎一朗

また、学習院大学図書館のレファランスサービスにも大変お世話になった。感謝したい。

勉誠社社長の吉田祐輔氏には、『浸透する教養　江戸の出版文化という回路』（二〇一三年）、『形成される教養　十七世紀日本の〈知〉』（二〇一五年）、『明治の教養　変容する〈和〉〈漢〉

〈洋〉』(二〇二〇年)という三冊の編著論文集でまずお世話になり、それが一段落したところで、「今度は先生がお一人でこのテーマを深めて、単著をお書き下さい」というありがたいご慫慂を賜った。吉田氏との喫茶店での打ち合わせはいつも楽しく勉強になるものだった。本書についても、最初から最後までご懇切なご支援を賜った。改めて深謝申し上げる。併せて、副社長の武内可夏子氏のご配慮にも御礼申し上げる。

なお、『形成される教養』総論、『明治の教養』序論(いずれも拙著)は本書に吸収した。あとはすべて書き下ろしである。

妻宏子にも感謝したい。

令和六年夏

鈴木健一

日本人は漢文をどう読んだか
直読から訓読へ

漢文を取り巻く環境を一つ一つ分析することを通して、〈直読〉から〈訓読〉への変化を追い、日本人の漢字漢文受容の歴史を描きだす。

湯沢質幸 著・本体三二〇〇円（＋税）

歌う民衆と放歌高吟の近代
放歌民衆から唱歌・軍歌を歌う国民へ

ありふれた行為であるがゆえに、意識されず、記録に残されることの少なかった「放歌」の歴史を、犯罪記録として残った資料、多数の図版とともに丹念に紐解く。

永嶺重敏 著・本体三五〇〇円（＋税）

明治・大正・昭和の時代劇メディアと時代考証

近現代史とノンフィクションにおける考証実務や作品の考察から、虚構と現実の間を埋めるという重要な役割を持つ「時代考証」がもつ可能性の広がりを考える。

大石学・時代考証学会 編・本体三二〇〇円（＋税）

荒れ野の六十年
東アジア世界の歴史地政学

東アジア世界が抱える摩擦の根源へ、古典と最新研究の双方を対照した先に見える新しい共存の地平とは。不毛な論争に終止符を打つ、気鋭の歴史学者による最後の論文集。

與那覇潤 著・本体三二〇〇円（＋税）

日本人の読書
古代・中世の学問を探る

注釈の書き入れ、識語、古記録や説話に残された漢学者の逸話など、漢籍の読書の高まりを今に伝える諸資料から古代・中世における日本人の読書の歴史を明らかにする。

佐藤道生 著・本体一二〇〇〇円（＋税）

日本「文」学史 第一冊
A New History of Japanese "Letterature" Vol.1

「文」の環境——「文学」以前

日本の知と文化の歴史の総体を、思考や社会形成と常に関わってきた「文」を柱として捉え返し、過去から現在、そして未来への展開を提示する。

河野貴美子・Wiebke DENECKE
新川登亀男・陣野英則 編・本体三八〇〇円（＋税）

日本「文」学史 第二冊
A New History of Japanese "Letterature" Vol.2

「文」と人びと——継承と断絶

「発信者」「メッセージ」「受信者」「メディア」の相関図を基とした四つの観点より「人びと」と「文」との関係を明らかにすることで、新たな日本文学史を描き出す。

河野貴美子・Wiebke DENECKE・新川登亀男
陣野英則・谷口眞子・宗像和重 編・本体三八〇〇円（＋税）

日本「文」学史 第三冊
A New History of Japanese "Letterature" Vol.3

「文」から「文学」へ
——東アジアの文学を見直す

東アジア世界における「文」の概念はいかに変容・展開していったのか。日中韓そして欧米における48の知を集結し、描き出される初めての東アジア比較文学史。

河野貴美子・Wiebke DENECKE
新川登亀男・陣野英則 編・本体三八〇〇円（＋税）

著者略歴

鈴木健一（すずき・けんいち）

1960年、東京生。
1983年、東京大学文学部卒業。
1988年、東京大学大学院人文科学研究科博士課程単位取得退学。博士（文学）。
現在、学習院大学文学部教授。

主要著書

『江戸詩歌史の構想』『古典詩歌入門』『古典注釈入門　歴史と技法』『不忍池ものがたり　江戸から東京へ』『近代「国文学」の肖像　佐佐木信綱』『近世文学史論　古典知の継承と展開』（以上、岩波書店）、『知ってる古文の知らない魅力』『江戸諸國四十七景　名所絵を旅する』『天皇と和歌　国見と儀礼の一五〇〇年』（以上、講談社）、『近世堂上歌壇の研究』『江戸古典学の論』（以上、汲古書院）、『江戸詩歌の空間』『伊勢物語の江戸』（以上、森話社）、『林羅山年譜稿』（ぺりかん社）、『風流江戸の蕎麦』（中央公論新社）、『日本評伝選　林羅山』（ミネルヴァ書房）、『日本漢詩への招待』（東京堂出版）、『日本近世文学史』（三弥井書店）

日本人《にほんじん》にとって教養《きょうよう》とはなにか
——〈和〉〈漢〉〈洋〉の文化史

著者　鈴木健一
発行者　吉田祐輔
発行所　㈱勉誠社
〒101-0061　東京都千代田区神田三崎町二―一八―四
電話　〇三―五二一五―九〇二一㈹

二〇二四年十月二十五日　初版発行

印刷 製本　中央精版印刷

ISBN978-4-585-39044-2　C1091

索　引

人　名

か

さ

た

な

は

ま

や

書　名

さ

た

な

は

ま

や

ら

わ